中国文库
文学类

# 于右任诗词选

杨中州　选注

河南人民出版社

**图书在版编目(CIP)数据**

于右任诗词选/杨中州选注. －2 版. －郑州:河南人民出版社,2011.9

(中国文库)

ISBN 978－7－215－07656－3

Ⅰ.①于… Ⅱ.①于…②杨… Ⅲ.①诗词－作品集－中国－现代 Ⅳ.①I226

中国版本图书馆 CIP 数据核字(2011)第 065935 号

责任编辑:蔡 瑛

责任校对:毕瑞云

整体设计:翁 涌 李 梅

责任印制:王铁生

**于右任诗词选**

Yuyouren Shici Xuan

杨中州 选注

河南人民出版社 出版

河南省郑州经五路 66 号 邮编:450002

北京瑞古冠中印刷厂印刷 新华书店经销

2011 年 9 月第 1 版 2011 年 9 月第 1 次印刷

开本:880 毫米×1230 毫米 1/32 印张:14.75

字数:387 千字 印数:1－4500

ISBN 978－7－215－07656－3

定价:32.00 元

# “中国文库” 出版前言

“中国文库”主要收选20世纪以来我国出版的哲学社会科学研究、文学艺术创作、科学文化普及等方面的优秀著作。这些著作,对我国百余年来的政治、经济、文化和社会的发展产生过重大积极的影响,至今仍具有重要价值,是中国读者必读、必备的经典性、工具性名著。

大凡名著,均是每一时代震撼智慧的学论、启迪民智的典籍、打动心灵的作品,是时代和民族文化的瑰宝,均应功在当时、利在千秋、传之久远。“中国文库”收集百余年来的名著分类出版,便是以新世纪的历史视野和现实视角,对20世纪出版业绩的宏观回顾,对未来出版事业的积极开拓,为中国先进文化的建设,为实现中华民族伟大复兴做出贡献。

大凡名著,总是生命不老,且历久弥新、常温常新的好书。中国人有“万卷藏书宜子弟”的优良传统,更有当前建设学习型社会的时代要求,中华大地读书热潮空前高涨。“中国文库”选辑名著奉献广大读者,便是以新世纪出版人的社会责任心和历史使命感,帮助更多读者坐拥百城,与睿智的专家学者对话,以此获得丰富学养,实现人的全面发展。

为此,我们坚持以邓小平理论和“三个代表”重要思想为指导,深入贯彻落实科学发展观,坚持贯彻“百花齐放、百家争鸣”的方针,坚持按照“贴近实际、贴近生活、贴近群众”的要求,以登高望远、海纳百川的广阔视野,披沙拣金、露钞雪纂的刻苦精神,精益求精、探赜索隐的严谨态度,投入到这项规模宏大的出版工作中来。

“中国文库”所收书籍分列于6个类别,即:(1)哲学社会科学类

（哲学社会科学各门类学术著作）；(2)史学类（通史及专史）；(3)文学类（文学作品及文学理论著作）；(4)艺术类（艺术作品及艺术理论著作）；(5)科技文化类（科技史、科技人物传记、科普读物等）；(6)综合·普及类（教育、大众文化、少儿读物和工具书等）。计划出版约1000种，分辑出版。自2004年以来，已先后出版四辑，每辑约100种，分精平装两类。2011年时值辛亥革命100周年，特将“中国文库”第五辑作为“纪念辛亥革命100周年”特辑推出，主要收选民国时期原创性人文社科类名著。

“中国文库”所收书籍，有少量品种因技术原因需要重新排版，版式有所调整，大多数品种则保留了原有版式。一套文库，千种书籍，庄谐雅俗有异，版式整齐划一未必合适。况且，版式设计也是书籍形态的审美对象之一，读者在摄取知识、欣赏作品的同时，还能看到各个出版机构不同时期版式设计的风格特色，也是留给读者们的一点乐趣。

“中国文库”由中国出版集团发起并组织实施。收选书目以中国出版集团所属出版机构出版的书籍为基础，并邀约其他数十家出版机构参与，共襄盛举。书目由“中国文库”编辑委员会审定，中国出版集团与各有关出版机构按照集约化的原则集中出版经营。编辑委员会特别邀请了我国出版界德高望重的老专家、领导同志担任顾问，以确保我们的事业继往开来，高质量地进行下去。

“中国文库”，顾名思义，所收书籍应当是能够代表中国出版业水平的精品。我们希望将所有可以代表中国出版业水平的精品尽收其中，但这需要全国出版业同行们的鼎立支持和编辑委员会自身的努力。这是中国出版人的一项共同事业。我们相信，只要我们志存高远且持之以恒，这项事业就一定能持续地进行下去，并将不断地发扬光大。

**“中国文库”编辑委员会**

# 中国文库

## （第五辑）

**【哲学社科类】**

孙中山著作选编　陈铮选编 …………………………… 中华书局
黄兴集　湖南省社会科学院编 ……………………… 中华书局
宋教仁集　陈旭麓主编 ……………………………… 中华书局
廖仲恺集　广东省社会科学院历史研究所编 ………… 中华书局
朱执信集　广东省哲学社会科学研究所历史研究室编 … 中华书局
中国政治思想史　陶希圣著 ……………… 中国大百科全书出版社
民国政制史　钱端升等著 ………………………… 上海人民出版社
民国政党史　谢彬撰　章伯锋整理 …………………… 中华书局
经学历史　皮锡瑞著　周予同注释 …………………… 中华书局
清代学术概论　梁启超著　朱维铮校订 ……………… 中华书局
新唯识论　熊十力著 ……………………………… 上海书店出版社
逻辑　金岳霖著 ……………………………… 中国人民大学出版社
科学与玄学　罗家伦著 ……………………………… 商务印书馆
中国古代经济史稿　李剑农著 …………………… 武汉大学出版社
中国近代经济史　汪敬虞主编 ………………………… 人民出版社
中国交通史　白寿彝著 ……………………………… 团结出版社
中国经济原论　王亚南著 ………………… 中国大百科全书出版社
中国经济思想史　唐庆增著 ………………………… 商务印书馆
财政学　何廉、李锐著 ……………………………… 商务印书馆
货币与银行　杨端六著 …………………………… 武汉大学出版社
刑法学　蔡枢衡著 ……………………………… 中国民主法制出版社
乡土中国　费孝通著 ………………………………… 人民出版社
文化人类学　林惠祥著 ……………………………… 商务印书馆
优生概论　潘光旦著 ……………………………… 北京大学出版社
西洋文化史纲要
　雷海宗撰　王敦书整理导读 ……………………… 上海古籍出版社
西学东渐记　容闳著　徐凤石　恽铁樵等译
　钟叔河导读、标点 ………………… 生活·读书·新知三联书店
中国现代语法　王力著 ……………………………… 商务印书馆
语言学史概要　岑麟祥编著　岑运强评注 …… 世界图书出版公司

蔡元培教育论著选　高平叔编……………………人民教育出版社
陶行知教育论著选　董宝良主编…………………人民教育出版社
中国报学史　戈公振著……………生活·读书·新知三联书店
陆费逵文选　陆费逵著………………………………………中华书局
张元济论出版　张元济著　张人凤　宋丽荣选编……商务印书馆
韬奋文录新编　邹韬奋著……………生活·读书·新知三联书店

**【史学类】**

国故论衡　章太炎撰　庞俊　郭诚永疏证……………中华书局
国史大纲　钱穆著…………………………………………商务印书馆
通史新义　何炳松著………………………………………商务印书馆
台湾通史　连横著…………………生活·读书·新知三联书店
武昌革命史　曹亚伯著……………………中国大百科全书出版社
辛亥革命与袁世凯　黎澍著………………中国大百科全书出版社
北洋军阀史　来新夏等著……………………………东方出版中心
中国国民党史稿　邹鲁编著…………………………东方出版中心
中华民国外交史　张忠绂编著……………………………华文出版社
西洋史　陈衡哲著…………………………中国大百科全书出版社
欧化东渐史　张星烺著……………………………………商务印书馆
清末立宪史　高放著………………………………………华文出版社

**【文学类】**

秋瑾诗文选注　郭延礼　郭蓁编选……………人民文学出版社
邹容集　张梅编注……………………………………人民文学出版社
陈天华集　刘晴波　彭国兴编　饶怀民补订……湖南人民出版社
于右任诗词选　杨中州选注……………………河南文艺出版社
南社诗选　林东海　宋红选注…………………人民文学出版社
鸳鸯蝴蝶派作品选　范伯群编选………………人民文学出版社
文学研究会小说选　李葆琰编选………………人民文学出版社
创造社作品选　刘纳编选………………………人民文学出版社
太阳社小说选　李松睿　吴晓东编选…………人民文学出版社
湖畔派诗选　刘纳编选…………………………人民文学出版社
浅草－沉钟社作品选　张铁荣编选……………人民文学出版社
《语丝》作品选　张梁编选………………………人民文学出版社
未名社作品选　黄开发编选……………………人民文学出版社
新月派诗选　蓝棣之编选………………………人民文学出版社

象征派诗选　孙玉石编选 …………………… 人民文学出版社
新感觉派小说选　严家炎编选 ………………… 人民文学出版社
现代派诗选　蓝棣之编选 …………………… 人民文学出版社
论语派作品选　庄钟庆编选 ………………… 人民文学出版社
京派小说选　吴福辉编选 …………………… 人民文学出版社
东北作家群小说选　王培元编选 …………… 人民文学出版社
七月派作品选　吴子敏编选 ………………… 人民文学出版社
西南联大文学作品选　李光荣编选 ………… 人民文学出版社
九叶派诗选　蓝棣之编选 …………………… 人民文学出版社
荷花淀派小说选　冯健男编选 ……………… 人民文学出版社
山药蛋派作品选　高捷编选 ………………… 人民文学出版社
红楼梦辨　俞平伯著 ………………………………… 商务印书馆
中国诗史　陆侃如、冯沅君著 ……………… 百花文艺出版社
中国文学发展史　刘大杰著 ………………… 复旦大学出版社

## 【艺术类】

万木草堂论艺　康有为著 ……………………… 荣宝斋出版社
中国绘画史　潘天寿著 ……………………………… 团结出版社
中国绘画理论　傅抱石著 …………………… 江苏教育出版社
中国雕塑艺术史　王子云著 ………………… 人民美术出版社
中国陶瓷史　吴仁敬　辛安潮著 …………………… 团结出版社
中国戏剧史　徐慕云著 ……………………… 东方出版中心
洪深戏剧论文集　洪深著 …………………… 东方出版中心
焦菊隐戏剧论文集　焦菊隐著 ………………… 华文出版社
中国古代乐论选辑　吴钊　伊鸿书　赵宽仁　古宗智
　吉联杭编 ………………………………… 人民音乐出版社
素月楼联语　张伯驹编著 ……………………… 华文出版社
中国书法理论体系　熊秉明著 ……………… 人民美术出版社
夏衍电影论文集　夏衍著 …………………… 东方出版中心
银幕形象塑造　赵丹著　赵青整理 ………… 东方出版中心

## 【科技文化类】

自然辩证法在中国　龚育之著 ……………… 北京大学出版社
科学家谈 21 世纪　李四光等著 ………… 中国大百科全书出版社
继承与叛逆——现代科学为何出现于西方
　陈方正著 ………………………… 生活·读书·新知三联书店

中国医学史　陈邦贤著 …………………………… 团结出版社
化学史通考　丁绪贤著 ……………………… 中国大百科全书出版社
科学概论　王星拱著 ……………………………… 武汉大学出版社
竺可桢科普创作选集　竺可桢著 ………… 中国大百科全书出版社

**【综合普及类】**

书林清话　叶德辉著 …………………………………… 华文出版社
文坛五十年　曹聚仁著 ……………… 生活·读书·新知三联书店
张菊生先生七十生日纪念论文集
　胡适　蔡元培　王云五等编 …………………………… 商务印书馆
佛教常识问答　赵朴初著 ……………………………… 华文出版社
词心笺评　邵祖平著 ……………………………… 复旦大学出版社
西潮与新潮　蒋梦麟著 ………………………………… 东方出版社

# 卷首语

2003 年 3 月 18 日，温家宝出任新一届总理不到两个小时，在第一次举行的中外记者招待会上，回答台湾记者提问时无限深情地说：

> 说起台湾，我就很动情。不由想起一位辛亥革命的老人、国民党元老于右任临终前写的一首哀歌："葬我于高山之上兮，望我大陆。大陆不可见兮，只有痛哭！葬我于高山之上兮，望我故乡。故乡不可见兮，永不能忘！天苍苍，野茫茫。山之上，国有殇。"这是多么震撼中华民族的词句！

温家宝总理吟诵的这首诗，是我国民主革命的先驱、书法大师于右任先生 1962 年 1 月 24 日写的。这是一首哀婉凄绝、催人泪下的骚体遗嘱诗，也是他飘泊孤岛后怀乡思亲诗词中最凄恻的一首。

全诗由三首小诗组成，每首四句，采用骚体。第一首用短促急切的"屋"韵入声作韵脚，表现了作者思念大陆的痛苦之情。由"望我大陆"而至"只有痛哭"，使人想见作者极度悲痛的心境。"天苍苍，野茫茫"两句，直接撷取《敕勒歌》中的名句入诗，借景抒情，表达了台湾与大陆之间广漠无垠的辽阔天地。

邵力子先生说："于老怀念祖国故旧的深情，悲伤零落的忧思，情见乎于词矣！这不只是于老的伤感，也代表了台湾许多朋友的深情。"

作为国民党元老，于右任到了垂暮之年，有家不能归，亲人不能相见。其忧煎之情，如绵绵流水，总也没有尽头。他一生爱国、爱乡、爱人民，他说："陕西是我的父亲，甘肃是我的母亲，中国是我的家。"诗的首句就点破了遗嘱的主旨："葬我于高山之上兮，望我大陆。"在生命将尽之时，他怎能不深深地怀念大陆呢？“大陆不可见兮，只有痛哭！”无情的现实留给作者的只有“痛哭”二字。当年因“诗案”遭清廷通缉，流落上海，生活无着，饥寒交迫时，他不曾痛哭。靖国军失败了，他走陇南，过四川，颠沛流离，也不曾落泪。此时“大陆不可见”，他怀乡思亲，满眶热泪。老诗人的眼泪模糊了，他像屈原作赋时的心情一样，由无际的青天，想到茫茫的大野。然后又回到“山之上，国有殇”。他立于高山之巅，含着热泪，望着魂牵梦萦的大陆故土，写下了这首悲痛欲绝的哀歌。他在日记中写道：“我百年后愿葬玉山或阿里山树木多的高处，可以时时望大陆。我之故乡是中国大陆。”旁注：“山要最高者，树要最大者。”“葬我于台北近处高山也可，但山要最高者。”写毕，他辗转反侧，思绪万千，“天明作此歌”。诗的最后两句，再入一层境界，由怀念大陆进而怀念故乡，怀念生他养他的三秦大地，怀念他年迈的妻子、少年时的乡友，怀念嵯峨山下“瓦屋三间二陆风”的简陋故居，怀念他亲手创办的民治学校、渭北中学、斗口农场，怀念同生死共患难的长安军民，怀念三原的社火、渭北的秧歌……大陆的山山水水，关中的一草一木，都使作者“永不能忘”。……凄切、深沉、悲壮、苍凉，把整个诗的凄绝之情，推至最高峰。作者写了这首摧肝裂肺的哀歌后，只活了两年零九个月又十七天，于 1964 年 11 月 10 日与世长辞，葬在海拔 700 多米的台北市淡水镇光明里的“巴拉卡”。这里背靠群峰面对海峡。“青龙抬头，白虎伏首，山环水抱，可称福地。”墓园坐南向北，面对大陆。石柱上刻有颇具深意的对联：“西北望神州，万星风涛接瀛海；东南望圣迹，千秋豪杰壮山丘。”“霁月光风，顶天立地；民胞物与，继往开来。”背面孔子后裔孔德成题：“革命人豪，耆德元勋尊一代；文章冠冕，诗雄草圣足千秋。”“海气百重开，终古有灵飞太华；国殇高处养，此山不语看中原。”墓碑上蒋中正题“监察院长于公右任之墓”。1967 年台湾青年自筹资金在台湾最高的山峰为他立半身铜像。于右任神采奕奕，含情脉脉地望着魂牵梦萦的祖国大陆。1995 年 11 月，这座铜像被“台独”分子砸毁，引起人们的无比义愤。

# 目　　录



## 一、青少年时代

## 1902 年



## 1904 年



## 1906 年



## 1908 年

**1909 年**



## 二、辛亥革命前后

**1910 年**

**1911 年**



**1912 年**



**1913 年**



**1914 年**

## 三、靖国军时期

### 1918 年



### 1919 年



### 1920 年

1921 年

**1922 年**

**1923 年**



**1924 年**

## 四、苏联之行

## 五、南京政府时期

### 1927 年



### 1928 年



### 1929 年

## 1930 年



## 1932 年



## 1933 年

## 六、抗日战争时期

## 1939 年



## 1940 年

**1944 年**



**1945 年**



## 七、新疆行

**1946 年**

## 八、怀乡思亲

## 1951 年



## 1952 年



## 1953 年

**1954 年**



**1955 年**



**1956 年**

**1957 年**

## 1958 年



## 1959 年

## 1963 年



## 1964 年



## 九、白 话 诗

# 题　诗*

柳亚子

## （一）

落落乾坤大布衣，伤麟叹凤欲安归。
卅年家国兴亡恨，付与先生一卷诗。

## （二）

茅店霜鸡剑影寒，几回亡命度函关。
书生已办忧天下，莫作山东剧孟看。

## （三）

义师惜未下咸阳，百战无功吊国殇。
寒角悲笳穷塞主，可怜我马已玄黄。

* 这是1929年柳亚子为上海世界书局出版的《右任诗存》题的诗。当时中共党员杨明轩、杨晓初和马文彦在上海从事革命活动，没有经费，求助于右任。于右任把出版《右任诗存》所得的300元稿费，赠杨明轩等。《右任诗存》出版时，著名诗人柳亚子先生题了八首七绝。柳亚子的诗，对于右任的人品和诗品作了全面公正的评述，肯定了于诗的“史诗”价值和时代意义。转录卷首，以资记念。

（四）

贝加湖水碧潺湲，去国申胥往复还。
已换赤明龙汉劫，那堪回首列宁山。

（五）

虎踞龙蟠旧石城，当年失计误迁京。
不须更怨袁公路，南朔而今有战争。

（六）

苍黄阳夏筹兵日，辛苦钟山仰望时。
终遣拂衣归海上，高风峻节耐人思。

（七）

泰玄墓畔桂千丛，尚父湖边夕照红。
稍惜江南哀怨地，小戎驷铁换秦风。

（八）

廿载盟心结客场，使君风谊镇难忘。
怜余亦有穷途感，才尽江淹鬓未霜。

# 序

张应选

三原地处关中，嵯峨山雄峙，清峪河横贯，郑国渠、白公渠穿境而过，是周、秦、汉、唐等13个王朝的京畿之地，“衣食京师”，“天下壮县”。明、清以来，享誉关内外的学古书院、宏道书院、清麓书院就设在三原。天府沃土和丰厚的文化积淀孕育了中国近代史上的风云人物——国民党元老、民主革命家、著名爱国诗人、书法大师于右任先生。

清朝末年，政治腐败，列强宰割，连年天灾人祸，“绝好山河，连宵风雨”，于右任(1879～1964)先生就诞生在民族危难之际。

于先生祖居农村，家世寒微，父亲12岁就随兄长到四川当学徒，母亲是由甘肃逃荒到陕西的难民。父母赁居三原东关河道巷，因生活困难移回泾阳斗口村。于先生两岁丧母，贤慧善良的伯母房太夫人抚孤侄如亲生。舅父全家也对他特别关爱，在极端苦难而又蕴含温暖的农村中度过了苦难的童年。

于先生7岁入村塾，11岁随伯母搬回三原东关，先后接受了具有民主思想的三原名儒毛班香、朱佛光、刘古愚、孙芷沅等名师的教诲。他博览群书，苦习书法。为诗为文，不尚辞藻，论理致用，求索国是。1899年陕西大旱，饥民盈野。陕西学使沈祺泉从东南募捐救灾，开设粥场。于先生出任场长，主持施粥。他目睹内忧外患，义愤填膺，写诗抒怀：四万万六千万同胞“伐鼓拟金齐奋起”，“冲开血路飞”，“革命才能不自囚”。清廷下令“革究拿获，即行正法”。乡人李雨田先生闻讯，雇用快差日夜兼程到开封报信，于先生南走上海，从此走上反清的革命道路。

20世纪20年代，于先生深切体察到“民穷先兴学”，倡导“以百年树人之计，植民族复兴之基”。上海办报时期，即常给家乡学生寄笔墨、文具，奖励优秀学生。1918年于先生任陕西靖国军总司令期间，在总司令部设立教育处，各路军辖区普遍兴办教育事业。他在三原创办渭北中学、渭北师范、三原中学、民治学校。1933年创立陕西三原女子中学，解决了女青年的上学难题。1935年他邀上海建业公司，为民治学校修建教学大楼，并陆续扩建校园，在校学生有1 000多人，成为渭北各县规模最大、设施最好的学校。他还与杨虎城将军一起创办了西北农林专科学校（西北农林科技大学的前身），为农业科技的发展培养了不少有用的人才。1936年抗战前夕，他把多年购藏的稀世珍宝——魏、晋碑石387方全部捐赠给西安碑林，供人观赏。

于先生投身革命，涉足经济比较发达的东南各省，深刻体察到家乡农业落后。1930年年初，他回到家乡，兴办斗口村农事试验场，免费向农民传授技术、供应良种。接着在三原建立东段林场。斗口村农事试验场对泾阳、三原及关中地区改良农业，推广农林新技术，产生了重大影响。他预留遗嘱：“余为改良农业，增加生产起见，因设斗口村农事试验场。所有田地，除祖遗外皆用公平价钱购进。我去世后本场无论有利无利即行奉归公家。国有省有临时定之，庶能发展为地方永远利益。以后于氏子孙有愿归耕者，每家给以水地六亩、干地十四亩。不自耕者勿与。”这通石碑至今仍立在斗口村农事试验场院内。

于先生少年时，曾与同窗好友李仪祉、茹卓亭等讨论如何消除干旱，“青年学子各言志，独悯生民遭旱荒”。他就任靖国军总司令后，即与爱国将领胡景翼等成立渭北水利委员会，请水利专家李仪祉担任总工程师，勘测设计泾惠渠，并与杨虎城将军合力周旋，用以工代赈的形式开工修建。1932年开渠放水，灌溉农田，泾（阳）、三（原）、高（陵）、临（潼）民众永远不会忘记倡导兴修泾惠渠的三大功臣——于右任、杨虎城、李仪祉三位先生。

于先生体察民间疾苦,1920年前后陕西干旱,靖国军几乎到了断炊地步。“兵革又凶荒,三年鬓已苍。野有横白骨,天复降玄霜。战士祈年稔,乡民祭国殇。秦人尔何辜,杀戮作耕桑。”各路将军建议征收债券,增加捐税。于先生满含热泪,劝告众将领:“民众已是挖草根、剥树皮、卖儿卖女顾饥,我们军队是解民倒悬,岂能雪上加霜。”靖国军在缺粮短草中坚持抗击北洋军阀,呼应孙中山南方革命,为国民革命史写下光辉的篇章。

1928年开始,陕西连续两年无收,百姓冻饿死200多万人。灾荒牵动着于先生的心,他竭尽全力向社会呼吁,向各界募捐。1929年8月长子望德在上海结婚,一贯简约的于先生一反常态,大发请柬。喜仪完成后,于先生向来宾答谢,讲述陕西严重的灾情,沉痛地说:“本拟早回陕救灾,足疾不能成行。并非留沪待儿完婚。各位所送贺礼,作赈款送回陕西,余代表陕西父老乡亲,致敬各位。”语出泪下,来宾热烈鼓掌。随即抱病返回三原救灾,把贺礼全部捐给家乡,并购回小米100石,在三原南大街、南关西巷子举办粥场,救济灾民。

1932年春陕西各地瘟疫流行,于先生闻讯后立即选购10余箱药品,委托夫人高仲林、女儿于芝秀回三原发放,高夫人延请各医院名医,会商救治方案,在三原、泾阳城乡,连续十天,公布医疗处方,注射防疫针,施舍药物,大大减轻瘟疫灾害。现在一些健在的老人对“民国21年”防疫救治,仍念念不忘。

于先生爱人民,爱故乡,重乡情,事例不胜枚举。民国成立后,他曾十多次回乡,但从不乘车进城,而是和接他的乡亲并肩步行,边走边谈,随时与道旁的乡亲打招呼。步入老年,行动不便,他坐在马车辕口,抱拳向行人致意。回到家乡,不要岗哨。身居高官,却丝毫没有官气,并主动邀请乡亲叙谈。抗战胜利后,他把三原的小吃摊全部请到民治校园内,把附近的乡亲父老请至校园,随意吃喝,同叙乡情,至今传为美谈。他写的《归省杨府村房氏外家》、《泾原故旧记》成了千古绝唱。

1949年,年已古稀的于先生被迫去台。他触物怀旧,触景伤情,无时无刻不在怀念关中父老。“难忘床前挥涕语”,“每翻迁史泪沾襟”,“我生三遇劳工节,做炮孤儿念母时”,“当年轻负读书约,白首如何报君恩”。他思念夫人:“白头夫妇白头泪,亲见阿婆作艳装。”他哀伤弟妹早逝:“一梦今生成过去,永怀弟妹在心中。”他“夜夜梦中原,白首泪频滴”。“一夜惊心眠不得”,“待我归来寿一杯”。“昨宵梦入中原路,马首祥云照庶民。”

1962年他自感精神不继,在日记中写道:“我百年后愿葬于玉山或阿里山树木多的高处,可以时时望大陆。我之故乡是中国大陆。”并写下千古哀歌:“葬我于高山之上兮,望我大陆。大陆不可见兮,只有痛哭……”于先生最后没有回到大陆,没有回到家乡,这是他终身的遗憾!六十多年来,家乡人民无时无刻不在怀念于先生,每年于先生的诞辰或忌日,都要举行纪念活动。于先生创办的民治学校校名已经恢复,斗口农场的场牌已经挂起。于右任研究会、于右任书法研究会先后成立。于右任纪念馆、于右任故居已对外开放。《于右任纪念集》、《于右任先生》、《民国奇才于右任》、《于右任传》等相继出版。

郑州大学教授杨中州先生20世纪50～80年代曾长期在于先生的家乡——陕西三原及西北大学任教。他搜集、整理于先生的诗词、对联及有关历史资料,访问过于先生的亲朋故旧茹欲立、高仲林、张文生、王子元、王菊人、孙蔚如等人,先后出版了《西北奇才——于右任的青少年时代》、《于右任诗词选注》、《杨虎城将军纪事》、《西安事变》等书。现在他把于先生的诗词重新整理,详加注释,说明背景,疏解文意,寻其本事。这对于宣传于先生的爱国精神,学习于先生的诗词艺术,将发挥积极作用。正如全国政协原副主席屈武所说:该书“注释周详,不特易于理解于诗的风格,而且为学习古诗者的好读物”。

是为序。

（张应选:三原县政协原主席、三原于右任纪念馆馆长）

# 前　言

于右任(1879～1964)是中国近代史上重要的历史人物,是具有广泛影响的国民党元老、书法大师和著名爱国诗人。他出生在中华民族灾难深重的年代,生活在贫穷的西北农村。祖国的危亡、人民的苦难,震撼着于右任年轻的心灵,他自幼就萌发了强烈的爱国激情和民族义愤。他以诗歌为武器,抨击现实,抒发抱负。他早年的诗作意气风发,振聋发聩,抒报国之壮志,发时代之强音,表现了推翻清王朝的豪情壮志。

于右任的第一本诗集《半哭半笑楼诗草》,1903 年在三原印刷发行。卷首印着作者披发照片一幅。旁题:"换太平以颈血,爱自由如发妻。"面对山河破碎、民族危亡的严峻局势,他呼喊:"中华之魂死不死?中华之危竟至此!"他指出:"可怜好河山,葬于奴才手。"他把那些吞食民脂民膏的腐朽官吏比作"署中狗"。"署中豢尔当何用?分噬吾民脂与膏。"(《署中狗》)

他借古喻今,把矛头直指慈禧太后。"误国谁哀窈窕身,唐惩祸首岂无因?女权滥用千秋戒,香粉不应再误人。"(《杨妃墓》)号召"冲开血路飞","革命才能不自囚"。清廷以其"昌言革命"下令缉拿,于右任南逃上海,从此走上了反清的革命道路。

1906 年,于右任在东京拜会孙中山先生,加入中国同盟会,归国后在上海先后创办了面向全国的报纸——《神州日报》、《民呼日报》、《民吁日报》、《民立报》。以"骚心"、"大风"、"剥果"等笔名写了许多爱国诗文,"大声疾呼,为民请命"。青年时代的毛泽东就是《民立报》的热心读者。1935 年他在与美国记者埃德加·斯诺的谈话中回忆:"在长沙,我有生以来第一次看到的报——《民立报》,那是一个民族革命的报。刊载着广州反清起义和七十二烈士殉难的消息。这个起义是由一名叫黄兴的湖南人领导的。我深为这个故事所感动。并且还发现《民立报》充满了激动人心的材料,这个报是于右任主编的。""这些激动人心的报道,有民族气节,鼓舞人心。很想见见这位主编。"1924 年 1 月,在中国国民党第一次全国代表大会上,于右任被选为中央执行委员,毛泽东任候补中央委员。他们相见恨晚,合作共事。1945 年 8 月毛泽东到重庆谈判,于右任设宴招待毛泽东一行。二人谈诗论政,分外欣慰。他对毛泽东所作《沁园春·雪》,极力称赞,认为:"数风流人物,还看今朝"是"激励后进之佳句"。毛泽东笑而答曰:"何若'大王问我:几时收复山河?'(指于所赋《越调·天净沙》末句——选注者)启发人之深也。"两位旷代诗人拊掌大笑,诗坛传为佳话。

1918 年于右任奉孙中山之命返回陕西,就任靖国军总司令,"主持西北革命大计",领导陕西地区反对北洋军阀的斗争。他激情满怀,艰苦卓绝,在戎马倥偬的战斗生涯中,手不释卷,口不停吟,写下了许多动人的篇章。"万里风云掩西北","正义支持靖国军",真实地记载了靖国军曲折的战斗历程,热情地歌颂了广大军民的爱国热忱。"有记实、有抒情、有高歌、有痛哭,血泪交融,喷涌倾泻。称之为陕西民主革命的史诗,西北近代历史的足迹,也当之无愧。"

1922 年,面对靖国军分化瓦解的严峻形势,于右任痛心疾首,"只余民治园中路",不得不退居民治学校校园。他触景伤情,因物托事。以 61 种花草树木为依托,写下了 20 首《民治校园纪事诗》,"艺术地表现了那个时代的政治风云、军事斗争、人民命运、国家前途"。这 20 首七律"以情寓景、因物托事、设喻新奇、寄兴遥深。为《诗经》比兴手法之运用,开疆拓土,真杰作也"(霍松林语)。

1921 年中国共产党成立,屡遭挫折的于右任,在困境中遇到了中国共产党。他赞成国共合作,拥护孙中山"联俄、联共、扶助农工"的三大政策。他认为:国共两党“分则两损,合则两益”。当大革命的风暴迅猛发展之时,他不避艰险、不顾安危,在李大钊的帮助下,毅然前往苏联,促请冯玉祥将军回国,“进军西北,解西安围,出兵潼关,策应北伐”。苏联之行,他心潮澎湃,视野开阔,写了40多首歌颂苏联、歌颂十月革命、歌颂社会主义的诗篇,这在同时代的诗人中是少见的。

1929年2月,于右任的第二部诗集《右任诗存》由上海世界书局出版,收集了19世纪末至1928年200多首诗作,出版时著名诗人柳亚子题写了八首七绝,“卅年家国兴亡恨,付与先生一卷诗”,论定了于诗的时代内容与史诗价值。于右任的诗是一部凝炼的史诗,他被誉为“诗豪”、“词宗”、“桂冠诗人”。“其意境博大壮阔、气势雄浑磅礴、音调铿锵舒畅。读他的诗不仅会为他忧国忧民的爱国精神所感动,同时在字里行间,流露出一种真挚的爱、一种明快的美……具有启发性,也具有感染力,充分发挥了艺术的最高功能。”(钟鼎文)著名学者吴宓教授说:于诗“苍凉悲壮,劲直雄浑,而回肠之气,感人至深”。旅居台湾的胡秋原先生说:“先生之诗,沉郁豪放,其锤炼杜、陆而来乎!痛民生之多艰,而无一语自伤。而喜道从军之乐,尤似放翁。‘持节求民瘼,寻诗访战场。’此二语殆先生全部精神之写照。”“而技巧之精湛,风格之老健,炼字、锤句、谋篇之完美,也令人倾倒。”(霍松林语)

1937年全面抗战爆发,在国难当头、民族危亡之秋,于右任以爱国赤诚之心,写了许多唤起民众、抗击侵略、热情豪放的爱国诗篇。1937年年底,他在汉口与郭沫若、柳亚子等,共同创办《民族诗坛》,专门刊登鼓吹抗战的诗词。皖南事变后,为反对妥协投降,团结抗战,激发人们的爱国感情,他与重庆文艺界的同仁,共同倡议,以农历五月初五端午节为“诗人节”。他亲自担任成立大会主席并赋《诗人节》一首:“民族诗人节,诗人更不忘。乃知崇纪念,用以凛危亡。宗国千年同,幽兰万古香。于今期作者,‘无畏吐光芒’。”

他崇拜屈原,“一卷《离骚》爱不忘,一丛兰蕙发天香”。他推崇陆游,“近来进步毫无趣,诗意凭陵陆剑南”。他说:“我们为什么要以端午节为诗人节？当然是纪念屈原的。是纪念他衣被万世的创作精神与日月争光的高尚人格。”在重庆他还邀集长于写旧体诗的诗人、学者，共同编辑《中华乐府》，定时聚会，亲自撰稿，拟定题目，鼓吹抗战。当汪精卫叛国投敌的消息传来时，于右任压抑不住满腔的愤怒，亲自到中央电台发表讲演，号召文艺界的同仁们“握紧你们锐利无比的笔，写出刺刀炸弹一样的字句，向着倭汪猛刺！向着倭汪猛袭！”他号召：“男儿要当兵，以身换太平。”为鼓舞士气，他还写了许多通俗易懂，生动活泼，为广大群众喜闻乐见的白话诗：“长歌长，短歌短。神圣战争方开展。哥哥后，弟弟前。争将性命为国捐，破击胡儿在今年。”“四万万同胞齐起来，效忠祖国，前进！怒号！粉碎明治遗策，胜利之路非遥。那里弥漫着全人类的欢呼，响彻云霄。那里放出了历史的光芒，永远在照耀。在今年，这个充满着希望的新年里，我们要吐气扬眉，伸一伸我们伟大民族的怀抱！”他写的许多白话诗，虽时过近一个世纪，至今仍有深刻的教育意义。如：“第一唱来官员听，你把百姓莫看轻。民国官员是公仆，百姓雇你当长工。”

抗日战争胜利后，于先生以真挚的爱国情感，高度的艺术修养，科学的分析方法，写下了长篇叙事诗——《第二次大战回忆歌》，全面、系统、真实地记述了第二次世界大战的全过程，是一部艺术地再现第二次世界大战的辉煌史诗。这些振奋民族精神、讴歌团结抗战的光辉诗篇，在中国诗坛上树起一座巍峨的丰碑。

于右任有60多年创作经验。他学识渊博，功力深厚，在诗歌创作理论上也有许多精辟见解。他认为：“诗应化难为易，便于大众欣赏。”“诗是大众言志的工具，而不是一部分人的怡情玩具。”“诗的体裁，必须解放。伟大的天才、伟大的思想，决非格律所能限制的。”他主张：“作旧诗的，也宜有兼容并包的襟怀，择善而从的雅度。取旧诗之所长，补新诗之所短。融会贯通、截长补短，以收调节折中之效。”他还说：“近人作诗，动言效法李、杜，我认为真的效法，应该效法他们的革命精神，不可合乎我们的思想来适应诗的格律。”刘延涛先生在论于诗时说:“先生的诗风,虽接近李白,而先生致力处实在杜甫。先生最爱老杜那一种实在的生活。更爱老杜那一种喜爱民间、同情贫苦的生活。”

1949 年于右任被迫去了台湾。他身在台岛,心向大陆,随着垂暮之年的到来,他更加思念家乡,怀念亲人,写了许多怀乡思亲的感人诗篇。“夜夜梦中原,白首泪频滴。”(《有梦》)“更来太武山头望,雨湿神州望故乡。”(《望雨》)“垂垂白发悲游子,隐隐青山见故乡。”(《书钟槐村先生酬恩诗后》)“白头夫妇白头泪,留待金婚第一宵。”(《思念内子高仲林》)他在日记中写道:“我百年后愿葬玉山或阿里山树木多的高处,可以时时望大陆,我之故乡是中国大陆。”他临终前两年写的《望大陆》,影响深远,动人心魄。“葬我于高山之上兮,望我大陆。大陆不可见兮,只有痛哭……”在大陆,有他年迈的妻子、心爱的女儿,有他同生死、共患难的父老乡亲,有他亲手创办的各类学校,有他辛勤培养的莘莘学子,有殷切盼望他早日归来的长安父老。关中的山山水水,大陆的一草一木,使他“永不能忘”! 周恩来总理说:“于右任先生是位公正的人,有民族气节。”当他看到于右任所写的绝句时,激动地说:“于先生有诗传过来了!”并当众吟诵了 1958 年于右任写的《南山》一诗。1961 年于右任夫人八十寿辰,于右任感到他不在大陆一定会很冷落。周恩来总理闻讯,立即派屈武以女婿身份偕外孙屈北大等专程前往西安为于老夫人祝寿,并在极端困难的情况下,指示当地政府:“①于老夫人仍住西安由陕西省委关照;②每月政府补助生活费,并派保姆照顾;③医药费全部报销。”使于老夫人得以安度晚年。周总理说:“只要于先生高兴,我们也就心安了。”2003 年 3 月 18 日,温家宝总理在回答台湾记者提问时,朗诵了于右任的《望大陆》,并说:“这是多么震撼中华民族的词句!”于右任的诗,句句有情,字字含泪,激荡着每一个中华儿女的心。

于右任的一生是波澜壮阔的一生,是真诚爱国的一生。他学识渊博,笔力雄健。其诗词歌赋,博大精深,充满着忧国忧民的情怀。他是一位文化巨匠，是一代令人高山仰止的书法大师，有“一代草圣”的美誉。他历事久，见事深，功底厚，交游广。上自总统、主席，下到普通百姓、贩夫走卒，凡是向他求字、求助的，他尽力而为。他的诗词、书法，“双峰并峙”，是中华民族优秀文化的重要组成部分，是宝贵的精神财富。据粗略估计，他写的诗、词、歌、曲，在千首以上。他书写的对联、条幅等数以万计。1943 年河南发生灾荒，千里中原，颗粒无收。树皮草根，掘食已尽，几百万灾民无家可归。身居高位的于右任，为救济灾民，连日写字义卖。据当时在他身边工作的一位秘书告诉我：那些天于院长专心写字，即使有要员来访，他头也不抬，边答话、边俯首疾书。民国 32 年 2 月 24 日，重庆《新华日报》载：“于院长写字义卖，捐款目下已达 80 万。超过各界捐款一倍以上。”同年 5 月 30 日，该报又刊出“（鲁山讯）豫省救灾会收到于院长续寄翰墨赠款 6 万元”的消息。他一生古道热肠，儒心侠胆，布衣粗食，一身正气，两袖清风，一尘不染。其人品、书艺，堪称世人之典范，凡是接触过于右任的人，都会被他的真诚、谦和所感动。他说：“陕西是我的父亲，甘肃是我的母亲，中国是我的家。”关中大地流传着许多于右任爱国、爱乡、爱民的故事。

20 世纪 50 年代末，我大学毕业后到于右任的家乡——陕西三原任教。1961 年年初，在杨虎城将军的机要秘书、陕西省政协副主席王菊人先生指导下，搜集整理陕西地方史料。当我们看到于右任早年的诗集《半哭半笑楼诗草》残本及 1929 年上海世界书局出版的《右任诗存》后，立即被那一篇篇激动人心的诗篇所感动，仿佛看到了于右任那颗激烈跳动的爱国之心。后来在马文彦、屈武、张文生诸先生帮助下，搜集整理于右任的诗词、对联，并走访了于老夫人高仲林、女儿于芝秀、外孙屈北大及茹欲立、刘绍文、杨子廉、韩望尘、孙蔚如、邓宝珊、胡景通、王鸿俊、缑尧钦、李楚才、于靖中、茹士安、房仙洲、王子元、李子健、王曦亭等。不料，这件有意义的工作，“文化大革命”中却成了莫大的“罪过”，批斗、打骂、劳役……捏造出许多莫须有的罪名。1966 年 11 月 20 日，在“红卫兵”的威逼下，把这些辛勤积累的珍贵资料及于右任早年写给乡友们的条幅，付之一炬，回想起来，真是令人痛心。

党的十一届三中全会后，我把于先生的诗词重新整理，并和西北大学中文系马天祥教授一起对其中的典故进行注释。由于当时极左思潮尚未完全消退，很多作品未能收入，加之资料缺乏，使1983年出版的选本有一些疏漏和错误，近年来随着对于诗研究的深入，特别是霍松林教授、许有成教授、中国书协钟明善副主席及陈泗长、潘志新先生的专著相继问世，这就为本书的修订提供了依据。

感谢全国政协原副主席、民革中央原主席屈武先生生前在病中提供资料，审阅样章。中共陕西省委原书记、陕西省地方志编纂委员会原主任陈元方，于右任的外孙、长期生活在于府的中国国际友谊促进会原副会长屈北大先生，郑州大学党委书记郑永扣教授，西北大学国际学院汤玉明教授，陕西省新闻出版局姜民生编审，三原县政协副主席周宏儒先生，义煤集团江建华同志，陕县贺兰廷乡长，三原张凤钏女士，郑州大学高天星、刘福智先生和李亚培、李红迁、梁慧敏同学，积极支持，查阅资料，补充订正，誊抄稿件。对他们的辛勤劳动、无私帮助，表示诚挚的谢意。由于本人水平很低，见闻不广，注释与考证，一定还有不少错误。敬请对于诗研究有素的朋友批评指导，以便进一步修改订正。

杨中州

2006年3月于郑州大学

# 一、青少年时代

于右任的青少年时代，正是中国封建社会的末期，清廷对外卖国投降、对内压迫人民。官府里豢养着一批吞食民脂民膏的腐朽官吏。甲午战后，中国面临着亡国灭种的严重危机。风雨如磐的现实，强烈地震撼着于右任年轻的心灵，他以诗歌为武器，借古喻今，讥讽时弊，矛头直指慈禧太后："女权滥用千秋戒，香粉不应再误人。"(《杨妃墓》)

1903年于右任的第一本诗集《半哭半笑楼诗草》，在三原刊行。诗集前面印着作者披发照片，旁题："换太平以颈血，爱自由如发妻。"他写道："中华之魂死不死？中华之危竟至此！""为奴何如为国殇"，"依赖朝廷时难俟。何况列强帝国主义相逼来"。"大呼四万万六千万同胞""齐奋起"，"冲开血路飞"。于右任这一时期的诗作，血泪交融，激情满怀，言人之不敢言，咏人之不敢咏，一时广为传颂。清廷以"昌言革命，大逆不道"的"罪名"下令缉拿。于右任南逃上海，从此走上了反清的革命道路。

## 1902年前

### 丑奴儿令
### 灵宝道中吊妹仲华[①]

沉吟往岁留题句，字也分明，恨也分明，泪湿关河[②]

百感生。　　今来更有伤心事，兄也飘零，妹也凋零[3]，木落天寒雁一声。

注：

①仲华：即作者之妹于仲华，嫁与周石笙为妻，先周而殁。

②关河：指函谷关、黄河。均在今灵宝市境内。

③凋零：原指花木凋谢、零落。后引申为人的死亡。

眼儿媚

## 洛阳道中

衰时容易盛时难，独自泪汍澜[1]。黍离殿阁[2]。劫灰文物[3]，残霸河山[4]。　　无情道路多情梦，梦里越重关[5]。今宵洛浦[6]，明朝盘豆[7]，后日长安[8]。

注：

①汍澜：流泪的样子。

②黍离殿阁：黍苗长满了宫殿。比喻宫殿楼阁荒废。《诗经·王风·黍离》："彼黍离离，彼稷之苗。"

③劫灰文物：文物在浩劫中化为灰烬。

④残霸河山：河山被列强分割得支离破碎。

⑤重关：重重关隘。

⑥洛浦：洛水之滨。指洛阳。

⑦盘豆：即盘豆镇，在河南省灵宝市西南。

⑧长安：指今西安市。

浪淘沙

## 潼关感赋

形势望中收[1]，故国神游[2]，纤儿一逝溃齐州[3]。如此雄关难坐守[④],竖子[⑤]无谋。　　惊鸟再来投[⑥],寤寐恩仇[⑦]。明知不返也难留[⑧]。天降繁霜人雪涕[⑨],白尽乌头[⑩]。(文叔问[⑪]先生词句。)

注:

①形势望中收:潼关险要的形势全收眼底。

②故国:陕西古称秦国。神游:身不动而神往。《列子》:"吾与王神游也,形奚动哉?"

③纤儿:系船的绳子。齐州:指黄河中下游。

④坐守:谓坐等敌人,以逸待劳。

⑤竖子:口语"这小子",对人轻蔑的称谓。《史记·平原君传》:"白起,小竖子耳!"

⑥惊鸟再来投:谓这次回乡,如惊弓鸟,再来自投罗网。比喻冒险。

⑦寤寐恩仇:谓时刻不忘,恩怨分明。寤,醒来;寐,睡着。

⑧明知不返也难留:作者之父谓:"儿归我喜,儿住我忧,盼儿明日即去。"继续为革命奔走。返,指返沪。

⑨雪涕:拭泪。《列子》:"(景)公雪涕而顾晏子。"

⑩白尽乌头:喻不可能的事情。此处意谓:这次离家肯定是会再回来的。《燕丹子》:"丹求归,秦王曰:'乌头白,马生角,乃许耳。'"

⑪文叔问:即清末词人郑文焯,字叔问。

丑奴儿令

## 硖石[①]道中

车如旋磨人如蚁。万折千盘,万折千盘,铁换轮蹄客未还。　　劳生自怨无奇骨。不耐关山,不耐关山,枉说人间道路难。

**注:**

①硖石:今河南省陕县东南硖石镇。

柳梢青

## 洛阳吊古

败叶留红,残岩落翠,满目风沙。故国山川,故家池馆,故苑风华。　　无端梦堕天涯。空凭吊,杨家李家[1]。一片闲愁,两行清泪,几曲悲笳。

**注:**

①杨家李家:洛阳市曾是隋(杨)唐(李)故都。

浪淘沙

## 黄鹤楼[1]

烟树望中收,故国神游,江山霸气剩浮沤[2]。黄鹤归来应堕泪,泪满汀洲[3]。　　凭吊大江秋,尔许闲愁,纷纷迁客与清流[4]。若个英雄凌绝顶,痛哭神州。

**注:**

①作者自注:"光宣之间归里省亲葬亲两次道上所作。"作者两过武昌,登楼远望,祖国山河破碎,遍体疮痍。亡国灭种的惨祸已经迫在眉睫,心情沉重,发而为词。本词发表后,和者甚多,附和词三首,供欣赏。黄鹤楼在武昌蛇山上。

②浮沤:水面漂浮的泡沫。

③汀洲:水中的小陆地。《楚辞·九歌·湘夫人》:"搴汀洲兮杜若。"

④迁客:因罪过被贬官外调的人。清流:德行高洁的人。

附：

(一)

浪淘沙

**和骚心[1]黄鹤楼题壁**

蜕庐

壁垒阵云收，剑底魂游，索伦王气幻轻沤。望里翩翩旗影白，插遍沙洲。　　袅袅洞庭秋，极目予愁，横流战血挟江流。卷起怒涛撑半壁，重奠神州。

**注：**

①骚心：于右任笔名。

(二)

浪淘沙

**和骚心黄鹤楼题壁**

剑冀

乾坤指顾收，目与天游，洪涛卷尽水中沤。万里河山新气象，笑傲沧洲。　　郁结几经秋，一旦消愁。巍巍砥柱挺江流。二百余年沉黑暗，光复神州。

## （三）

### 浪淘沙

### 和骚心黄鹤楼题壁

孽 子

热泪一时收，梦鹤南游，望中天地几沙沤。谁唱大江东去曲，笛起沧洲。　　云物渐深秋，漫说闲愁，狂来击楫溯中流。三色旌旗看掩映，赤壁黄州。

### 踏莎行

### 送 杨 笃 生[①]

绝好山河，连宵风雨，神州霸业凭谁主？共怜憔悴尽中年，那堪飘泊成孤旅。　　故国茫茫，夕阳如许。杜鹃声里人西去！残山剩水几回头，泪痕休洒分离处。

（杨笃生为《神州报》总主笔，因《神州报》改组将去英伦。时文叔问先生以‘冷红词’赠予，予见其中有‘神州霸业凭谁主’之句，戏谓笃生此似赠公者，因为足成此词以送其行。予以戏作多采文句，故集中不载。右任特记。）

**注：**

①杨笃生（1871～1911），湖南长沙人，1906 年加入同盟会，1907 年与于右任在上海创办《神州日报》。后去英国。因忧愤国事，1911 年 8 月 6 日，在英

国利物浦投海自沉。

## 1902 年

### 杂　感（四首）

#### 柳下[1]爱祖国

柳下爱祖国，仲连[2]耻帝秦。
子房[3]抱国难，椎秦气无伦。
报仇侠儿志，报国烈士身。
寰宇独立史，读之泪盈巾。
逝者如斯夫[4]，哀此亡国民。

注：

①柳下：名展禽，春秋时鲁国大夫。鲁僖公二十六年（公元前634年）齐国攻鲁，他设法使齐国退兵。

②仲连：战国时齐国人。秦军一度包围了赵都邯郸，鲁陈以利害说服赵、魏两国大臣，劝阻了尊秦昭王为帝的打算。

③子房：张良的字，战国末期韩国人。韩被秦灭亡后，他为了替韩报仇，曾派遣勇士在博浪沙（在今河南省原阳县）用铁椎行刺秦始皇。

④逝者如斯夫：《论语·子罕》："（孔）子在川上曰：逝者如斯夫！"指岁月流逝。意即：过去的让它像江水一样流去。面对祖国危亡，中华儿女应奋起挽救祖国。

#### 蜂虿[1]螫指爪

蜂虿螫指爪，全神不能定；

蚊虻噆皮腹，痴儿睡不竟。
忧患撄[2]人心，千钧万钧劲[3]。
为问彼何人？横卧东半径[4]。
一针不及创，一割不知痛[5]。
伤哉亲与爱，临危复梦梦。

**注：**

①虿(chài)：蝎子一类的毒虫，这里指蚊虫嗡嗡咬人。

②撄(yīng)：纠缠。《淮南子·俶真训》："蜂虿螫指而神不能憺，蚊虻噆肤而知不能平，夫忧患之来撄人心也，非直蜂虿之螫毒，而蚊虻之惨怛也，而欲静漠虚无，奈之何哉？"

③千钧万钧劲："钧"，30斤曰钧，意指：祖国的危亡已迫在眉睫，犹如千钧、万钧之物压在人们的心头。

④横卧东半径：指位于东半球的中国将被爪分。

⑤一割不知痛：在《马关条约》中，清廷把台湾割让给日本。作者痛骂腐朽的清廷割让台湾的卖国行径。

## 伟哉说汤武[1]

伟哉说汤武，革命协天人[2]。
夷齐两饿鬼[3]，名理认不真。
只怨干戈起，不思涂炭臻。
心中有商纣，目中无商民。
叩马复絮絮，非孝亦非仁。
纵云暴易暴，厥暴实不伦。
仗义讨民贼，何愤尔力伸！
吁嗟莽男子，命尽歌无因。
耗矣首阳草，顽山惨不春。

注：

①汤武：指商汤王、周武王。

②革命协天人：夏桀无道，商汤起兵伐桀。传至纣王，暴虐无道，周武王兴兵灭纣。史称"汤武革命"。

③夷齐两饿鬼：周武王伐纣时，伯夷、叔齐兄弟叩马而谏。商亡后，二人逃入首阳山中，不食周粟，最后饿死在首阳山。从孔子到后世，儒家子弟都颂扬他们。作者认为他们反对武王伐纣是不义。作者称他们二人为"饿鬼"。

## 信[1]天行者妄

信天行者妄，避[2]天行者非。
地球战场[3]耳，物竞[4]微乎微。
嗟嗟老祖国，孤军入重围。
谁作祈战死，冲开血路飞[5]。

注：

①信：顺其自然。

②避：无视现实。既不能顺其自然，也不能无视国家危亡的现实。

③地球战场：整个地球就像一个激烈斗争的战场。

④物竞：物竞天择。只有起来斗争才能生存。

⑤作者号召人们推翻清廷的腐朽统治，"冲开血路飞"。

## 吊李和甫[1]

（君名秉煦，高陵人。为余最早一同志。以家庭之谗言，忧愤自尽。其父雨田公，救余脱险者也。）

和甫和甫，
命短心苦。

好战场肯信途穷无用武，
好男儿轻残七尺委黄土。
痛定思痛君如何？
抱恨定料黄泉多。
谗人交乱伤骨肉，
隐痛难明起风波。
湘累怨极神情乱，
横死庶解人疑难，
一瞑不顾亲何安。
土蚀寒花封痴汉，
执笔三年不成声，
至此肝肠寸寸断。②

**注：**

①李和甫：名秉熙，陕西高陵人。其父李雨田在三原经商，曾救作者脱险南下（详见《杨妃墓》注①）

②全诗概括了李和甫短暂、痛苦的一生。“执笔三年不成声，至此肝肠寸寸断。”这充分表达了作者对老友英年早逝的悲痛心情及深切怀念。

## 兴平寄王麟生、程抟九、牛引之、王曙楼、朱仲尊诸同学①

转战身轻意正酣，无端失足堕骚坛②。
近来进步毫无趣，诗意凭陵陆剑南③。

**注：**

①兴平：陕西省兴平县。王麟生：即王炳灵，陕西三原人，同盟会员。曾任《民

立报》编辑，程搏九、牛引之、王曙楼、朱仲尊均系作者早年同学。

②骚坛：即诗坛。

③陆剑南：指南宋爱国诗人陆游。著有《剑南诗稿》。“于右任学识渊博，笔力雄健，他的诗多嫉恶如仇之愤，感时忧世之痛，故国山河之恋，民生疾苦之呼。而其逸趣豪情，始终环绕以爱国为中心，他对爱国诗人陆游特别推崇。”（许有成：《于右任传》）

## 失意再游清凉山寺[1]题壁

万千兴会怅登临，得罪苍苍罚苦吟。
落叶横飞偏碍眼，高僧时到一论心。
手无阔斧开西北，足驻长途哭古今。
为问东山人[2]在否？末流[3]为尔一沾巾。

**注：**

①清凉山寺：在陕西省三原县鲁桥镇北，为理学大师贺复斋的讲学处。

②东山人：指在清凉山寺主持正谊书院的贺复斋先生。贺复斋（1824～1893），名瑞麟，字角生，号复斋。在清凉山创办正谊书院，精研程朱之道，集理学之大成。人称“关学渊源”、“理学宗师”。

③末流：作者谦称。

## 署　中　狗[1]

署中豢[2]尔当何用？分噬[3]吾民脂与膏。
愧死书生无勇甚，空言侠骨爱卢骚[4]。

**注：**

①署：指官署。对于那些吞食民脂民膏的官吏，作者把他们比作“狗”。三原

县令德锐(满人)看到后恨之入骨,密报清廷。

②豢:喂牲口。

③噬:咬、吞食。

④卢骚(1712～1778):今译作"卢梭",法国激进的启蒙思想家。他著的《民约论》一书,主张人权平等,对欧洲资产阶级革命影响很大。

## 从 军 乐

中华之魂死不死?
中华之危竟至此!
同胞,同胞,
为奴何如为国殇[1],
碧血斓斑照青史。
从军乐兮从军乐,
生不当兵非男子。
男子堕地志四方,
破坏何妨再整理。
君不见白人经营中国策愈奇,
前畏黄人为祸今俯视。
侮国实系侮我民,
伈伈伣伣[2]胡为尔?
吾人当自造前程,
依赖朝廷时难俟。
何况列强帝国主义[3]相逼来,
风潮汹恶廿世纪。
大呼四万万六千万同胞,

伐鼓摐金[④]齐奋起。

注：

①国殇：指为国牺牲的人，作者"昌言革命"，反对帝国主义侵略中国。

②伈伈：形容恐惧。伣伣：怯懦，不敢正视。

③帝国主义：是作者后来加的。

④摐：撞击。金：指金属制成的乐器。

## 赠茹怀西[①]

烈士头颅侠士心，长松绝涧出风尘[②]。
现身酷似乡前辈，大蟹横行孙豹人[③]。

（渔洋题豹人像，有"落落琴声大蟹行"句。）

注：

①茹怀西：名欲可，陕西泾阳人。作者同窗，同盟会会员。曾任南京临时政府参议院议员，1914年在北京逝世。

②长松句：茹怀西有正义感，像立于高山的劲松。

③孙豹人，即孙枝蔚（1621～1694），字豹人，三原人。以诗文名满海内，累致千金，皆分予穷人。清廷两次征召，拒不为官。作者以乡贤前辈的高风亮节来赞誉茹怀西的革命精神。

## 和朱佛光先生步施州狂客原韵[①]

愿力推开老亚洲，梦中歌哭未曾休。
人权公对文明敌，世事私怀破坏忧。
偶尔题诗思问世，时闻落叶可惊秋[②]。
太平思想何由见，革命才能不自囚。

**注：**

①朱佛光(1853～1924)：名先照，字漱芳，晚年号佛光，陕西三原人。少年时目睹清廷腐败无能，民主革命思想日增，主张“经学科学并重”，毕生从事教育事业，不求闻达。他指出：曾(国藩)、胡(林翼)“文章虽佳，题目则差”。他经常对学生讲述明末抗清故事，受到进步学生的欢迎。辛亥革命时，陕西的激进分子多出其门下。于右任青年时代，曾跟朱佛光学习过一个时期。他说：“我的青年时期的革命思想，受朱佛光启沃为多。”(《我的青年时期》)所撰《朱佛光先生墓志铭》中指出：“甲午以后，以外患日深，先生究心于经世之学，谓中国改革，非经学科学并重不为功。……是时康派学说，风靡天下，先生乃著《康氏纠谬》，指斥其政治主张之错误。……及闻中国同盟会成立，见孙先生之演说，则劝学生加盟，以响应于西北。对于保皇立宪诸说，随时随地指斥其非。”

这首激情澎湃的诗歌，处处洋溢着爱国激情，表现了作者决心以革命手段推翻“老亚洲”，迎接“新亚洲”到来的豪情壮志。

②落叶可惊秋：《淮南子·说山》：“以小明大，见一叶落而知秋之将暮。”(宋)唐庚《文录》：“唐人有诗云：山僧不解数甲子，一叶落知天下秋。”

## 兴平咏古(六首)

1902年(清光绪二十八年)兴平县令杨吟海(四川名士,曾跟随左宗棠在新疆戍边多年,抵御外来侵略,颇有民族气节)久闻于右任"西北奇才"之名,委托周镛礼聘其到兴平任教。兴平、武功是周武王开基之地。历代以来,人文荟萃,名贤名将史不绝书。作者游历之余,作《兴平咏古》34首,对班固、班超、郭解、马援、董仲舒等都有题咏。选其6首。

### 董仲舒①

少治春秋学有加,暮年灾异乱如麻。
儒生眼界容方寸,抵死昌言罢百家②。

注:

①董仲舒(前179～前104):西汉哲学家。广川人,后迁居兴平。汉武帝举贤良文学之士,他建议:"诸不在六艺之科,孔子之术者,皆绝其道,勿使并进。"为汉武帝采纳,开2 000年封建社会以儒学为正统的先声。

②罢百家:董仲舒"罢黜百家,独尊儒术"的思想,使百家不鸣,禁锢人们的思想,阻碍了文化的发展。于右任对此提出批判。

### 班　固①

博学鸿才赋两都②,园林苑囿尽陈铺。
史家今古真评在,迁固③龙猪未尽诬。

注:

①班固:字孟坚,东汉人。我国著名历史学家,历时20余载续成《汉书》,开创了"包举一代"的断代史体例。

②赋两都:班固曾作《东都赋》、《西都赋》。

③迁固:迁,指司马迁。固,指班固。司马迁作《史记》,作了许多实事求是的考证,受到后人称赞。而班固写《汉书》,宣扬皇权天授的封建思想。后世学人评为"迁龙固猪"。

## 班　超①

骨相生成万里侯②,立功应在海西头③。
穷荒血食穷荒死,临老何心恋首丘④。

注:

①班超:字仲升,扶风安陵人,东汉名将。班固弟。曾奉命征西域,平定当地贵族叛乱,击退月氏入侵,保护了西域各族人民的安全及"丝绸之路"的畅通。曾出任西域都护,封定远侯。

②骨相句:班超骨相奇伟,少时人称可当万里侯。

③海西头:指波斯湾一带。

④首丘:人死后归葬故里为"归正首丘"。班超晚年被朝廷召回,病死家中。

## 马　援①

历史英雄有数传,据鞍犹自羡文渊。
谅为烈士当如此,是好男儿要死边②。

注:

①马援:字文渊,扶风茂陵(今陕西省兴平县东北人,东汉名将)。

②死边:死于边疆。马援当年进击武陵“五溪蛮”时,重病军中,他壮心不已,曰:“男儿要死于边野,以马革裹尸还葬耳!”对马援的豪情壮志,作者不胜敬佩,写诗抒怀。

## 郭 解①

椎生凹凸剑生棱,游侠曾闻徙茂陵②。
断自公孙③诬郭解,人豪挫折腐儒兴。

注:

①郭解:字翁伯,河南济源人。为汉代著名侠士。一生为百姓伸张正义,打抱不平。其母死时送葬者达数十里。后被人诬陷致死。

②游侠句:指郭解曾迁居茂陵(兴平东南)。

③公孙:指西汉丞相公孙弘。他诬告郭解造反,郭被汉武帝杀害。

## 杨 妃① 墓

误国谁哀窈窕②身,唐惩祸首岂无因?
女权③滥用千秋戒,香粉④不应再误人。

注:

①杨妃:即杨玉环,法名太真。唐天宝四年(745 年)被封为贵妃。他借古喻今,讥讽朝政,矛头直指西太后。陕西巡抚升允以“逆竖昌言革命,大逆不道”的罪名,缉拿作者(时作者在开封应癸卯科会试)。三原药材行经理李雨田得讯后,立即写了“哭笑楼(暗指作者的《半哭半笑楼诗草》),将上墙;虽未详,祸已藏”十二字的隐语,以巨金雇得日行百里的“快行者”(俗称“飞毛腿”)即日往开封送信。作者闻讯,星夜由开封逃往上海,隐姓埋名,开始走上反清的革命道路。

②窈:美貌。窕:和善。这里明指美貌女子杨玉环,暗指祸国殃民的西太后。
③女权:这里暗指清廷的实权人物慈禧太后。
④香粉:女人的代称。

## 吊古战场

无数英雄无数骸,黄沙青史[1]两沉埋。
我来数数诗难就,懊恼鸱鸮叫断厓[2]。

注:

①青史:古代记述历史多刻写在竹简上。多少将士为国捐躯,青史并无记载。
②鸱鸮:猫头鹰类的猛禽。厓:即崖。

## 咏史

独立亭亭命世雄,男儿何必哭途穷[1]?
卢骚寡妇淮阴母[2],慧眼豪情不愿逢。

注:

①哭途穷:走投无路而哭。咏史之作,伤感者居多,作者立意新奇,不为走投无路而哭泣。为挽救垂危的祖国,要闯出一条新路。
②卢骚寡妇:卢骚自幼家庭贫穷,后由罗马教士携至日内瓦,得到华伦夫人的资助。淮阴母:"淮阴侯韩信者,淮阴人也。始为布衣时……有一母见信饥,饭信。"(《史记·淮阴侯列传》)

## 汉武帝[1]陵

绝大经纶绝大才[2],罪功不在悔轮台[3]。
百家罢后无奇士[4],永为神州种祸胎。

注：

①汉武帝（前156～前87年）：名刘彻。在位时为西汉王朝的鼎盛时期。

②“绝大”句：作者赞颂汉武帝的雄才大略。

③轮台：在新疆。

④百家句：汉武帝“罢黜百家，独尊儒术”，抑制我国文化的发展，禁锢了人们的思想，为“神州”种下“祸胎”。

## 1904年

### 赴试过虎牢[1]

云乱雁声高，书生过虎牢。
相持无楚汉，凭轼读《离骚》。
黄土悬千尺，青天露一毫。
回头应笑倒，歃血[2]几人豪。

注：

①虎牢：指虎牢关。虎牢关位于河南省荥阳市城西15公里，南临嵩岳，北濒黄河，形势险要，为天下雄关之一。公元前11世纪，周穆王曾在此养虎，因名“虎牢”。秦时在此设关，故称“虎牢关”。“楚汉争霸”、“李世民大战窦建德”、《三国演义》上描写的“三英战吕布”，均发生于此，是历来兵家必争之地。1904年于右任前往开封赴试（清廷最后一次会试，因北京考场被八国联军烧毁，会试改在开封举行），途经虎牢关，有感而作。

②歃血：古人举行盟会，杀牲畜以血入酒，饮血酒示诚。

## 孝　陵①

### 入长江后第一首诗

虎口余生亦自矜，天留铁汉卜将兴。
短衣散发三千里②，亡命南来哭孝陵。

注：

①孝陵：指南京明孝陵（明太祖朱元璋墓）。作者因“诗案”被清廷通缉，亡命南下，途经南京，在下关登岸，遥拜明孝陵，致祭明太祖，表示光复中华的决心。

②三千里：从开封过许州（许昌）至汉口，乘轮东下，约3000华里。

# 1906年

## 马　关①

雨中山好青如黛，浪里花开白似棉。
活泼游鱼吞晓日，回翔饥鸟逐渔船。
舟人指点谈遗事，竖子声骄唱《凯旋》。
一水茫茫判天壤，神州②再造更何年？

注：

①马关：又名下关，是日本本州西端港口。甲午战败后，清廷派李鸿章到马关与日本签订了丧权辱国的《马关条约》，其割地之大、赔款之多，超过历史上任何一次不平等条约。亡国灭种的惨祸已迫在眉睫。1906年春作者为筹办《神州日报》与邵力子同赴日本。在马关登岸后，他想到《马关条约》的签

订,感慨万端,写下了这首诗。同年 11 月作者在东京加入同盟会。

②神州:战国时称中国为赤县、神州,后世称中国为神州,有时也称赤县。

## 1908 年

### 巩县谒杜工部祠[①]

巩梅迟我已经年,今日梅开拜座前。
河洛[②]交流归大海,齐梁诸子[③]等寒蝉。
旧居几处争枌社,遗集千家作郑笺。
日暮乡关渺何处,杜陵[④]西望一潸然。

**注:**

①河南省巩义市南窑湾村是唐代著名诗人杜甫的诞生地。后人建有祠堂。

②河洛:指黄河、洛河。

③齐梁诸子:指齐梁时代的诗人。

④杜陵:在陕西省长安县,杜甫曾在此居住,并自称杜陵布衣。

### 郑州感旧题壁(二首)

一

钩党声销事已陈[①],余生再到话悲辛。
穷途仆御为知己,客路梅花亦故人。
重叠云山连梓里,零丁涕泪累衰亲。
鸡鸣雪霁长征感,迟暮于郎负此身。

## 二

亡命重来认旧踪，人歌人哭两相逢。
曾收断骨埋殇马[2]，更祝中原起卧龙。
岁晚关前三日雪，月明笛外一声钟。
百年事业吾谁与[3]？师友乾坤卖菜佣。

注：

①钩党句：1908 年，正当作者“大声疾呼，为民请命”，创办《民呼日报》时，突然接到家里来信，称父亲病危，在病榻上还时常呼唤作者的名字，他不顾通缉令尚未取消，离沪北返。赶到郑州，下起大雪。此情此景，使他百感交集，情不自禁地写了这两首诗。钩党：指牵连的同党。《后汉书·灵帝纪》：“中常侍侯览讽有司奏前司空虞放、太仆杜密……皆为钩党，下狱。”这里指清廷当年通缉作者事。

②作者自注：“昔追余时，死二马于此。”

③吾谁与：即“吾与谁”的倒装句。

## 洛阳道中

风雨[1]何年会，洛阳人已空[2]。
帝王半俘虏[3]，盗贼亦英雄。
雪落乌头白，霜飞柿叶红。
东征果何日？老马苦嘶风[4]。

注：

①风雨：指历史上的风风雨雨、政治变幻。帝王、盗贼经常易位，每次变乱都

给人民带来灾难。今日山河破碎，革命党起，何日东征？战马也等得不耐烦了。

②洛阳人已空：洛阳是东汉政治、经济、文化的中心。东汉末年，董卓的七年浩劫，将洛阳破坏得十分严重。“步登北邙阪，遥望洛阳山”，“中野何萧条，千里无人烟”（曹植诗），正是这种残破景象的写照。

③帝王半俘虏：指晋怀帝永嘉五年（311年）刘曜攻破洛阳，将晋怀帝掳到平阳（今山西临汾西南）。

④嘶风：战马临风嘶鸣。

## 洛阳怀古（四首存二）

### 一

声彻北邙《薤露》[①]歌，素车白马遍山阿。
冢中枯骨英雄少，天下瞎儿帝子多。
龙种几人悲铁券[②]，莺花无地觅铜驼。
石郎休唱《思归引》[③]，既误神仙又误他。

### 二

楚楚翩翩祖与袁[④]，神州涂炭自高轩。
经纶独惯当东道，燮理[⑤]惟能闭北门。
盟府丹书亡正气，故宫金狄[⑥]剩啼痕。
山崩洛应真奇变，搆乱浑忘骨肉恩。

**注：**

①《薤露》：古代丧挽歌。

②铁券：皇帝颁给王侯功臣赦罪免死的铁质券书。

③《思归引》：相传春秋时一卫国女子所作。载蔡邕《琴操》。

④祖：指祖龙，即秦始皇。袁：指袁世凯。

⑤燮理：调理。

⑥金狄：用铜铸的人像。

## 新安①早发

月映苍崖天惨惨，风摇败叶冷萧萧。
黄沙眯目人如泪，顽石摧车马不骄。
痛定降儿思故国，魂归元老泣前朝。
浪游销尽轮蹄铁②，只此神州恨未消。

**注：**

①新安：指河南省新安县。在洛阳西，今归洛阳市管辖。

②轮蹄铁：指车轮上的铁钉、马蹄上钉的铁掌。

## 函谷①题壁补前作

片云飞去又飞还，眼底雄关亦等闲。
书剑萧萧惊岁月，恩仇种种指河山。
城荒霸气千年尽，地陡残阳一瞬间。
吊古怀人诗待补，三年风雨鬓毛斑。

（末韵失去三年后再补作）

**注：**

①函谷：函谷关位于河南省灵宝市城北15公里北坡头乡。《灵宝县志》记载：

函谷关“西踞高原,东临绝涧,南接秦岭,北塞黄河”。因关建在峡谷之中,深险如函而得名。“一夫当关,万夫莫克。”历来为兵家必争之地。今建成旅游风景区。

## 省亲出关

太华云开落彩虹,西风送我出关东①。
月明峡石②嘶征马,雪暗张茅叫断鸿。
枯木寒鸦皆画稿,残山剩水一髯翁③。
二陵休堕秦人泪,战血千年蚀土红。

注:

①关东:函谷关以东。

②峡石:亦作硖(xiá)石,即今河南省陕县东南35公里的硖石镇。

③髯翁:作者自称。

## 雨中望孝陵

乾坤如泪心如醉,行迈靡靡哽不言。
殿噪群鸦消霸气,草肥胡马泣中原。
曾迁宝志欺灵鬼,漫托孙郎守寝门。
一代英雄今去也,龙蟠虎踞讵堪论。

(前岁“民呼”被封后归里葬亲,雨中望孝陵。)

# 1909 年

## 新安[1]怀古

埋恨茫茫降子弟[2]，欺人种种莽英雄。
城南鬼哭知何罪？霸业天亡[3]论不公！
石子涧[4]前流水赤，烂柯山畔土花红。
乘时我欲为汤武，一扫千年霸者风。

注：

①新安：河南省新安县。

②埋恨句：秦末，项羽曾将 20 余万秦降卒，坑于新安县城南。

③伯业天亡：巨鹿一战，项羽获胜，自立西楚霸王，大封诸侯。后被刘邦打败，曰："天亡我。"在乌江自杀。

④石子涧：亦号赤水，此地土地多为赤红色。

## 过渑池秦赵会盟处[1]

游子思亲万里情，浑忘夷险[2]重行行。
青山似我长途瘦，白发欺人壮岁生。
剽客相逢都揖让，黄河作伴不凄清。
会盟台畔萧萧月，笑汝归秦失旧盟。

注：

①渑池：豫西县名，今归三门峡市。秦赵会盟处：位于渑池县城西南，是战国

时期秦昭襄王与赵惠文王会见的地方。秦王与赵王明里友好,实际上勾心斗角。作者联系自己看到的社会现象,发而为诗。今渑池有会盟台遗址。台上立有章士钊、卫立煌碑刻。

②夷险:作者冒着生命危险返陕探望生病的父亲。

## 过 张 茅[1]

无以为家笑我归,投林倦鸟苦偷飞。
二陵[2]风雨双蓬鬓,两戒河山一布衣。
缩地田园来咫尺,祈天日月照庭闱。
梦中真个还乡乐,昨夜依稀扣板扉[3]。

注:

①张茅:指河南省陕县东的张茅镇。

②二陵:指殽山二陵——南陵、北陵。

③板扉:指门扇。作者夜里做梦都在叩敲家门,表现出他急切返乡侍奉父亲的心情。

## 车过灵宝[1]

路近潼关[2]笑口开,乌头未白得归来。
南经制作庐陵墓[3],北去苍茫望子台[4]。
师友凋零心更苦,家山迢递梦先回。
莱衣[5]默祝天如愿,劫后难言转自哀。

注:

①灵宝:今河南省西部灵宝市。

②潼关：指陕西省潼关，是豫、陕、晋三省咽喉。东汉末设关，是历来兵家必争之地。

③庐陵墓：指宋代文学家欧阳修之父的陵墓，在江西省永丰县境内。

④望子台：指辽宁省盖县西南的望儿山。

⑤莱衣：指春秋时楚国人老莱子虽年已七十，常穿五彩斑斓的花衣，做婴儿戏，以慰父母亲。借指孝敬父母之意。

## 入　关①

虎口余生再入关，乌头未白竟生还。
垂青无几灞桥柳②，鼓掌一人太华山③。
慷慨歌谣灵气在，忧愁风雨鬓毛斑。
倚闾④朝暮知何似？心苦莫论世网艰。

**注：**

①关：指潼关。虎口余生，感慨良多，发而为诗。

②灞桥柳：灞桥在今西安市城东灞河上。两岸广植垂柳，亲友送别，常折柳相送。“灞柳风雪，年年伤别。”

③太华山：即西岳华山。

④倚闾：比喻父母依门而望，盼子归来。

## 灞　桥

吾戴吾头竟入关，关门失险一开颜。
灞桥两岸青青柳，曾见亡人①几个还？

**注：**

①亡人：逃亡在外的人。暗指为革命奔波的作者本人。

## 月夜宿潼关见孤雁飞鸣而过[1]

河声夜静响犹残，孤客孤鸿上下看。
大野飞鸣何所适？中原睥睨[2]一凭栏。
严关[3]月落天将晓，故国春归梦已阑。
马鬣余年终有恨，南来况复路漫漫。

**注：**

①这首诗是作者路过潼关时写的。夜宿潼关，明月高照，孤雁飞鸣，回忆往事，展望未来，发而为诗。

②睥睨：眼左右环视。

③严关：指潼关。

## 出关[1]作

自断此身休问天，余生岁岁滞关前。
逐尘京洛[2]双黄鹄，啼血乾坤一杜鹃。
眼底河山悲故国，马头风雪忆当年。
殷勤致谢关门柳，照见行人莫妄牵。

**注：**

①关：指潼关。

②京洛：南京、洛阳。

## 再出关

目断庭闱怆客魂，仓皇变姓出关门[1]。
不为汤武[2]非人子，付与河山是泪痕。
万里归家才几日，三年蹈海[3]莫深论。
长途苦羡西飞鸟，日暮争投入故村。

**注：**

①庭闱：指父母住的房子，这里代指父母。出关门：作者回乡省亲，实想在家多住些日子，因清廷通缉在案，不能久留。只好埋名变姓，再度出关。关：指潼关。此诗表达了作者誓做汤武、重整河山的坚强决心。

②汤武：指商汤、周武王。夏桀无道，商汤伐而灭之。殷纣王无道，武王伐纣。

③三年蹈海：指作者三年在外的亡命生活。

## 葬亲出关至阌乡寄程搏九、南雪亭、周定侯同学、杨吟海先生、周石笙妹丈[1]

去岁省亲病，潜行入关内。
儿留亲不安，亲老儿莫侍。
今岁复归来，徒洒孤儿泪。
牵车古所哀，守墓今非智。
麻衣[2]殉墓中，匆匆避缇骑[3]。
月明思子台，往来惭无地。
为念诸故人，纳亡[4]多高义。
余生报无时，中夜不能寐。

注:

①阌乡:原豫西县名。西接潼关,北靠黄河,今并入灵宝市。程搏九、南雪亭、周定侯均为作者同学。杨吟海时任兴平县令。

②麻衣:麻制的孝衣。

③缇骑:缉拿犯人的官役。

④纳亡:接纳逃亡的人。

## 偃师遇雪[①]

重重险阻出崤函,客入胥靡道又岩。
霜叶乘秋迷古路,雪花和泪湿征衫。
中原灵凤[②]毛应满,大泽长蛇吻已馋。
四海烦冤今莫问,只余搔首吊巫咸[③]。

注:

①作者由陕回沪,在风雪迷漫中路过偃师,深感国势垂危,人民涂炭,因有此作。偃师:河南省县级市,在洛阳以东,郑州以西,归洛阳市管辖。胥靡在偃师县东南。

②灵凤:古代以凤为灵鸟。太平盛世时即出现,这里比喻革命力量。

③巫咸:一作巫戊,商王太戊的大臣。相传他发明了鼓,是用筮占卜的创始者,又是个占星家。后世有假托他测定的恒星图,一说可能是甲骨文中的"咸巫戊"。

## 汜水[①]道中

落日愁歌《薤露行》[②],中原鹤唳客南征。
望中何事添离恨,梦里无端起哭声。

马滑霜蹄残雪散，鸦啼战垒断霞明。
雄关四顾增惆怅，老木参天一雁横。

注：

①汜水：河南省县名，现并入荥阳。作者自陕回沪，再过汜水古道，想起苦难的祖国及在灾难中挣扎的父老乡亲，发而为诗。

②《薤露行》：古代挽歌。大意是人生短暂，犹如韭叶上的露珠。

## 驻马店[1]遇大风

大风先生[2]歌《大风》[3]，云扬风起中原中。
天回日驭张新幔，地走雷车误晚钟[4]。
若伯骄兮终且暴，风姨[5]雌也忽称雄。
嗟余几载江湖客，身世飘飘类转蓬。

注：

①驻马店：今河南省驻马店市，京汉铁路南北穿过。

②大风先生：作者自注为旧号大风。

③《大风》：刘邦作《大风歌》："大风起兮云飞扬，威加海内兮归故乡。安得猛士兮守四方。"

④天回二句：是日适起大风，沙尘蔽天。

⑤风姨：传说中的司风之神。

## 己酉三月二十六日<br>"民呼报"出版，示谈善吾[1]

大陆沉沉亦可怜，众生无语哭苍天。
今番只合殉名死，半壁江山一墓田。

注：

①己酉三月二十六日（1909年5月15日）《民呼日报》创刊。作者出任社长，“大声疾呼，为民请命”。谈善吾：江苏无锡人，曾在该报任职。

## 舟 入 马 关[1]

此“民吁报”被封走日本时作也

苍翠湾复湾，舟行入马关。
红旗翻碧海，白浪拥青山。
痛定[2]行人血，羞开壮士颜。
况兼亡国恨，触处泪潸潸[3]。

注：

①《民吁日报》发行不久，即被清廷封闭。作者出走日本。舟入马关，触景伤情，因有此作。马关：日本地名，详见前注。

②痛定：即痛定思痛的省词。“如痛定之人，思当痛之时，不知何能自处也。”（韩愈《与李翱书》）

③潸潸：泪流不止。

# 二、辛亥革命前后

1906年于右任在日本东京拜谒孙中山，加入中国同盟会。归国后先后在上海创办了《神州日报》、《民呼日报》、《民吁日报》、《民立报》，“大声疾呼，为民请命”，写下了大量爱国诗文，产生了巨大的社会影响。

1911年武昌起义爆发，各地闻风响应，革命浪潮席卷全国。于右任压抑不住内心的激动，欢呼：“旗帜北卷天为红，得意江山在眼中。”1912年1月南京临时政府成立。作者出任交通次长。但辛亥革命的果实，很快被窃国大盗袁世凯篡夺了。接着爆发了“二次革命”、“护国运动”、“护法运动”。在这些革命斗争中，他总是站在时代的前列，参与或领导了这些革命斗争。

## 1910年

### 安得猛士兮

大风起兮云漫漫，安得猛士兮守西南[1]。
使我片马[2]完复完。
昆仑风起兮云变色，安得猛士兮守西北。
声撼胡儿消反侧。

东风起兮又朔风，安得猛士兮守满蒙。
金戈铁马[3]一英雄。

**注：**

①大风二句：刘邦《大风歌》："大风起兮云飞扬，威加海内兮归故乡。安得猛士兮守四方。"

②片马：村名，在云南省泸水县西部，元属云龙司，明属茶山土司，清属保山县，清宣统二年被英侵占。

③金戈铁马：谓战事，亦用以形容战士的雄姿。

## 善 哉 行

来日大难，口燥唇干。
今日相乐，皆当喜欢。

经历名山，芝草翻翻。
仙人王乔[1]，奉药一丸。

自惜补短，内手知寒。
哀哀儿辈，心热衣单。

月没参横，北斗阑干。
敌兵进门，打电辞官。

欢日尚少，戚日苦多。
诸老威逼，唱万岁歌。

台阁诸公，要道不烦。
参驾六龙，游戏云端。

**注：**

①王乔：神话人物，传为东汉时河东（山西夏县北）人，有神术。

# 1911 年

## 欢呼武昌起义[①]

堂上谋官尊俎[②]，边头将士干戈[③]。
天时地利与人和，燕可伐欤日可。
今日楼台鼎鼎[④]，明年带砺山河。
大家齐唱《大风歌》[⑤]，不日四方来贺。
此非辛幼安[⑥]之军歌乎，吾读此为之气壮。
马蹄一蹴荆门空，鼓声怒于江流东。
疾雷破山出大火，旗帜北卷天为红，
得意江山在眼中。
凡今谁是出群雄，此非昔人想象赤壁之战之诗乎？
噫！
凡今谁是出群雄。

**注：**

①1911 年 10 月 10 日，武昌起义爆发，武汉三镇光复，湖北军政府成立。全国各省纷纷响应，清王朝的统治土崩瓦解。消息传来，作者按捺不住激动的心情，赋诗作文，欢呼胜利："旗帜北卷天为红，得意江山在眼中。"喜悦之情，溢于言表。题目是选注者加的。

②尊俎：亦作"樽俎"，古代盛酒的器皿。用作宴席的代称。本诗中"尊俎"意为宴席，讽刺统治者逍遥享受，而将士却在战场上与敌人拼杀。

③干：盾；戈：平头戟。代指作战。

④鼎鼎：盛大。

⑤《大风歌》：刘邦《大风歌》。

⑥辛幼安：指南宋爱国诗人辛弃疾，字幼安，号稼轩。

## 忽竖革命旗①

秋风起兮马肥，兵刃接兮血飞；
蜀鹃啼血兮，鬼哭神愁；
黄鹤楼②头兮，忽竖革命旗！

注：

①1911年10月10日，武昌起义爆发，于右任主持的《民立报》立即作了报道，并以“骚心”的笔名，发表了题为《长江上游之血水》的评论。这是该文的开场白，标题是选注者加的。

②黄鹤楼：在武昌。

# 1912年

## 雨　花　台①

铁血旗翻扫虏尘②，神州如晦一时新。
雨花台下添新泪，白骨青磷旧党人。

注：

①雨花台：在南京。

②作者自注：起义后初用铁血旗。

## 王旡生以《顾亭林诗集》为赠因书其后①

沉鳞落羽风云晚，叹凤伤麟著述多。
世以变风为雅颂，老犹零雨走关河。
差池南北东西路，蒦落黄农虞夏②歌。
为问待庵③能待否？秦人④清议近如何。

注：

①顾亭林：指明末清初著名爱国思想家顾炎武（1613～1682），江苏昆山亭林镇人。人称“亭林先生”。曾参加抗清运动，大声疾呼：“天下兴亡，匹夫有责。”有《亭林诗文集》问世。王旡生：名仲麟，笔名天僇生，曾主《神州日报》、《民呼日报》笔政。

②黄：黄帝轩辕氏。农：神农氏。虞：虞舜。夏：夏禹。

③待庵：王山史，别号待庵，陕西华阴人。顾炎武晚年西来华阴定居。

④秦人：陕西为战国时秦国所在地，陕西简称“秦”。故称陕西人为“秦人”。

## 舟过金陵

一九一二年三月六日予初被祸至东南时，舟过金陵，口占一绝曰：

大业垂成却未曾，党人①忽变一诗僧。
夜中漫作栖栖②梦，亡命南来哭孝陵③。

注：

①党人：革命党人，指作者本人。

②栖栖：孤寂冷落貌。

③孝陵:指南京明孝陵。

## 1913 年

### 髑　髅

千龄万代尽何言,丘垄微闻髑髅暄。
黯黯长河韬列宿,茫茫白日下中原。
征南又入封侯梦,降北莫呼上将冤。
天丧应刘吾丧我,人生到此道宁论。

### 天　道

剑悬荒垄怅如何,天道苍茫吞恨多。
白骨青磷孤寡泪,黄旗紫盖帝王歌。
金钱诱敌输勾践,草诏欺人下尉佗。
若告偕亡吾亦愿,恩仇种种指山河。

(此为予旧句)

### 心孚属赋孙菊仙①

堂堂旗鼓皤皤老,郁郁精神浩浩歌。
一世知音能有几,百年得誉不须多。
天生瑜亮②非真敌,党藉牛羊息沸波。
倘向孙郎询霸业,途穷堕泪唱黄河。

注：

①心孚：即康心孚，作者老友，同盟会会员。1906年作者在日本经康介绍拜见孙中山，加入同盟会。孙菊仙：京剧艺术家，与著名京剧艺术家谭鑫培、汪桂芬齐名，被称为“老生新三杰”。

②瑜：指周瑜。亮：指诸葛亮。

## 出　京[①]

十年薪胆[②]风云梦，万里河山鼓角[③]声。
怨气千寻仍未解，劳歌[④]一曲不胜情。
何堪西狩伤麟凤，忍见东阿泣豆萁[⑤]。
我佛无言应一笑，长虹莽莽九州[⑥]横。

注：

①诗作于1913年“二次革命”失败后，反革命的乌云更加浓重地笼罩着中国的天空。于右任没有因失败而心灰意冷。他在《民立报》发表社论，指出：“试看今日之袁氏”甚于“满清时代”。袁世凯强令《民立报》停刊，并下令通缉孙中山、于右任等人。于右任不得不离开灾难深重的祖国。舟出吴淞口，他站立船头，心情万分沉重，写下了这首悲愤豪壮的诗。

②薪胆：卧薪尝胆，比喻刻苦自励，事见《史记·越王勾践世家》。

③鼓角：战鼓号角，这里代指战争。

④劳歌：送别之歌。

⑤豆萁：三国时东阿王曹植作《七步诗》：“煮豆持作萁，漉豉为汁。其在釜下燃，豆在釜中泣。本自同根生，相煎何太急。”

⑥九州：代指全国。

## 义　旗

存且偷生死更悲[①]，余收尔骨尔尤[②]谁？

平生慷慨争民党，一战仓皇委[3]义旗。
黑虎[4]连营思将帅，流亡载道泣孤嫠[5]。
良心痛苦吾能说，又到鸡鸣午夜时。

**注：**

①存且句：活着的苟且偷生，死了的更感悲哀。“存者且偷生，死者长已矣！”（杜甫：《石壕吏》）

②尤：怨恨。

③委：抛弃。

④罴虎：比喻威武勇猛的军队。

⑤孤嫠：孤儿寡母。

## 同卓亭[1]游箱根飞烟阁

（阁在玉帘之泷下）

飞烟阁在人何在？来看玉帘急瀑飞。
红树[2]多情春带醉，青山无语泪沾衣。
天涯人老忘途远，故园花开有梦归。
惆怅名园盈尺鲤，早防钓饵早知机。

**注：**

①卓亭：即茹卓亭（1883～1972），名欲立，三原鲁桥人。作者好友，曾任国民政府审计部部长。新中国成立后任西北军政委员会委员、西北人民监察署副监察长、全国政协委员等职。

②红树：也称红松，柏科，常绿大乔木。

## 过南京诗(四首存二)

### 一

燕去堂空甲第①荒,最伤心是大功坊。
犹传立马钟山日,开国威仪②动万方。

### 二

虎视龙兴一瞬间,鸡鸣不已载愁还。
江山冷眼争迎送,人去人来两鬓斑。

**注:**

①甲第:甲等。

②开国威仪:指1912年元旦中华民国临时政府成立庆典。1912年1月,中华民国刚刚建立,政权就被袁世凯篡夺。革命党人发动的"二次革命"又告失败。作者回忆起一年前的开国大典的盛况,无限感慨,发而为诗。

## 同渔父①作

勾践②执戈为洗马,蕲王释甲竟骑驴。
新蒲新柳居然大,人虎人龙更不如。
风雨多愁招故鬼,湖山有幸结精庐。
最怜王寿焚书僻,忽羡刘伶托酒车。

**注:**

①渔父:即宋教仁,字钝初,号教仁,湖南桃源人,近代著名民主革命家。1913

年被袁世凯派人暗杀于上海。此诗乃作者与宋游西湖时作。

②勾践：春秋末年越国国君，公元前497年～前465年在位，被吴国打败。他卧薪尝胆，奋发图强，终于转弱为强，消灭吴国。

# 1914年

## 题宋墓前曰：呜呼！宋教仁先生之墓

当时诅楚祀巫咸①，此日怀殷吊比干②。
片石争传终古恨③，大书留与后人看。
杀身翻道名成易，谋国④全求世谅难。
如斗余杭渔父篆⑤，坟前和泪为君刊⑥。

**注：**

①宋教仁被杀害，使作者万分悲痛。他怀着对黑暗势力的无比义愤和对战友的无限思念之情，写下了这首诗。诅楚：诅咒楚国。巫咸：秦楚等国当时崇奉的大神。

②比干：殷代贤臣，因诤谏纣王被剖心而死。这里以比干拟宋教仁。

③片石：一段碑石。争：怎么能够。

④谋国：为国家谋划。

⑤如斗句：在狱中的章太炎篆书斗大的"渔父"二字，镶于宋墓石像座上。

⑥和泪：伴着眼泪。刊：刻石。于右任在宋墓石像后题辞："先生之死，天下惜之。先生之行，天下知之。吾又何记？为直笔乎？直笔人戮，为曲笔乎？曲笔天诛。呜呼！九原之泪，天下之血，老友之笔，贼人之铁！勒之空山，期之良史，铭诸心肝，质诸天地！"

## 入京酒后有怀井勿幕、王麟生、程搏九[①]

重来话旧倍销魂，尘起秋风渍泪痕。
欲寄缠绵无好信，不堪惆怅又黄昏。
迎阶花放思君子，未老途穷念故园。
愁到闲鸥天亦醉，苍髯如戟看中原。

**注：**

①井勿幕（1888～1918）：字文渊，陕西蒲城人。1905年参加中国同盟会，后奉孙中山之命，回国建立同盟会组织，任同盟会陕西支部长。奔走于西安及渭北各县间，发展会员。1908年2月，陕西留日学生在东京创办《夏声》杂志，井以“侠魔”的笔名，多次发表文章，揭露清廷的黑暗政治。孙中山、黄兴对井勿幕十分器重，誉其为“西北革命巨柱”（《中国同盟会陕西支部长井勿幕先生事略》）。1912年南京临时政府委任井为中央稽勋局副局长。袁世凯窃国后，他积极联络同志，从事反袁活动。1918年11月，井被举为陕西靖国军总指挥，同年12月被害于兴平县南仁村。对于井勿幕的遇难，作者十分悲痛。

王麟生、程搏九均为作者同学。

## 彰仪门外视同学茹怀西之柩

转眼沧桑又一年，怜余后死亦凄然。
九原[①]休道人情薄，老友吞声[②]送纸钱。

**注：**

①九原：地下。

②吞声:泣不成声。

## 五月五日游三贝子花园[1]吊宋渔父

（同井勿幕）

忍泪看天哽不言，行吟失计入名园。
美人香草[2]俱零落，独立斜阳吊屈原[3]。

佳节凄凉愁里过，杂花婀娜雨中鲜。
栖栖老友今头白，手抚遗松一泫然[4]。

**注:**

①三贝子花园:在北京西直门外大街。宋渔父即宋教仁,曾在此居住。
②美人香草:屈原在《离骚》中常以美人比君王,以香草比君子。这里借指宋教仁。
③屈原:爱国诗人。这里代指宋教仁。
④遗松:此松树为宋教仁手植。泫然:流泪的样子。旧地重游,人去园空,感慨万端,写诗以纪。

## 为谢孟军题宪法起草委员会纪念墨迹

一

星散局翻剩劫尘，神州[1]闻道又伤麟。
书生莫望天坛哭，附凤攀龙自有人。

二

生死升沉尚可稽，忠奸贤佞自难齐。

祈年殿[②]上休回首，大好河山日已西。

三

失计阿谁倒太阿，渔人网集又张罗。
玄黄水火成何济？徒为苍生负痛多！

四

移植香兰岂易开，党人何事便心灰？
金牛[③]宪典盈天下，尽是英雄血换来。

注：

①神州：指中国。
②祈年殿：指北京祈年殿。
③金牛：祥瑞之器。《瑞应图》："金牛，瑞器也。"

## 与友人过天安门[①]

我亦徘徊不忍行，黄尘清水若为情。
天安门外花凄艳，肠断词人认马缨[②]。

注：

①天安门：北京故宫的正门，建于明永乐十五年，原名承天门，清顺治八年改建后称天安门。"二次革命"失败后，作者怀着悲伤的心情写了这首诗。
②断肠：形容极度悲伤。马缨：落叶乔木，树高丈余，其花红，状如马缨。

## 社稷坛五七国耻纪念大会[①]

痛定才闻说怨恫，血书张遍古坛中。
名花委地惊离泪，老木参天战烈风。
揖让征诛成鹿梦，玄黄水火有渔翁[②]。
最伤心是西颓日，返射宫墙分外红。

**注：**

①社稷坛是北京中山公园的主体建筑，坛为方形，用汉白玉石筑成。是明清两代帝王祭祀社（土地神）稷（五谷之神）、祈祷丰年的场所。

1915年5月9日，袁世凯承认日本提出的“二十一条”。激起全国人民的反日浪潮。后以5月9日为国耻纪念日。北方各省也以日本提出“二十一条”的最后通牒时间5月7日为国耻纪念日。

②玄黄：原为黑黄两种颜色，后代指天地。渔翁：指“鹬蚌相争，渔人得利”的故事。

## 出　京[①]

泪渍征衫墨似煤，大风吹散劫余灰。
穷途白眼亲兼旧，归路青天雨又雷。
几见神龙愁失水，始知屠狗少真才。
无端宣武门[②]前啸，声满人寰转自哀。

**注：**

①二次革命失败后，作者亡命日本，归国后回到北京，离北京时写了这首诗。

②宣武门：指北京宣武门。

## 再过南京杂诗[1]（四首）

一

大好江山作战场，几经水火几玄黄！
雨花台下添新冢，远近高低尽国殇。

二

满目疮痍莫倚楼，凄风苦雨遍神州。
先生自分愁中老，泪眼湖山吊莫愁[2]。

三

十万人家动地哀，多情处处野花开。
莫愁湖畔英雄骨，乞得佳人冷炙来。

四

山围故国人安在？泪湿新亭[3]客更多。
再造神州吾未老，是非历历指山河。

**注：**

①1914年作者再次路过南京，看到当地的景物，联想到历史事件和当时的政治形势，感慨系之，发而为诗。

②莫愁：相传洛阳少女莫愁远嫁江东。今南京莫愁湖畔有莫愁塑像。

③新亭:又名劳劳亭,在南京市南。

## 吊沈缦云[①]

同搆伤心祸,难为后死身。
招魂千万里,堕泪往来人。
禹甸[②]天方晦,湘累[③]痛未湮。
更深知己感,北望哭江滨。

(沈君,名懋昭,余办“民呼”、《民立报》时,多得助力。)

注:

①沈缦云:名懋昭,上海南市商会会长。作者在上海创办《民立报》时,经济困难,得到沈无私资助。

②禹甸:九州之地为甸。

③湘累:“屈原赴湘死,故曰湘累也。”(《汉书》)

# 1915年

## 春　感(五首)

吊杨守仁笃生[①]

一

潮涨潮平信有因,花开花落总无尘。
文章到底成何用?不哭秋风转哭春。

二

乱余宾客搜亡命，赦后英雄耻故乡。（查初白句）
不信遗民阎古古，万千劫外看沧桑。

三

蹈海魂归尚涕零，义兼师友泣湘灵[2]。
阿兄[3]殉国全家烬，老母扶尸不忍听。

四

文宪中原野史亭，百年恩怨倘分明。
党人休望黄流哭，几个书生赠上卿。

五

日暮谁挥一旅戈，东南处处有风波。
海边精卫[4]冤禽满，梦里国殇[5]知友多。

**注：**

①杨守仁：即杨笃生，名毓麟，号叔壬，后改名守仁，湖南长沙人。1871 年生，15 岁中秀才。甲午战败后，他感愤时事，痛斥投降派的误国政策。1902 年东渡日本，交游渐广，倾向革命，与黄兴创办《游学译编》，并编著《新湖南》一书，批判康梁的保皇言论。1904 年与张继等潜入北京，研制炸药，准备炸死慈禧太后，未果。后到上海与蔡元培、章士钊等设立秘密机关，制造炸

药。1906年6月正式加入同盟会。1907年与于右任创办《神州日报》，所写社论、短评，大胆泼辣，抨击时弊，被誉为“公之文欲天下哭则哭，欲天下歌则歌”。1909年杨守仁赴欧洲留学，同时任《民立报》欧洲特约通讯员。因忧愤国事，1911年8月6日，在英国利物浦投海自尽。大才未尽，英年早逝，作者怀着极其沉痛的心情，写下了5首悼念杨守仁的诗。

②湘灵：神名。《楚辞·远游》：“使湘灵鼓瑟兮，令海若舞冯夷。”

③阿兄：指杨守仁之兄，被袁世凯杀害。

④精卫：神话中的鸟。亦称“冤禽”。相传为炎帝女，名女娲。因游东海淹死，化为精卫，衔西山木石填东海。（见《山海经·北山经》及《述异记》卷上）

⑤国殇：为国家作战牺牲的人。

## 题王一亭①为余画像（二首）

一

零雨东山又一时，回头莫遣百年悲。
于思似我还非我，独立苍茫有所思。

二

歌哭无端不世情，蒙戎②匍匐惜先生。
沧桑几度人将老，一种伤心画不成。

**注：**

①王一亭：名震，字一亭，1867年生于上海，祖籍江苏吴兴，卒于1938年，是一位有民族气节的著名画家。

②蒙戎：同“尨茸”，蓬松、乱貌。

## 西湖岳坟[1]

破碎精忠柏[2],参天气不零。
在人为武穆[3],于树配冬青。
有节皆如石,无香亦自馨。
还悲同殉国[4],移奠[5]接英灵。

注:

①岳坟在杭州西湖边岳王庙侧。南宋绍兴十一年(1141),抗金名将岳飞因坚持抗战,反对议和,被宋高宗赵构及权相秦桧等投降派谋害。狱卒隗顺潜负其尸,葬于北山下。墓在岳庙西,墓前有墓阙,阙前照壁上镶嵌明人洪珠书“精忠报国”四字。过阙门有甬道至墓前,道旁有石人、石兽。岳飞墓在正中,左侧为其子岳云墓,墓周古柏森森,有石栏围护。1979 年曾对岳坟作过全面整修。

②精忠柏:原在今杭州市东余杭县城内旧按察使司狱署右边的土地庙前。其地为风波亭故址。岳飞遇害之日,此柏树即枯死。自宋至清枯而不倒,中虚外实,坚如金石。人们附会它对岳飞被害有感应,故名之为精忠柏。清咸丰时毁于兵火,断为九段。所存八段,清末移植于西湖岳墓侧。

③武穆:宋孝宗时给岳飞所加的谥号。

④同殉国:指精忠柏与岳飞同时为国而死。

⑤移奠:指断柏移植岳墓。

## 民立七哀诗[1]

哀民立报社社友也

一

不遑将母生投海,无以为家死伴兄。

地老天荒魂返否，义兼师友哭先生。

长沙杨守仁笃生[②]

二

清才雅藻世无伦，别有伤心号僇民，

犹记先生临去语，枉抛心力作词人。

江都王毓仁无生[③]

三

鬻书求客欲亡秦，独仗精诚感党人。

一死于今关大计，东南半壁永沉沦。

合肥范光启鸿仙[④]

四

黄农虞夏真无望，水火玄黄讵有期。

地惨天愁人亦瘁，延陵墓上哭多时。

桃源宋教仁钝初[⑤]

五

仗义扶危感一生，三民终奏大功成。

青蝇墓上今犹昔，辽海魂归有哭声。

无锡沈懋昭缦云[⑥]

## 六

不哭穷途哭战场，耗完心血一徐郎。
九京应共冤魂语，黄土无情葬国殇。

金坛徐天复血儿⑦

## 七

十年薪胆余亡命，百战河山吊国殇。
霸气江东久零落，英雄事业自堂堂。

吴兴陈其美英士⑧

注：

①《民立报》是作者继《神州日报》、《民呼日报》、《民吁日报》后创办的第四种报纸，也是当时最受欢迎、发行量最大的报纸，每日销量在两万份以上。青年时代的毛泽东就是它的热心读者。这七首诗是作者哀悼曾在民立报社工作过的社友的。

②杨守仁：字笃生，湖南长沙人。

③王毓仁：江都（今江苏扬州）人。

④范光启：字鸿仙，笔名"孤鸿"，安徽合肥人。1914年被杀害。

⑤宋教仁：字钝初，笔名"渔父"，湖南桃源人。

⑥沈懋昭：字缦云，江苏无锡人。

⑦徐天复：笔名血儿，江苏金坛人。"不哭穷途哭战场"句是查初白的诗句。查初白，名慎行，号初白，浙江海宁人，清代诗人。原注云："君死时，常诵查初白此句。"

⑧陈其美：字英士，浙江吴兴人。1916年被杀害。第七首作于1916年后。

# 1916年

## 君马黄

君马黄，我马白。
听妾歌一曲，花间洛阳陌。
花艳似妾艳，妾艳如郎面。
蝴蝶舞回风，杨柳摇金线。
双双如玉人[①]，夹毂会相见。
相见不相亲，离时复悲恋。
再见渺难知，低头空泪垂。
夜夜偏有梦，春风入罗帏[②]。
妾本良家子，郎非轻薄儿[③]。
韶华[④]徒自误，老大翻伤悲。
寄语少年子，令毋旷佳期。

**注：**

①玉人：容貌美丽的人。

②罗帏：用合股丝织成的丝帐子，质地较薄，透气性好。

③轻薄儿：轻佻浮薄的人。

④韶华：美好的时光，常指春光，比喻美好的青年时期。

## 津浦[①]道中

绮阁琼楼别有春，青青草色与时新。

如何脯凤醢龙后，尚祝齐州[2]产圣人。

**注：**

①津：指天津。浦：指浦口。

②齐州：今济南市，北宋政和时为济南府。

# 1917年

## 汴洛[1]道中

中原豺虎[2]满，客又洛阳行。
大漠随车转，雄关[3]入眼平。
风云迟季子[4]，肝胆托侯生[5]。
清水黄尘外，无劳问战争。

**注：**

①汴：指河南开封。洛：洛阳。

②豺虎：指袁世凯反动势力。

③雄关：雄伟的关隘，当指洛阳到开封一线的黑石关、虎牢关等。

④风云句：苏秦，战国洛阳人，字季子，从鬼谷子习纵横术，初说秦惠王而不用，后往齐、楚、燕、韩、赵、魏，使合纵以抗秦，佩六国相印。秦兵十五年不敢出函谷关。"风云迟"指苏秦说秦惠王，时机尚未成熟，致使苏秦迟迟不能施展才能。

⑤侯生：即侯嬴，战国时魏国人，年七十，为大梁(开封)夷门监者。公元前257年前后，秦军围赵。魏安厘王派晋鄙率军救赵，但又畏秦军，使人止晋鄙留军观望。侯嬴为魏公子信陵君划策，窃得兵符，并荐力士朱亥随信陵君入魏军，击杀晋鄙，遂大破秦兵，解邯郸之围。

## 崤函[1]道中(四首)

一

黄河几折绕函关,关上行人匹马还。
万点寒鸦天欲暮,飞投对岸中条山[2]。

二

凭轼[3]行人感不消,崤函归路日萧条。
材官[4]几个迎桃叶,春雨何时润麦苗?

三

开国争传血战功,名伶殉国古无同。
老来文字杂歌哭,驻马函关吊小红[5]。

四

偶听乡词惨不欢,盲翁生长古王官[6]。
流离负鼓关门外,泪湿河山糊口难。

**注:**

①崤:亦作"殽",山名,即殽山,在河南西部,秦岭东段支脉,东北—西南走向。山势自西南向东北逐渐低缓。函:指函谷关,古函谷关在河南灵宝市东北。

②中条山:在山西西南部,与函谷关隔河相望。

③轼:车厢前的横木。车靠横木向前滑行,以保行车安全。

④材官:西汉时根据地方特点训练各种兵种。内郡平原及山阻地区训练步卒,称为“材官”。

⑤小红:姓李,关中名武旦。民国元年(1912 年)与清军作战时战死在函谷关。

⑥古王官:地名,在今山西省芮城县。

## 潼关[①]道中(二首)

一

慷慨同仇有古风,开关几次出关东。
河声岳色天惊句[②],写出秦人血战功。

二

世乱争雄为要害,时平设险亦严疆。
桃花红雨梨花雪[③],飞去飞来傍战场。

**注:**

①潼关:县名,在陕西省东部,邻接河南、山西,是豫、陕、晋交通要冲。

②河声句:黄河吼声和华岳山色像是文章中天然的精辟语句,谱写秦人战功。

③桃花句:桃花色红,飞落时如红雨;梨花色白,飘落时似降雪。李贺《将进酒》:“桃花乱落如红雨。”

## 二华[①]道中(二首)

一

振臂[②]一呼十五年,风云子弟各争先。

如何失国王山史[3]，苦劝人耕华下田[4]？

二

自古争传耕战场[5]，买刀卖犊[6]亦寻常。

亭林老作关前客[7]，辜负关河泪数行[8]。

**注：**

①二华：指陕西的华阴、华县。作者此次回乡，过潼关，途经二华来到华山脚下。他不由得想起晚年隐居华岳山林的顾炎武、王山史，对他们超世避俗、老死山林，感叹不已。

②振臂：举手高呼。

③王山史：即王宏撰，字无异，号山史，又号待庵，明末华阴人，历任巡抚、南京兵部右侍郎。入清不仕，结屋华山北麓，研究洛、闽理学。昆山顾炎武来访，即住于他家。康熙四十一年卒。宏撰与其兄宏学、宏嘉，明亡后俱隐居，士林称为华阴三王。

④苦劝句：指王山史劝顾炎武种田华山待时而动之事。顾炎武《与三侄书》："华阴绾毂关河之口，虽足不出户，而能见天下之人，闻天下之事。一旦有警，入山守险，不过十里之遥，若志在四方，则一出关门，亦有建瓴之便。"

⑤耕战场：从事耕种、战争。《商君书·农战》："国之所以兴者，农战也。"

⑥买刀卖犊：《汉书·龚遂传》载，龚遂为渤海太守，郡因岁饥，民多为盗，遂到任后，悉罢捕吏，教民卖剑买牛，务农桑，畜鸡豚，民渐富实，盗贼亦戢。这里反其意而用之。

⑦关前客：顾炎武定居华阴，笃志著述，于1681年（康熙二十年）卒。因华阴地近潼关，所以称其为关前客。

⑧辜负句：华阴虽有负关带河之险，但顾炎武老死华阴，始终没有机会实现复明的志愿。所以说辜负关河，使人为此伤感落泪。

## 昭陵石马歌[①]

秦王百战一华夏，诏起山陵九嵕下。
陪陵诸将尽元功，侍立名王均降者。
从征六骏惠养难，飞矢被体存者寡。
图形勒石戟门前，想见英雄与名马。
嗟余垂老搜遗编，去国十载方南旋。
盗贼兵火文物毁，劫灰又到昭陵前。
陵中铁匣虽出土，陵前石马还留踪。
气吞三山飒露紫，手拔流矢邱行恭。
黄质黑喙拳毛䯄，身中九箭伤如麻。
可怜千百载古刻，将军捆载酬豪家。
余者青骓特勒骠，白蹄乌与什伐赤。
追风骏足多伤残，伤残莫保尤足惜。
将军战败东出关，黄金骏骨购不还。
抱守残缺图书府，才移名物藏名山。
杨君老去丁君死[②]，拓石关中无名士。
悬金四访莫敢应，龙种王孙攘臂起。
奕奕生气毫厘见，英姿飒爽犹酣战。
似听铙吹耳生风，如闻鼙鼓血流汗。
当年控弦角力数十雄，驰驱中原如奔电。
只今失群翻首复腾骧，蝉翼遗法开生面。
画工可是右相阎，殷欧名笔惜不见，
伤今吊古几摩挲，回首神京重闻乱。
噫吁嘻！

陵前晚照红复红，凤翥龙翔剩冈宫。
太白山头君休望，龙媒一逝群为空。
英卫英灵呼欲起，风云会合连钱骢。
长驱铁骑数十万，蹴踏大陆除群雄。
呜呼！
安得长驱铁骑数十万，蹴踏大陆除群雄！

**注：**

①昭陵是唐太宗李世民的陵墓，位于陕西省礼泉县城东北20多公里的九嵕山上。在陵的北面，原放置着六匹石刻浮雕骏马。这六匹骏马的名字分别是："飒露紫"、"拳毛䯄"、"青骓"、"特勒骠"、"白蹄乌"、"什伐赤"，形态各异。浮雕精美，是不可多得的艺术精品。据史料记载，唐太宗生前十分喜爱自己的六匹战马。公元636年（唐贞观十年）下令雕刻"六骏"，置于自己墓旁，并亲自撰写赞词，由大书法家欧阳询书写。1914年美国人勾结中国地方官员将"飒露紫"、"拳毛䯄"盗走，现存美国费城大学博物馆。1917年又将其余四骏锯成小块装箱外运，当地群众发觉此事，极为愤怒，追至潼关，截住运船，将这批珍贵文物追回。这四匹骏马浮雕现存放在西安碑林博物馆。

②杨君：指杨石斋。丁君：指丁辅仁。二人均系关中拓石名手。

## 赠茹卓亭

春雨春风海又桑，桥头①酒熟百花香。
功名昆季羞为伍②，黄犬东门茹二郎③。

**注：**

①桥头：三原县鲁桥镇。

②功名句：兄弟，长者为昆，幼者称季。茹卓亭与胞兄茹欲可（怀西）对功名均

甚淡漠，羞与追逐功名者为伍。

③黄犬句：《史记·李斯列传》载，秦丞相李斯，被赵高诬告谋反而腰斩，临刑谓其子曰："吾欲与若复牵黄犬俱出上蔡东门逐狡兔，岂可得乎？"这里反其意而用之，与上句照应，谓茹氏兄弟淡于功名，不会因做官遭祸。茹卓亭排行第二，故称二郎。

## 吊卢慧卿[①]

落凤朝阳一再警，东南日暮复西征。

入关知旧[②]多零落，礼罢沙场吊慧卿。

（卢慧卿，长安人。张聚亭君之夫人。张君奔走革命时，慧卿撤环瑱以助结客。每急难，能以智计脱张君及诸同志，死后即葬张君所营园中。）

**注：**

①卢慧卿：女，陕西长安人。是辛亥革命时期经历非凡的巾帼英雄。她出身良家，15岁时被恶棍强娶为妻。后结识同盟会会员张光奎，结为伉俪，遂献身于推翻清王朝的革命事业。她扬鞭跃马，为革命党人运送枪支。她救国不让须眉，常以"秋瑾"自励。1917年因劳累成疾，病逝于西安。张伯英在碑文中写道："慧卿为人，于夫为义夫，对朋友为义友。性情豪爽，见义勇为。虽须眉所不及也。"杨虎城将军说："一个青年女子能献身革命，不信鬼神，实为不可多得的女中豪杰。"

②知旧：知交旧友。

## 过　渭[①]

十五年[②]来梦一场，神州回首几沧桑。

先生老作江南客[③]，何事伤心到故乡。

注:

①渭:指渭河。作者由上海回陕西,途经渭河,感慨万端,因有此作。

②十五年:从1903年作者因“诗案”被清廷通缉,亡命出走,到此时已有十五个年头。

③江南客:作者亡命上海多年,客居异乡,故称江南客。

## 江舟有感

孤客西来风又起,大江东去月常明。
曾经武汉伤心地,时听鱼龙弄水声。
逝者如斯行载酒,埋愁何处妄谈兵!
小姑嫁后归宁[①]未,陌[②]上花开忆旧盟。

注:

①归宁:女子出嫁后回娘家看望父母,旧称归宁。

②陌:田间小路。

## 海上寄怀京友[①]

画采云车梦里春,输[②]君冷眼看京尘。
天荒地变神州泪,闲煞[③]江南卖字人。

注:

①作者困居上海,生活贫困,连水电费都付不出,公开登报卖字,不禁感慨万端,发而为诗。

②输:送给。

③闲煞:闲坏了。

# 三、靖国军时期

1918年,被誉为"革命巨子"、"共和伟人"的于右任,在陕西各界代表的促请下,奉孙中山之命自沪返陕,就任陕西靖国军总司令。在四年多的时间里,他手不停笔,口不停吟,写下了许多血泪交融、声调激越的诗篇,真实地记录了靖国军曲折的战斗历程,热情地歌颂了革命党人井勿幕、于鹤九、曹印侯、靳伯伦、耿端人等的英雄业绩。

面对靖国军后期分化瓦解的严峻局势,于右任感慨万端,痛心疾首。他退居三原西关民治学校。经过40多天痛苦的思索,他以61种花木为依托,以景寓情,因物托事,借花草影射现实,隐约曲折地把三年苦战的历程凝聚在诗中,写下了著名的长诗《民治校园纪事诗》(前后二十首),一时广为传诵。

## 1918年

### 归里过汾河同王子元[①]

我亦横汾感逝波,故园消息近如何?
夕阳西下无来雁[②],匹马南归竞渡河。
道远车悲虞坂[③]峻,云开雨傍太行过。
山川满目今犹昔,后土祠[④]前祷且歌。

**注：**

①汾河：在山西中部，为黄河第二大支流。王子元（1891～1963），是1918年陕西靖国军派往上海迎接作者回陕的代表。子元名玉堂，原籍山东。光绪初年，全家迁居陕西三原。后任陕西靖国军外交处处长、青海省民政厅厅长、河南省豫西及豫北行政长官，“西北农专”（今“西北农大”）筹备委员会主任等职。抗战时，创办三原振国中学（今三原安乐中学），1961年以莫须有的罪名被捕入狱。后死于狱中。

1959年冬王子元先生告诉选注者：作为陕西靖国军请于右任回陕的代表，他与成柏仁等自陕赴沪，请于右任回三原主持大计。为确保于先生路上安全，1918年5、6月，他们分头先后由上海动身，在郑州会齐，到茅津渡河入晋（因潼关附近是陈树藩的势力范围，走这一路恐不安全），过运城、蒲州，沿黄河东岸北上，至禹门渡，渡黄河入陕，经宜川、延长、延安、甘泉、洛川、中部（黄陵）返抵三原。于右任就任陕西靖国军总司令。王子元精通英语及基督教会行话，于留有胡子，身材魁梧，教民多认为他是牧师，一路之上由于子元的交涉，得到各地教会的帮助。

②无来雁：古人认为鸿雁能够传信。周邦彦《浪淘沙慢》：“念汉浦离鸿去何许？经时音信绝。”此处“无来雁”意为没有得到家乡消息，而忧心忡忡。

③虞坂：在山西运城市南，俗名青石槽，旧时道狭而难行。作者想到陕西靖国军的艰难处境：外有六省军阀的重重包围，内有诸将领的互相猜忌。

④后土祠：在山西省万荣县。《汉书·郊祀志》：“武帝时立后土祠……成帝初徙置长安，后复移汾阳。”这里指祭祀土地神的土祠。

## 夹马口吊樊灵山、宋相臣①

樊、宋英魂渺何处？马前风雨恨难消。
河东一战如何记，洒酒黄流②唱大招③。

**注：**

①夹马口：在山西省临晋县西北黄河东岸。樊灵山、宋相臣，均为陕西耀县

人,曾加入同盟会,参加陕西首义。后参加讨伐张勋之役,遭阎锡山部袭击遇难。

②黄流:指黄河。

③大招:《楚辞》篇名,内容及形式略同于《招魂》。

## 吴王渡①

风鹤②惊心渡不开,角声飞上禹王台③。
老翁家住黄河岸,曾说秦兵几次来。

注:

①吴王渡:在山西临猗县黄河东岸。《山西通志》:"昔有吴、王二姓居此,故名。上有吴王寨,即韩信渡河袭魏豹处。"

②风鹤:即风声鹤唳的缩词,意为极度惊疑。《晋书·谢玄传》:"苻坚众号百万,列阵临淝水,玄以兵八千涉水,坚众奔溃,弃甲宵遁,闻风声鹤唳,皆以为王师。"

③角声:古代的一种乐器。禹王台:在河南省开封市东南,古代师旷吹台遗址。后人思禹功德,建庙于此台。

## 禹门渡①

禹庙东西并赛神,禹门三日滞行人。
护窠苍隼愁矰缴②,扑面黄沙杂战尘。
天地平成终有待,鱼龙寂寞恐非真。
吕梁山③上夕阳好,返射凿痕迎眼新。

注:

①禹门渡:在山西省河津县西北。作者乔扮传教士,西渡黄河,返回陕西。

②矰缴:一种猎取飞鸟的射具。引申为迫害人的手段。

③吕梁山:在山西省西部黄河和汾河间。黄河东为山西省河津,西为陕西省韩城。

## 宜川[1]道中

隐隐黄河线一痕,马前东望日将昏。
风云晋塞连秦塞,波浪龙门接孟门[2]。
高祖山头余破庙,将军台上只荒村。
川原如锦人如醉,遍地花[3]开不忍论。

**注:**

①宜川:陕西省县名,在陕西省中部偏北,东隔黄河,邻接山西。

②龙门:即禹门口,在韩城东北、山西省河津西北。孟门:古山名,在宜川东北、山西吉县西,绵亘黄河两岸。

③花:指罂粟花(可制鸦片)。陕西军阀陈树藩为筹措军饷,强迫陕北人民种植罂粟。花虽艳丽,却毒害人民。

## 延长[1]纪事

山下为城山上塞,疲驴破帽过延长。
开天美利穿油井,乱世降儿产义王[2]。
戍卒一年三溃散,居民十室九逃亡。
故人高烛频相赠[3],金锁关南照故乡。

**注:**

①延长:在陕西北部,延河下游,东接黄河,东邻山西。

②义王:作者自注为孙可望。

③作者自注:“由元飞君以延长矿中所出大烛相赠。”延长油矿是我国最早开发的油田之一。

## 延长至延安[1]道中

濯筋河畔草迷茫,故事居民语不详。
箱[2]里鸣蝉山谷响,柳阴系马水泉香。
世无韩范真儒将,地是金元旧战场。
兵火连年人四散,平川历历上田荒。

**注:**

①延安:位于陕北高原中部,隋大业三年(607年)设延安郡府施县,始有延安之名(取延水安流之意)。1937年1月中共中央进驻延安,从此成为革命圣地。

②箱:船、舵尾。土人呼丛林曰箱林。

## 与王子元谒桥陵[1]遇雨

路下雕阴湾复湾,鸾翔凤翥见桥山。
弥天风雨伤今日,垂老崎岖过此间。
独创文明开草昧,高悬日月识天颜。
干霄古柏摩挲遍,挂甲何人亦等闲[2]。

**注:**

①桥陵:指桥山黄帝陵。《史记·五帝本纪》:“黄帝崩,葬桥山。”作者曾编《黄帝功德记》。

②挂甲句:陵园内有一古柏,树身多小孔,相传是汉武帝谒陵挂甲处。

## 题张木生[1]君手拓昭陵石马

六骏失群图尚在，追怀名迹感无穷。
纷披矢石因酣战[2]，摹勒山陵为报功[3]。
生系降王关内外，死陪勋旧阙西东[4]。
传神赖有张公拓，犹似当年照九嵕。

注：

①张木生：陕西耀县人，三原正谊书院学生，作者旧友。曾手拓《昭陵六骏》图。

②纷披句：六骏身上散乱地保存着被弓箭和石头射中的形状，是因为它们多次参加过激烈的战斗。

③摹勒句：把六骏的形象照原样雕刻在陵墓石碑上，能够显示战功。

④死陪句：唐太宗死后，六骏的形象被雕刻在陵墓东西阙门两边石碑上，和当年的功臣一样陪葬。

## 题于鹤九[1]画

中渭桥前大麦黄，将军作势取咸阳。
吾家老鹤真潇洒，驻马河干画战场。

注：

①于鹤九：名鸣皋，陕西省淳化县方里镇人，曾任陕西靖国军总司令部参议。字画均佳，多才多艺，后与作者联宗。

## 吊井勿幕[1]

十日才归先轸元[2],英雄遗憾复何言?
渡河有恨收群贼[3],殉国无名哭九原[4]!
《秋兴》诗存难和韵[5],南仁村远莫招魂[6]。
还期破敌收功日,特起邱山拟宋园[7]。

**注:**

①井勿幕:1888年生,卒于1918年,字文渊,陕西蒲城人。曾加入同盟会,任国民党陕西支部长、关中道尹。作者和井勿幕在长期革命斗争中,结下了深厚的友谊。1918年于右任担任陕西靖国军总司令,井任总指挥。正当革命形势蓬勃发展时,井被人暗害,时年31岁。井遇害十日后,遗体运回三原,于右任抚尸恸哭,悲痛欲绝。他一连多日,神志恍惚。他在挽联中写道:"我哭井勿幕,耿耿爱国热忱不亚宋渔父;谁言李东才,明明杀人凶犯就是陈树藩。"并致函国会众议院,悲叹:"天乎!何心?坏我长城!""惟有誓灭国贼,慰我先烈。"后作者几次讲话中说到井勿幕被害,失声痛哭。这首诗是作者在极度悲愤中写成的。

②十日句:先轸,春秋时晋国正卿,忠勇善战。曾先后打败楚军和秦军。后与狄人交锋,陷阵而死。狄人敬其忠义,把他的头颅送还晋国。元:头颅。井勿幕遇害十天后,遗体才被交回收殓。这里借用先轸事比喻井勿幕。

③渡河句:宋代名将宗泽,靖康元年(1126)知磁州时,募集义军,抗击金兵。后任副元帅,用岳飞为将,屡败金兵。曾多次上书高宗,请其还都,收复失地,均为投降派所阻,忧愤成疾,临死时仍连呼:"渡河!渡河!渡河!"这里用宗泽事迹喻井勿幕壮志未酬。

④殉国句:为国牺牲而其名不彰,生者在其墓地为之痛哭。九原:墓地。

⑤秋兴句:井勿幕有《秋感》诗八首(是步杜甫《秋兴》韵之作)。诗存人亡,不能再按原韵和诗了。

⑥南仁:村名,在兴平县,井勿幕被害于此。招魂:古时丧礼,以死者之衣,升

屋北面三呼，招死者之魂。

⑦特起句：像宋教仁陵园那样，特别为井勿幕修建陵墓。

## 1919年

### 家祭后出城有怀勿幕[1]

云暗关门间道回[2]，戎衣墨绖鬓双催[3]。
何堪野祭还家祭，不独人哀亦自哀。
桴鼓[4]经年空涕泪，河山四战一徘徊。
东征大业凭谁共？唤得英灵去复来。

**注：**

①靖国军失败后，作者的继母刘太夫人病逝，他抄小道返乡祭奠。出了三原城又想起被人杀害的革命先烈井勿幕，发而为诗。

②云暗关门：陕西靖国军被分化瓦解后，反动势力又嚣张起来，犹如黑云压城。间道：小路。

③戎衣：军装。双催：军事失败，继母病逝，交催双鬓，早生白发。

④桴鼓：战鼓。此处代指战争。

### 春　雨[1]

悯乱天偿雨一犁[2]，饥鹰啄凤事难齐[3]。
相期天地存肝胆，犹见关山动鼓鼙[4]。
河汉声流神甸[5]转，昆仑云压万峰低。
花开陌上矜柔艳，勒马郊原路不迷[6]。

注：

①此时世乱年荒，战事频仍，久旱无雨，人民遭殃。这年3月，突降喜雨，赋诗以记。

②悯：怜悯。雨一犁：墒情有一犁之深。

③饥鹰句：饥饿的鹰啄击珍贵的凤凰。凤：指靖国军。喻北洋军队（鹰），围攻革命武装。

④鼓鼙：大鼓、小鼓。古代军中常用的乐器。借指战争。

⑤神甸：神州。郊外为“甸”，神甸即“神州”。

⑥勒马：拉缰止马。路不迷：为人民而战，为革命而战，不会迷失方向。

# 1920年

## 高陵[1]道中

雪后高陵道，平原剪剪风[2]。
新坟春草碧，故垒[3]夕阳红。
高骨元戎[4]马，号天四野鸿[5]。
老兵莫垂泪，不日定关中。

注：

①高陵：为陕西县名，在陕西中部，泾河下游。今属西安市。时作者任陕西靖国军总司令，常往来于三原、高陵间。“不日定关中”表达出作者与北洋军阀斗争到底的决心。

②剪剪风：寒风刺人如剪刀般锋利。

③故垒：从前作战的堡垒或驻军的营垒。苏轼《念奴娇·赤壁怀古》：“故垒西边，人道是，三国周郎赤壁。”

④元戎：兵车。《诗经·小雅·六月》：“元戎十乘，以先启行。”

⑤四野鸿：即哀鸿遍野之意。鸿，大雁，比喻遭受灾害的人民。

## 郊　行

芳草复芳草，战场连战场。
自然生涕泪，何况见流亡！
麦槁天无雨①，坟增国有殇。
炊烟添几处，讵忍说壶浆。

注：

①麦槁句：时陕西大旱，麦苗枯死，战事频发，作者有感而发。

## 闻乡人语①

兵革②又凶荒，三年鬓已苍。
野犹横白骨，天复降玄霜。
战士祈年稔③，乡民祭国殇。
秦人尔何罪，杀戮作耕桑。

注：

①1920年，陕西大旱，半年无雨，百姓无吃穿，军队无粮饷。人民生活十分困苦。作者听到陕西同乡的叙述，感慨而赋此诗。
②兵革：代指战争。
③年稔：谷熟丰年。

## 与张伯英出游唐园①

名园千载今余几？几代名人来看花。

老木参天巢鹳鹤，长藤踞地走龙蛇。
凄凉百战玄黄[②]马，危急三春[③]子母鸦。
菜子花香麦生浪，才知美景在农家。

注：

①张伯英：即张钫，河南新安人，曾任陕西靖国军副总司令。新中国成立后任国防委员会委员、全国政协委员。

唐园，指唐李靖别墅，在三原县城北东里堡，一度改为“靖国公园”。李靖（571～649），唐京兆三原（今陕西省三原县）人，隋大将军韩擒虎外甥。精熟兵法，征战四方，以功封卫国公。《新唐书》《旧唐书》有传。

②玄黄：马病。《诗经·周南·卷耳》：“陟彼高冈，我马玄黄。”

③三春：春季三月。班固《终南山赋》：“三春之季，孟夏之初。”

## 《广武将军碑》复出土歌赠李君春堂[①]

宇内苻秦[②]碑，邓艾[③]与广武。
邓碑在蒲城，完如新出土；
广武将军不复见，著录谓在宜君县。
碑版规模启六朝[④]，环宇声价迈二爨[⑤]。
僧毁化度[⑥]鬼犹哭，雷轰荐福[⑦]神应眷。
七年跃马出山城，披荆斩棘搜求遍。
老吏为言久无踪，前朝敝邑有悬案。
悫斋学使驻征轺[⑧]，雷霆万钧征邦宪。
小民足茧山谷中，顽石无言留后患。
又云上郡[⑨]石理粗，日消月烁或漫漶[⑩]。
不然父老畏差徭，或埋或弃或掊断。
自从改革兴兵戎[⑪]，如毛群盗满关中。

天荒地变文物烬，存者难保搜何功。
我闻吏语增悲哽，仗剑归来结习[12]屏。
李君[13]忽出碑一通，"部大""酋大"[14]字完整。
惊询名物何处来？为道新出白水境。
出土复湮百余年[15]，金石学者眼欲穿。
昔人误记后人觅[16]，掘遍宜君郭外田。
我与贤者别离久，持赠真如获琼玖[17]。
中夜绕屋起彷徨，疑似之际频搔首。
世事新潮复旧潮，知君身世恨难消。
何堪回首添新泪，不尽伤心唱大招[18]；
凄其朋友余僧子，寂寞家山念鲁桥。
吾闻至人[19]在天下，入水不濡[20]火不化；
亦犹至宝藏山阿，千年出土光腾射。
偶作无益遣有涯，莫抛心力矜插架[21]。
松谈阁主学郭髯[22]，敦物山[23]人比赵大。
君不见士礼居中宋一廛[24]，释经楼上元十驾[25]，
匋斋簠斋[26]并散遗，天一结一[27]近论价。
云烟过眼有何常？出入半生我乃罢。
老见异物眼复明，现身说法君休讶。
歌成为君更放歌，关中金石近如何？
石马失群超海去[28]，宝鼎出现为贼讹[29]。
慕容文重庾开府[30]，道家像[31]贵姚伯多。
增以广武尤奇绝，夫蒙族[32]人文化堪研磨。
戎幕风凄日色黄，西北秋老剑生霜。
年荒时难人憔悴，岂徒掩卷悲流亡！

珍藏独树斋中物，一一担挑换米粮。

**注：**

①《广武将军碑》全称《前秦广武将军孙□产碑》。前秦碑刻，字体为八分书（似隶书而体势多波磔）。碑额题“立界山石祠”五字，故也称《立界山石祠碑》。公元368年立。记述□产仕历功绩事。因碑石风化，姓氏无法辨认。清人张澍考为张蚝之孙，后来即题为《张产碑》；蚝本姓弓，故又题为《弓产碑》。吴士鉴考张蚝封上党公，在建元之后，苻丕之时。前人著录误以为在陕西宜君县，相传已佚；1920年访得于陕西白水县史官村山麓仓圣庙中，今移存西安市碑林。

此碑书体奇态横生，不可名状，极转折之妙，尽笔意之变化。前秦碑刻极少，《邓太尉祠碑》外，仅有此碑，故为人珍重。

李春堂：陕西泾阳人，留学日本，曾任陕西靖国军总部参议。当时畏惧谗言，恐遭陷害，居陕西泾阳县老家，研究文物考古。

②苻秦：东晋时五胡十六国中之前秦，为苻氏所创，因其姓故称苻秦。

③邓艾：指《邓艾碑》，全名为《冯翌护军郑能进修邓太尉祠铭》，又名《修邓艾祠碑》。公元367年刻，在陕西蒲城县。该碑隶书八行半，行二十九字。后题名两截，上截上列九行，下列七行；下截十一行，行字不等。此碑隶书多杂楷法，可见当时书法已由隶入楷。

④六朝：这里指东晋、宋、齐、梁、陈、隋六朝。

⑤二爨：《爨龙颜碑》和《爨宝子碑》合称“二爨”。

⑥化度：指化度寺碑。化度寺碑有二：一为《化度寺邕禅师舍利塔铭》，简称《化度寺塔铭》，唐李百药撰，欧阳询楷书，唐贞观五年（631年）刻，原石久佚。一为《化度寺海禅师方坟记》，唐显庆二年（657年）刻，仅楷书五十字左右，体势不俗。石原在西安城内百塔寺，后亡佚，现存者为重刻。

⑦荐福：指《荐福碑》，原在江西饶州荐福寺。李百海撰，欧阳询书。《尧山堂外纪》：“饶州鲁公亭在荐福山，山有欧阳询所书《荐福寺碑》，颜鲁公尝覆以亭，后人因名。范希文镇鄱阳日，有书生献诗甚工，时《荐福寺碑》墨本直千钱，希文欲为打千本，一夕雷击碎其碑。东坡《穷措大诗》曰：‘一夕雷轰《荐福碑》’本此。”清人施闰章《矩斋杂记》：“据寺僧传述云：‘当日吏督拓碑，

工役骚然，极为僧累。一夕乘大雷雨，僧众碎之，诡言雷击。'”

⑧愙(kè)斋句：清末金石、文字学家吴大澂，别号愙斋，曾以学使身份亲到宜君县，严令寻找《广武将军碑》。

⑨上郡：郡名，秦置。辖今陕西省西北部及内蒙古鄂尔多斯旗一带。

⑩漫漶(huàn)：这里指碑石敝坏。

⑪兵戎：代指战争。

⑫结习：佛教语。指人间的欲望烦恼。这里指寻找《广武将军碑》的念头。《维摩所说经·观众生品》："维摩诘室天女以天花散诸菩萨，即皆堕落，至大弟子，便著不堕。……'结习未尽，花著身耳；结习尽者，花不著也。'"

⑬李君：即李春堂。

⑭部大、酋大：少数民族中相当于部长、酋长的首领名称。清人张澍《姓氏辨误》："一部之长，呼为部大，犹豪帅也。东北夷率谓部长为部大，帅曰帅大，城主曰城大，酋长曰酋大。《魏书》吐谷浑慕利延部大崇娥。《广武将军张产碑》阴有部大十人，酋大三人。"又，苻秦《邓太尉碑》末行，亦有"部大"二字。

⑮出土句：乾隆时此碑出土，嘉庆初(1796 年)又埋没，光绪年间又发现，其间经过一百多年。

⑯昔人句：《关中金石记》误载此碑在宜君县，因而吴大澂到当地遍觅无获。

⑰琼玖：美玉，这里指《广武将军碑》。

⑱大招：《楚辞》篇名。王逸《楚辞章句》："《大招》者屈原之所作也。或曰景差，疑不能明也。"后人或以为秦汉间作品，内容及形式与《招魂》略同。

⑲至人：道德修养达到最高境界的人。

⑳不濡(rú)：不沾湿。

㉑插架：置书于书架上。韩愈《送诸葛觉往随读书》："邺侯家多书，插架三万轴。"

㉒松谈阁：清代关中藏书家郭允伯的藏书楼。郭髯：即郭允伯。

㉓敦物山：即敦物山人，为明代陕西周至县赵崡的别号。赵崡，字子函，万历举人，经常携纸墨访拓关中石刻，并请各地朋友代为收集。积三十余年，收藏旧碑甚多。后选其中之精品，编为《石墨镌华》一书。

㉔士礼居：清人黄丕烈的书斋名。叶昌炽《藏书纪事诗》引《同治苏州府志》：

“黄丕烈,字绍武,乾隆戊申举人,喜藏书,购得宋刻百余种。学士顾莼颜其室曰‘百宋一廛’。”当时顾千里曾为黄丕烈的藏书作过一篇《百宋一廛赋》。

㉕释经楼句:叶昌炽《藏书纪事诗》引《海昌备志》:“吴骞,字槎客,号兔床,家新仓里。笃嗜典籍,遇善本,倾囊购之弗惜。所得不下五万卷,筑拜经楼藏之。晨夕坐楼中,展诵摩挲,非同志不得登也。”又引《东湖丛记》:“黄荛圃主政百宋一廛,吴兔床明经以千元十架相敌。故老风流,犹令闻者色飞眉舞。”昌炽案:“拜经十架,诸家所记皆作插架之架,独荛圃《席上辅谈跋》云:‘余藏书所曰百宋一廛,海昌吴槎客闻之,即自题其居曰千元十架。谓千部元版,遂及百部之宋版,如驽马十驾耳。’潜研老人《十驾斋养新录》,即此十驾之义,其字作驾。”

㉖匋斋:端方(1861 ~ 1911),满洲正白旗人。托忒克氏,字午桥,号匋斋。喜好金石文字,收藏亦多,著有《匋斋吉金录》、《匋斋藏石记》。簠斋:陈介祺(1813 ~ 1884),山东潍县人,字寿卿,号簠斋。道光进士,曾任翰林院编修,好收藏文物,对青铜器、陶器、印玺、造像等收藏甚富,其中以毛公鼎为最有名。著有《十钟山房印举》、《吉金文释》等。后人集其讨论文物的书信印成《陈簠斋尺牍》,集其所藏金文拓本为《簠斋吉金录》。陈氏又善拓墨,据其经验著《传古别录》一书。

㉗天一:即天一阁,为明嘉靖浙江鄞县范钦藏书阁名。因得元人揭傒斯所书吴道士龙虎山天一池石刻而取名。范钦官至兵部侍郎,藏书五万三千余卷。清嘉庆间,阮元任浙江巡抚,命钦后人懋柱编《天一阁书目》十卷。光绪间,钱恂重编书目,书多散佚,较嘉庆时已不及十分之一。明、清浙东藏书家以天一阁为第一。结一:即结一庐,为清咸丰时朱澂藏书楼名。有《结一庐书目》,其书后归丰润张佩纶。佩纶侨居江宁,辛亥革命期间,遗书百椟,顷刻而散。

㉘石马句:谓昭陵六骏中之拳毛䯄、飒露紫二骏,1915 年被美国人盗走,故曰失群超海去。

㉙宝鼎句:王飞虎得巨鼎于陆建章,后不知去向。

㉚慕容句:咸阳曾出土《慕容恩碑》,为庾信撰文。庾信初仕梁,元帝时使西魏,遂留长安。周孝闵帝时封义城县侯,累迁骠骑大将军,开府仪同三司,

世称庾开府。博览群籍,文名甚重。

㉛道家像:陕西耀县曾出土道家造像。

㉜夫蒙族:当为氐族,其远祖在先秦时代即已与中原各族相交往。

## 为程星五题文文山诗轴①

肃穆瞻文墨,艰危见性情。
公曾全大节②,我亦抚饥兵。
声伎同知悔,茅檐尚不惊。
丈夫自勤事③,何必计前程。

注:

①程星:名光奎,靖国军末期任第三路曹世英部第一支队第三营营长。文文山诗轴为写有文天祥一首诗的卷子。原诗为:"江黑云寒闭水城,饥兵守堞夜频惊。此时自在茅檐下,风雨安眠听柝声。"

②全大节:指文天祥宁死不屈事。

③勤事:勤王之事,即为王事尽力。王室有难,起兵靖乱,谓之"勤王"。此处当理解为为革命事业尽力。

## 和于鹤九①《中秋望月》诗步韵

余子君犹上下床,当年跃骏气难量。
早知关内声名大,何事山中岁月长?
班史昔曾讥马史②,越王今忘报吴王③。
可怜佳节云遮月,和韵诗成为补亡④。

注:

①于鹤九:陕西淳化方里人,曾任靖国军第三路营长、总司令部参议。工书

画，善篆刻。曾主办《战时日刊》，后在三原东关遇难。靖国军受挫时，作者曾北走方里。和人诗词，仍用原诗韵的叫和韵；韵同而前后次第不同的叫同韵，同韵脚及其先后次序皆与原作相同的，叫步韵。

②班史句：指班固著《汉书》，司马迁著《史记》。《汉书·司马迁传》曾批评《史记》："至于采经摭传，分散数家之事，甚多疏略……又，其是非颇谬于圣人，论大道则先黄老而后六经，序游侠则退处士而进奸雄，述货殖则崇势利而羞贱贫，此其所蔽也。"

③越王句：越王，指春秋时越王勾践。吴王，指吴王夫差。吴越两国世代相仇，后吴国为勾践所灭。此处反其意而用之。

④补亡：即"亡羊补牢"之省词。《战国策·楚策》："亡羊补牢，未为迟也。"

## 阅佳诗有感

张木生君得孟十一娘墓志，后有李敬恒先生书

浩然堂诗并序，皆明丽可诵，诗以纪之。

荒凉古月照陈仓[①]，片石犹传十一娘[②]。
我读题诗应搁笔，风流欲访浩然堂。

注：

①陈仓：古县名，在今宝鸡市东。是关中通往汉中的交通要冲，为战略要地。唐至德二年(757年)改为宝鸡。

②孟十一娘：为唐代孟友贞之女，早丧。葬于陈仓。其父有墓志。后有清末陕西著名学者李敬恒书浩然堂诗并序。

## 纪《广武将军碑》[①]

广武碑何处？彭衙[②]认藓痕。
地当仓圣庙[③]，石在史官村。
部大官难考，夫蒙城尚存。
军中偏有暇，稽古送黄昏。

注：

①这首诗是继《广武将军碑复出土歌》之后，为进一步说明此碑出土的具体地点而写的。

②彭衙：古地名，在今陕西省白水县境。

③仓圣庙：即仓颉庙。在白水县城东约25公里处。传说为黄帝时创造文字的史官仓颉葬地。

## 起云台至落云台①

人似春风去又来，香怜柏子落仍开。
流连东寺还西寺，隐约前台望后台②。
远戍归时遗冢在③，野烟生处几家回？
三秦无地无兵火，含泪名山认劫灰。

注：

①起云台、落云台：在陕西省耀县境内。

②前台：指南面的起云台。后台：指北面的落云台。

③远戍句：戍，驻兵防守曰戍。冢，坟墓。陕西靖国军兴起时，云南护国军叶荃率部增援。1919年叶荃率部南下入四川。作者原注："滇军阵亡将士从葬处。"

## 落云台至起云台①

——耀县纪游

憔悴青山看我来，扶筇②岁尽强登台，
参天古柏遭兵火，破寺名碑半草莱。
山径雪消行滑滑，道人粮尽乞哀哀。
干戈饥馑连三辅③，老病踌躇日几回。

注:

①此时,关中连年战乱,民不聊生,药王山的古迹遭到破坏,连山上的道人也因断粮而哀哀乞讨。作者忧国忧民之心,溢于言表。

②扶筇:手持筇竹做的手杖。

③三辅:指陕西关中地区。

## 游祋祤庙[1]

废邑犹存漆水边[2],城名祋祤义难笺[3]。
神祠汉吏图仍在,兵铸秦皇史不传。
里社迎春惊爆竹,居民挑菜度凶年。
嗟余难了公家事,蹀躞[4]人间觅墓田。

注:

①关于祋祤(duì xǔ)庙,明人乔世宁《乔三石耀州志》第二卷《地理志·诸古迹》记载:"城东一里有祋祤故城。(汉)景帝始置县于此。《汉书·郊祀志》下:宣帝神爵二年,凤凰集祋祤城。今人名其故城犹曰凤凰台云。晋泥阳县亦此地,东北一里有步寿宫。《三辅黄图》:'汉故有祋祤宫,以凤凰集处得玉宝,乃作此宫,因诏赦天下。'州北原因名曰步寿原。东二里故惠政坊有祋祤庙,盖祀祋祤令有遗爱者,亡其名。庙南有祋祤冢。"

宋仁宗时临淄人赵师民守耀州,以为祋祤字从示,悉祭神求福之意。疑秦地尚武,以衅兵得名。清人吴卓信《汉三辅考》谓"祤"字《说文》所无。方以智《通雅》云:《卫青传》又作"栩"。王厚之(宋乾道时诸暨人)《集古印谱》有祋祤丞,字亦从木旁。

②废邑:指祋祤故城遗址。漆水:关于漆水源流的记载,历来众说纷纭。北宋乐史《太平寰宇记》记载:"始以源出今铜川市北,南流经市东至耀县南注入石川河的同官川为漆水,宋以后地志皆从此说。"

③笺:注释。

④蹀躞(dié xiè):迈着小步走路。

## 药王山除夕杂感[①](二首选一)

岁尽天寒客思孤,茫茫何处是归途?
家人倘备宽心面[②],应念愁城[③]困老夫。

**注:**

①药王山:在陕西省耀县城东三华里,唐代名磬玉山,宋、金、元、明时称五台山。唐代著名医学家孙思邈系京兆华原(即今耀县)人,曾著《千金要方》、《千金翼方》等书。明穆宗隆庆六年(1572年),人们把孙氏所著的医药书,刻成五通碑石,置于五台山上,此后人们为纪念孙思邈称该山为药王山。

这首诗表达了作者除夕之夜困居愁城思念家乡的痛苦心情。1979年台湾报纸曾刊载了这首诗,一时争相传阅,轰动台岛。除夕,泛指每年最后的一天,或当天夜晚,是我国人民传统的团聚节日。

②宽心面:作者家乡除夕之夜吃的汤面条。作者自注:"三原风俗以除夕面为宽心面。"

③愁城:当时陕西靖国军被直系军阀分化瓦解,作者在三原无法立足,北走耀县,为革命前途忧虑,如困愁城。

# 1921年

## 元日拂晓出游显云台至将军山,山旧有王翦庙,今废矣[①]

昨宵不寐到今年,破晓寻春一泫然。
战垒回风吹野烧,麦畴残雪露新阡。

将军山上围秦鹿[2]，栒栩祠中礼汉贤[3]。
载酒江湖当日事，戎衣困顿误神仙。

注：

①显云台：为五台山的北台。将军山：在富平县境，山因王翦而得名，山上旧日有王翦庙。王翦系战国时秦国名将，在秦统一六国的战争中，功绩彪炳。曾平定赵、燕、蓟诸地。王翦的故里为秦频阳县东乡，其地在今富平县东北25公里处。后来王翦谢病归频阳，即指此地。

②秦鹿：古时以逐鹿比喻争夺天下。“秦失之鹿，天下共逐之。”

③汉贤：指汉代栒栩县令。

## 山　居

北去将何去，南还不忍还。
迎春王翦庙，卧病药王山。
老柏添香叶，碑残印泪斑。
南军丛葬处[1]，新月[2]似弓弯。

注：

①丛葬处：指滇军公墓所在地，在药王山晒药场附近。

②新月：农历每月初三四之月亮，通称为新月。

## 与关芷洲、李西园同游耀县城东[1]

萧条栒栩城东路，扶杖寻碑任所之。
破寺仅存兵火后，遗民犹在乱离时。
山川满目伤怀抱，冰雪连郊照鬓丝。
文化关西空有愿，天留余地愧君诗。

注：

①关芷洲：山西解县人，时为陕西靖国军参议。李西园：时为耀县知县。耀县：在陕西中部，汉置祋祤县，三国时魏侨治泥阳，唐为耀州治，元废县入耀州，1913年改为耀县。

## 游晒药场谒滇军葬阵亡将士处①

山南雪半消，樵径寒水冱。
言寻晒药场，来吊南军墓。
春草萋以绿，新坟起无数。
古柏战风霜，一一香叶护。
自昔国难生，贤哲先奔赴。
白骨委沙场，岂曰志行素。
战争复战争，神皋莽如故。
西南歌蒿里，西北歌薤露。
大损不知损，相亲难相顾。
滇人鸟归巢，秦人株守兔。
问彼泉下人，殉国终何慕？
万里葬此间，谁为招魂赋？
黄鸟鸣树枝，哀哀失归路。

注：

①晒药场：相传为药王孙思邈晒药的地方，在陕西省耀县药王山显云台静应庙东南侧，一亩见方，地势较高。滇军公葬处，就在晒药场附近。作者因怀念援陕阵亡的滇军将士，曾多次前来谒墓。

## 三谒晒药场滇军将士公葬处

茫茫侠骨[1]伴名山，万里西征竟不还。
欲奠英魂难靖乱，忝为地主[2]亦惭颜！
魄归金马碧鸡上[3]，泪湿秦关蜀栈间[4]。
晒药场前春草绿，春风吹起土花[5]斑。

注：

①侠骨：旧以舍己助人为侠，故称滇军援陕牺牲将士的尸骨为侠骨。

②忝："有辱于人"的意思，此处可作"愧"字解。地主：对外地人而言，当地人即为地主。

③金马碧鸡：神名。今云南昆明东有金马山，西南有碧鸡山，二山相对。山上皆有神祠。本句意为滇军死亡将士魂魄返归故乡神山之上。

④秦关蜀栈间：泛指陕西潼关至四川栈道之间。本句意为：滇军为援陕而牺牲，使陕西人民为之洒泪。

⑤土花：苔藓植物。

## 由耀县归三原途中书所见[1]

凶荒经两载，岁转劫应消。
里妇烹槐子，春风醒麦苗。
零星闻社鼓[2]，饤饾[3]采村谣。
独怪离离草[4]，经冬尚未凋[5]。

注：

①时靖国军遭挫，诸将领各行其是，作者北走耀县药王山。靖国军各路司令

胡景翼、曹世美等环山而请,作者为顾全大局,不避艰险,返回三原。由耀县返回三原途中,写了这首诗。

②社鼓:民间祭神的鼓乐声。

③饤饾(dìng dòu):原指食品累积盘中,用以比喻文辞堆砌,系作者自谦。

④离离草:长而茂盛的野草。白居易《赋得古原草送别》:"离离原上草,一岁一枯荣。"

⑤经冬句:表明作者对革命前途仍充满信心。

## 由耀县入三原境有感①

何事出山与愿违,无能此去欲依谁?
兵当南北交②争日,岁到青黄不接时。
置腹③难偿诸将愿,空拳安④慰万人饥?
马前清峪盈盈水,且自临流照鬓丝。

注:

①时陕西靖国军诸将领请作者返三原主持大计。在由耀县返三原途中,写了这首诗。

②交:互相。

③置腹:推心置腹,谓以诚待人。

④安:如何,怎。因当时陕西大旱,作者严禁各将领在民间征粮。而军中已无粮饷可用,赤手空拳如何安慰饥饿的士兵?

## 不　寐①

竟夕②不成寐,劳人知夜长。
眼前烛垂泪,镜里鬓生霜。
百草忧春雨,遗黎③傍战场。
三年徒负咎,忏悔亦无方。

注：

①时作者领导的陕西靖国军遭受挫折，感怀时局，夜不能寐，吟而成诗，忧国爱民之情怀，溢于言表。

②竟夕：通宵。

③遗黎：经过某种变故（如兵灾、荒年、改朝换代等）存活下来的老百姓。

## 新庄[①]杂诗（三首）

（余生新庄，不知在某氏园中。庄邻何氏园。园主何二，时年已七十余矣。）

一

拨乱无功肯[②]自宽，壮怀消尽事知难。
当年弧矢谁家院[③]？垂老[④]重经泪不干。

二

计入今秋几往还？棉铃[⑤]开后到农间。
城隅最是新庄好，圆觉庵前看远山[⑥]。

三

重到何园意惘然[⑦]，墙隅新柳已参天。
何翁[⑧]自叙何园史，手把犁锄廿[⑨]五年。

注：

①新庄在陕西三原县城东北角。时任陕西靖国军总司令的作者，旧地重游，

感慨系之。

②肯:怎肯,自责自问之词。

③当年句:弧矢,即桑弧蓬矢。男孩诞生的代称。

④垂老:将到老年。

⑤棉铃:棉桃,其状似铃。

⑥圆觉庵:是当年作者读书之地。远山:指嵯峨山,在三原县城西北。

⑦惘然:失意的样子。

⑧何翁:园主何二。

⑨廿(niàn):二十。

## 题曹印侯[①]小照

跃马[②]横戈西复东,曾持白刃定关中。
西湖遁去呕心[③]死,落日河山起大风[④]。

**注:**

①曹印侯:字寓侯,陕西临潼人。辛亥陕西首义,曾率当地团勇随张伯英在东路作战。后甘军围攻凤翔,曹印侯率敢死队驰援。终因劳累成疾,至西湖疗养,病死杭州。该诗表现了作者对曹印侯的赞誉怀念之情。

②跃马:跳跃上马,形容矫捷勇猛。

③呕心:呕心沥血,形容操劳过度。

④大风:想起刘邦《大风歌》,感叹猛将之不可复得,表示对曹印侯的悼念。

## 题靳伯伦[①]小照

打破四关[②]惟有子,曾经百战更无人。
君看玉立亭亭[③]者,死在沙场靳伯伦。

注：

①靳伯伦：河南人，曾任陕西靖国军团长。平日以“打破四关”为座右铭，1921年春战死在铜川县北。

②四关：旧日有关中居四关之中之说。此处似指做人能破酒、色、财、气四个关口。

③玉立亭亭：又作亭亭玉立，形容人身材修长。这里有坚贞如玉、坚强挺拔之意。

## 题耿端人[1]小照

覆局[2]何常今异古，义旗虽倒果成因[3]。
英雄关内知多少，血战长安有几人？

注：

①耿端人：名直，陕西澄城人。1911年武昌起义，陕西响应。耿在同州（陕西大荔）起事反清，辛亥革命失败后又率部反袁。1918年，在与陈树藩部作战中，战死于蒲城城下。作者在其遗照上题了这首诗。

②覆局句：指耿直谋刺陈树藩与荆轲刺秦王相似，由于计划不周失败了。作者自注：“君沉毅有大将风，体貌循循如书生。长安之战，规划綦严，而败于人事。”

③义旗句：指1917年12月耿端人部在西安与陈树藩部巷战三昼夜，因寡不敌众，退出西安。虽然失败了，但成为陕西靖国军成立的前奏。

## 题井勿幕小照[1]

羞为榆塞剜心祭[2]，忍读余杭志墓文[3]。
何以报君双泪眼，哭声直使帝天[4]闻。

**注：**

①这是作者在井勿幕遗照上题的诗。

②剜心祭：井勿幕在兴平被人暗害，其弟井岳秀（驻军陕北）捉住凶手，剖腹挖心，祭奠井勿幕。

③忍读句：不忍再读余杭章太炎所作《井勿幕墓志铭》。

④帝天：即天帝，因调平仄而倒置。

## 风　雨

风雨连宵又起云，高楼西北望逾[1]纷。
秦人[2]迷惘当中岁，郑鹿争来已二分。
烈士暮年[3]谁誉我？美人天末[4]苦思君。
新秋一梦真无似[5]，蝉曳[6]残声不忍闻。

**注：**

①逾：通“愈”。

②秦人：指陕西靖国军。

③烈士暮年：有雄心壮志的人到了晚年。曹操《步出夏门行》：“老骥伏枥，志在千里。烈士暮年，壮心不已。”

④天末：天边，指极远的地方。杜甫《天末怀李白》：“凉风起天末，君子意如何？”

⑤无似：无可比拟。

⑥曳：拖，拉。

## 中秋夜登城楼[1]

夜静云开月已斜，城楼倚杖听残笳[2]。
关河[3]历乱无归路，儿女团圆有几家？

浊酒因风酬故鬼[4]，战场如雪放荞花。
可怜垂老逢佳节[5]，泪洒戎衣惜鬓华。

**注：**

①1921年陕西靖国军遭到重大挫折，第一路司令郭坚被诱杀，二、三路司令接受改编。易帜改编，风靡一时。作为总司令的于右任，思想陷入彷徨苦闷之中。他想到连年苦战，想起那些为反对北洋军阀而牺牲的将士。中秋之夜，登上城楼，思绪万千，慷慨悲歌。王陆一先生说："先生处于艰危之境，长叹义师，坐生芒刺，城楼兀坐，每至夜分，故此诗哀音咽结，至不可堪也。"

②残笳：笳声若断若续。笳是古代军中号角，其声悲壮。这里以笳代称军号。

③关河：潼关、黄河，这里代指陕西。

④故鬼：死去的朋友。

⑤佳节：指中秋佳节。

## 民治校园纪事诗[1]（前后二十首）

### 一

只余民治园中路，老病扶筇日几临[2]？
客去偷闲眠树下，愁来不语立花阴。
移栽龙爪[3]无灵气，败退鸡冠[4]有奋心。
为念归耕归不得，忘身桴鼓[5]托哀吟。

### 二

老作园丁喜不支，小畦荒秽复尤谁？
三棱草蚀除虫菊[6]，二丑花缠向日葵[7]。
别有伤心看落照，自锄余地种相思。

山川如故人情改，手捋苍髯唱黍离。

三

矮屋真如小洞天，避人何事住花前。
年荒野雀侵家雀，风急红莲压白莲。
满目山河余战垒，万家歌哭又桑田。
城隅[8]坐对斜阳晚，北雁南飞亦自怜。

四

是处钟声杂角声，戎衣渍泪念偷生。
好花无计防人折，寸地翻劳带月耕。
破瓦君休惊玉碎，登楼我自望河清。
石榴[9]园里添新土，又作花田累老兵。

五

学童工作倍天真，我亦徘徊欲置身。
曾与共耕还共获，居然相爱更相亲。
休平壁垒留儿戏，时弄乒乓任客嗔。
为报晚菘虫已蛀，平民菜莫济平民。

六

莽莽关山限四围，黎侯失国怅无依。

秋高塞雁联群渡，巢覆霜乌结队飞。
藜杖临危惟我相，霜毫和泪为谁挥。
荞花[10]如血棉如雪，早不躬耕计已非。

七

水平杠接木工场，手插波斯菊几行。
万幕晴沙排蚁阵，连宵急雨绝蜂粮。
胡麻[11]腋下蓬蒿[12]长，毛豆篱边紫苑香[13]。
差幸美棉好成绩，可能衣被到穷乡。

八

天际浮云自在飞，人间不合有重围。
龙蛇互用藤[14]才长，燕雀交欢黍已肥。
插柳成林情尚系，穿池引水计先非。
乡人为道茴香[15]好，手种灵苗[16]带雨归。

九

岁岁名花次第开，天香国色[17]竞新栽。
如何联瓣成离瓣，讵奈蜂媒又蝶媒。
迁地为良无隙地，劫灰将尽又飞灰。
白衣堂后王黑冢[18]，犁罢恭酬酒一杯。

十

人生求足何时足，天道无常似有常。

老屋将倾基尚固，好花虽谢种犹香。
早知阶下蕉难实，且看篱前菊见霜。
为问他年谁灌溉，自由嘉卉遍西方。

十一

不死虆冬心宛转，将离芍药[19]泪汍澜。
疗饥误种无花果，当路谁栽落叶兰。
萝蔓藤条相比附，梅魂竹影两盘桓。
松苗也作龙鳞势，与尔他年共岁寒。

十二

搜遍人寰草木笺，更求佳种欲流传。
枝条直上公孙树，日月交催子午莲。
芳芷不生萧艾下，款冬偏放雪霜前。
如何易置均难致，况复青苍老少年。

十三

茫茫何地欲为家，计到劳耕日又斜。
一笠闲云僧帽菊[20]，三年零雨马蹄花[21]。
魂招南国歌哀郢，泪湿东陵学种瓜。
一卧西园惊岁晚，刺槐高处噪寒鸦。

十四

一夕相惊已白头，天荒地变见残秋。

心如落叶飘难定，身似栖鸦绕几周。
岂料奇花为败酱，应怜异草亦含羞。
嗟余蓬转无宁日，蕙圃芝田何处求？

十五

曾借耕牛引水车，儿童活泼似农家。
天留余地作劳者，人到穷途感岁华。
秋雨闻鹃啼旷野，朔风吹雁落平沙。
园中美卉田中莠，多事辛勤种谷花。

十六

亭台鸾凤竞盆栽，束缚相怜尽解开。
但愿平均还本性，应知拳曲是凡才。
多层刺柏参天立，不实樱花[22]渡海来。
悟道群生资互助，君看植物有虫媒。

十七

十月之交雨一犁，瞢腾盘马灞陵西。
东征大队驱河洛，北伐偏师起晋齐。
尽殪渠魁消阀阅，广传文化到群黎。
荒鸡四唱天难晓，又梦鸾凰枳棘栖。

十八

铁箭花凋叶复长，世间真有返魂香。

难移大戟当关险，故采仙茅荐国殇。
人亦胜天无利钝，老而不死阅兴亡。
长杨夜半风声恶，犹是前年在战场。

## 十九

除草独留狼尾草[23]，无神私祭自由神。
东门上蔡思牵犬，西狩尼山叹获麟。
此日婆娑因即果，当时剪彩假难真。
秋风忽洒兴亡泪，满目新人是旧人。

## 二十

慷慨当年此誓师，回头剩有断肠词。
三秦[24]子弟多冤鬼，百战河山倒义旗。
动地弦歌真画荻，烧天兵火亦燃萁。
难忘民治园中路，卷土重来未可知。

**注：**

①面对陕西靖国军分化瓦解的严峻局势，作者痛心疾首。他从总司令部搬出，暂住自己创办的西关民治学校。“只余民治园中路”，表明作者处境艰难，已无路可走。他住在民治学校的一个多月里，以60多种花木为依据，以景寓情，因物托事，隐约曲折地把3年苦战的历程，凝聚笔端。“难忘民治园中路，卷土重来未可知。”5年后他终于率领国民军“卷土重来”，进军西北，解西安围，东出潼关，策应北伐。王陆一先生说：“十五年十月，先生归陕，解长安围。刘镇华灞陵一战，狼狈东奔。革命军旋定河洛。”迎来了新的革命高潮。

②扶筇：拄着竹杖。筇，竹名，产于四川。其竹节长中实，可为杖。

③龙爪：当为龙爪葱，又名龙角葱、羊角葱。

④鸡冠：鸡冠花，花形状似雄鸡之冠，故名。此句语意双关，自喻虽如斗鸡败阵，犹思奋起。

⑤忘身桴鼓：桴鼓，指战鼓。古代指挥作战击鼓则进，鸣金则退。作为一个将士，要求"受命之日忘其家，闻鼓之时忘其身"。作者在这里表达了以身许国的豪情壮志。

⑥三棱草：即"荆三棱"，三棱形，节膨大成块状，夏季开小花。除虫菊：亦称"白色除虫菊"，多年生草木，灰白淡绿色。

⑦向日葵：亦作"葵花"、"向阳花"，一年生草木，独茎直立，圆形或多棱形，果皮木质化，子可榨油。

⑧城隅：这里指三原县城西部一角。

⑨石榴：落叶灌木或小乔木，夏季开花，花多呈红色，也有黄色或白色。秋季成熟，子多汁，有营养价值。

⑩荞花：即荞麦花。

⑪胡麻：即"芝麻"。

⑫蓬蒿："茼蒿"的俗称。一二年生草本，色淡绿，有青气。

⑬毛豆：鲜嫩未成熟的大豆。紫菀：菊科，多年生草本。

⑭藤：蔓生植物，有紫藤、白藤多种。

⑮茴香：俗称"小茴香"，气味芳香。

⑯灵苗：即"灵芝草"。古人认为灵芝草是仙草，服之可长生不老。班固《两都赋》："灵草冬荣，神木丛生。"

⑰国色天香：指牡丹花。

⑱王罴冢：王罴，字熊罴，北周霸城(陕西长安)人。指王罴坟。

⑲芍药：多年生草本。初夏开花，与牡丹花相似。花香四溢，为著名的观赏植物。

⑳僧帽菊：菊花的一种。

㉑马蹄花：多年生，叶似心形。花为白色或乳白色。

㉒樱花：也称山樱桃花。春季开花，白色或红色。

㉓狼尾草：也称"莨草"，多年生草本，秆丛生，叶片线形，抽紫黑色花序，形似

狼尾，生于山坡或路旁。

㉔三秦：代指陕西。

## 移居唐园诗以纪之[1]（二首）

一

遁迹乡村不忍回，唐园有路足周回[2]。
长条络石藤缠葛，古木交柯[3]柏抱槐。
恶竹[4]万竿难尽斩，红梅一树独先开。
老兵休道戎衣薄，大地阳春可唤来[5]。

二

南园急雨北园晴，载酒西园月又明。
天上风云原一瞬，人间成毁不须惊。
高坟玉盌儿孙盗，曲沼金鱼将士烹。
凄绝范公穷塞主[6]，力穷西北泪纵横[7]！

注：

①陕西靖国军遭挫后，内部矛盾重重，作者先迁居民治学校。后因环境险恶，一日数惊。作者夜走高陵，说服曹世英未果。又移住三原县城北5公里的东里堡唐园。诗即写于此时。

②周回：周遭回旋。

③交柯：枝干互相交叉。

④恶竹：妨碍花木生长的杂竹。杜甫《将赴成都草堂途中有作，先寄严郑公》（其四）："新松恨不高千尺，恶竹应须斩万竿。"这里的"恶竹"指北洋军阀势力。

⑤大地句:靖国军中有正义感的将领反对改编,坚持打靖国军的旗帜,革命的力量如旭日东升,一定会“唤来”“大地阳春”。

⑥凄绝:凄苦之极。范公:指北宋范仲淹,曾经略陕西,守边数年。穷塞:边塞最远处。

⑦力穷句:范仲淹驻防延州,全力经营,后反遭朝中主和派诬陷,贬为耀州知州。对这样的打击,范仲淹在《耀州谢上表》中曾申叙其苦衷。这句诗语义双关,兼喻自己尽心竭力,组织陕西靖国军进行反北洋军阀斗争,最后归于失败,不禁伤心流泪。

# 1922 年

## 一月十八日淳化道中①

冰雪犯戎装,征人出朔方。
艰难为大事,跋涉到穷乡。

百劫存肝胆,空山老凤凰。
通天台在否?君莫问穹苍。

**注:**

①是年 1 月 18 日(农历十二月二十六)三原形势更加险恶,“总部”一日数惊,接受改编的一派扬言要进犯东里。作者雪夜北上淳化方里镇,至于鹤九之弟于鸣冈(字凤千)处。

## 淳化道雪中追忆唐园之猎,寄李子逸、茹卓亭、田温如、刘绍文、张景秋诸同学①

留滞半耕园②,植物资探讨。

苦战亘五年，时危余亦老。
世情多翻覆，常忧难自保。
掀髯欲出猎，指使无朋好。
二三同学翁，偕来欢会少。
南郭招旧部，北村唤老小，
个个牵猎犬，集合东门道。
莽荡平原中，严霜杀百草。
田沟与陇畔，儿辈都惊绕。
眼前一兔跃，气与长天杳。
得机争纵犬，迅急如飞鸟。
围场周十里，往来三四绕。
兔疲犬亦疲，咫尺难嘶咬。
杖头恨无鹰，放出击以爪。
村狗不善走，忙亦吠而跻。
兔狡敌偏多，敌多兔愈狡。
急则觅老窟，藏身捷复娇。
顷刻穷穴中，生擒负其蘽。
居然唱凯归，下酒消烦恼。
彷徨终日间，仅仅图一饱。
尔愁觅兔消，兔愁被尔扰。
豺狼横四野，狐狸寿而考。
丈夫凌弱者，无乃非素抱。
鲁连耻帝秦，程婴能存赵[3]。
言念彼何人，使我忧心懆。
前进复前进，作誓告苍昊。

大雪三寸高，乾坤为之皓。

**注：**

①李子逸、茹卓亭、田温如、刘绍文、张景秋均系作者三原同学。茹卓亭（欲立）、刘绍文诸先生曾多次与选注者谈及这段往事。

②半耕园：指三原东里唐园，后一度改为靖国公园。

③程婴句：春秋时，晋国权臣杀了赵盾全家。门客程婴救出赵家孤儿，并抚养成人，报了冤仇。

## 方里纪游诗[①]（四首）

一

东沟昨下去，游到西沟还。
后日同明日，南山与北山。
风云连野烧，冰雪映衰颜。
父老休争看，元戎亦等闲。

二

甘泉[②]休作赋，非是旧云阳。
禁地平民种，坡田佃主荒。
金人还涕泪，玉树不凋伤。
吊古兼怀友，年年哭战场。

三

夕照满原野，游人胡不归？

归途见春水，老泪湿戎衣。
夷险招谁共，东西任鸟飞。
君看樵子乐，歌去掩荆扉。

四

六股藤为杖，出游无日闲。
路遥添白发，雪尽见青山。
社鼓迎新岁，春风度故关。
嗟余久留滞，歌罢泪潸潸！

**注：**

①方里：陕西淳化县方里镇。作者在方里这段时间，正值农历新年前后。他与于鸣冈、王陆一、王子元等登山临水，吊古怀友，抒发胸怀，慷慨悲歌。

②甘泉：在方里镇西，古云阳地，有甘泉宫。

## 方里纪游篇（之二）

——吊于鹤九[①]

霜落荠菜甘，冬尽麦苗醒。
远山映残雪，似云横半岭。
蹀躞方城外，春风扑人冷。
东南有新坟，返射寒日影。
老鹤[②]折羽翼，埋骨气犹迥。
血泪洒空山，哀君同哀郢。
生前少忠告，殁后常耿耿。
忆昔吊“民立”[③]，七哀独悲哽。

间道入关门，三哭张、董、井[4]。
鹤兮倘归来，怜余益不幸。
西北一万里，夔夔靡所骋。
流离主君家，凤弟[5]赠以絅。
云乃君所遗，俾御风雪警。
夜半述家难，时闻蜥愤并；
并谓母七十，眼枯当逆境。
事久见人心，不必在俄顷。
我欲招君魂，努力回落景。

**注：**

①于鹤九：名鸣皋，陕西淳化方里镇人。能诗善画，文武兼备，是作者的重要谋士之一，曾任靖国军总司令部参议。曾在三原主办《战事日刊》，进步人士李春堂、成柏仁、关芷洲等参与编辑。报纸对于战事得失予以评介，抨击妥协投降者。这就引起一些人的不满，1920 年 8 月，于鹤九被人枪杀于三原东关。作者对于鹤九的遇难，极为悲伤。他以无限悲凉的诗句寄托哀思。

②老鹤：指于鹤九。

③“民立”：作者曾作《民立七哀诗》，悼念民立报社社友。

④张：指张义安；董：指董振五；井：指井勿幕。

⑤凤弟：指于鹤九弟于凤千（鸣冈）。

## 内子高仲林送楞女入京成亲，
## 媵之以诗[1]（四首）

一

春风苏[2]百草，送尔出关[3]门。

遇合从儿愿，追随念母恩。
家庭新创造，文学旧思存。
应念空山老，诗笺印血痕。

二

世人如问我，勉强说平安。
百战身将老，三年④枕未干。
秦兵⑤仍奋激，民党更艰难。
素蓄澄清⑥愿，时危肯⑦自宽？

三

海上攻⑧书日，关中省父时。
岁饥兵不饱，女大嫁因迟。
多事添媒妁⑨，无端累义师⑩。
人心未可测，究竟有天知。

四

汝婿亦奇士，青年多美誉⑪。
忧同屈正则⑫，事类申包胥⑬。
至理无贫贱，浮云有卷舒。
进修齐努力，嘉耦复谁如。

**注：**

①作者长女于芝秀，乳名楞女。和著名的革命志士屈武（陕西渭南人，曾任民

革中央主席、全国政协副主席），志同道合，二人相许结为终身伴侣。及至当婚之年，作者夫人送女儿赴京成亲，作者赋诗四首作为随嫁之言赠之。这四首诗即景生情，由近及远，叙述了世态人情，结合眼前景物，论及自己的处境和抱负，展念革命前途；叙及女儿婚事中的一点插曲，以人心天理结之。在第四首中作者以满意的心情赞许了女婿屈武当年的爱国壮举。最后勉励他们"进修齐努力"，达到"嘉耦复谁如"的完美境界。全诗以肺腑之言出之，读之娓娓动人，蔼然可亲。

②苏：苏醒。

③出关：东出潼关赴京。

④三年：指作者任靖国军总司令三年。

⑤秦兵：指陕西靖国军。

⑥澄清：比喻国家混乱，政治污浊，廓清混乱局面，犹如秽水使之沉淀而复归清洁。

⑦肯：怎肯。

⑧攻：读。

⑨媒妁：指胡景翼为屈武说媒事。

⑩无端：无理由、没来由的意思。义师：指云南叶荃部。

⑪美誉：好名声。指1919年五四运动时，屈武和西安学生一起，高举"外抗强权，内除国贼"的大旗，在西安游行示威。后被选为赴京请愿代表。到北京见到北洋政府总统徐世昌时，坚决表示"誓死收回青岛"、"废除二十一条"的决心，不达目的，决不罢休，并愤怒地以头碰地，顿时血流满面。次日全国各大报纸都在显著位置登载了"屈武血溅总统府"的消息。屈武的爱国壮举，受到全国人民的称颂，也得到作者的赞誉。

⑫屈正则：指爱国诗人屈原，名平，字正则。

⑬申包胥：春秋时楚国人。吴国派伍子胥率兵攻破楚国，申包胥到秦国求援，在秦廷痛哭七日七夜，终于感动秦王，发兵救楚。

## 淳化[①]西行道中

老矣策战马，通天台下行。

云埋钩弋墓，风撼赫连城。
原陡河流疾，山荒野烧明。
五年徒自负，从此又西征②。

**注：**

①淳化：县名，在陕西中部三原县以北。秦为云阳县，宋分置淳化县。

②从此句：1922 年 1 月～ 3 月，作者一行住在淳化方里镇于鸣冈处。这年 3 月，杨虎城派人请作者到武功。当时杨部有 3 000 士兵，作者由鸣冈派兵护送至武功。

## 武功城外①（二首）

一

扶杖行吟任所之②，武功原上晚晴时。
郊禖谁祷姜嫄庙③？春雨人耕后稷祠④。
万里风云掩西北，十年兵火接豳岐⑤。
绿杨临水川如画，景物流连老亦悲。

二

金鼓河山诉不平⑥，义旗牵引复西征⑦。
郊连战垒周原⑧壮，浪打城隅漆水⑨明。
朔漠冰霜苏子节⑩，春风桃李武侯营⑪。
登坛慷慨今犹昔⑫，忍泪连年说用兵。

**注：**

①1920～1921年，陕西靖国军在北洋军阀的威胁利诱下，内部形成“接受改编”和“反受编”两派。杨虎城将军是“反受编”的中坚人物。他为“保全革命人格”，“坚持靖国军旗帜不倒”，于1920年率部进驻武功县城。1921年9月下旬，三原靖国军总司令部被解散，于右任至淳化县方里镇依靠于鸣冈。杨虎城派参谋韩望尘请于右任至武功，共谋恢复靖国军大业。1922年3月，由于鸣冈派队护送，杨虎城亲迎于右任来到武功。经过商讨，决定在武功县城建立陕西靖国军总司令行营，重新开始战斗。在戎马倥偬中，于右任诗情洋溢，诗作连篇，写下了许多动人的篇章，记载了靖国军浴血奋战的曲折历程，赞扬了广大军民的革命热忱。这些感人落泪的诗篇，称之为陕西民主革命的史诗，也当之无愧。

②任所之：随意走去。

③郊禖句：到郊外禖宫（姜嫄庙）祈子（祭神求子）。古代传说姜嫄为帝喾之妃，周始祖后稷之母。因姜嫄祈禖而生后稷，故称姜嫄庙为禖宫。姜嫄庙原在武功县城郊。

④后稷：姓姬名弃，后稷是官名，相传他是尧舜时代负责农事之官，后稷祠原在武功县城郊。

⑤豳（bīn）岐：豳，古国名，在今陕西省彬县一带；岐，古邑名，在陕西岐山县东北。

⑥诉不平：靖国军在关中备受艰辛，苦战五年，后被北洋军阀分化瓦解，总部也被解散，令人愤愤不平。

⑦义旗句：指在武功重建靖国军总部一事。

⑧周原：古地名，在今陕西岐山县岐山之下。

⑨漆水：此指周朝发祥地漆水。《水经注》、《元和郡县志》谓系雍水支流之一。

⑩苏子节：苏武，字子卿，杜陵（今西安市东南）人。汉武帝时出使匈奴，单于胁降，武不屈，被徙北海（今贝加尔湖）牧羊，仍杖汉节，留匈奴十九年不屈。昭帝时，与匈奴和亲，始还。死后，宣帝命画其像于麒麟阁，以表彰其节操。

⑪武侯营：诸葛亮六出祁山，最后一次出斜谷据五丈原扎营，与魏将司马懿隔披水对垒，旋病死于五丈原军中。五丈原北端有武侯祠。

⑫登坛句：作者1918年8月衔孙中山之命，由沪返陕，曾登坛誓师，慷慨陈词，

谓:"非为权力名位而来,实为救国家、救桑梓,与诸同志同甘共苦而来。"本句意谓今天重整旗鼓,继续战斗,同当年一样,气势豪迈。

## 岐山[1]城外

破屋颓垣旧战场,参差雉堞认金疮[2]。
争传汉将杂耕种[3],不见周原栖凤凰[4]。
文字失真摹石鼓[5],生民多难抚甘棠[6]。
来归如市将安慰[7],走马西郊亦自伤。

注:

①岐山:县名,在陕西省宝鸡市东部,处渭河中游,因县东北有岐山而得名。

②参差(cēn cī):长短不齐。雉堞:城上如齿状的矮墙。又称女墙或女儿墙。金疮:凡刀刃所伤谓金疮,作者在此借喻枪弹痕迹。

③汉将杂耕种:指蜀汉诸葛亮屯田事。《三国志·蜀书·诸葛亮传》:"亮悉大众由斜谷出,以流马运,据武功五丈原,与司马宣王对于渭南。亮每患粮不继,使己志不申,是以分兵屯田,为久驻之基。耕者杂于渭滨居民之间,而百姓安堵,军无私焉。"

④栖凤凰:相传周朝初年,有凤凰栖息于周原。

⑤文字句:石鼓为周、秦时石刻,其形如鼓,鼓凡十。初置陕西天兴县南,唐郑余庆迁凤翔,宋时复迁开封。金人破宋迁北平。清高宗见石鼓原刻,虑其岁久漫漶,别选石摹勒石鼓之文,供人椎拓。此句即指摹勒石鼓文事。

⑥生民句:周召公巡行南方,治政劝农。曾在甘棠树下休息。以后民思其德,而爱其树,并作《甘棠》一诗。

⑦来归句:参加靖国军的人多得像赶集市一样,将怎样来慰藉他们呢?

## 望五丈原[1]

东风吹雨过岐阳[2],五丈原前作战场。

乱久遗黎粗有备[3]，征繁[4]中岁已成荒。
力穷西北思《秦誓》[5]，泪洒英雄念武乡[6]。
惆怅车辚声不作，长途惟见月苍苍！

注：

①五丈原在陕西省岐山县城南，形势险要，可攻可守，为古代行军布阵之地。1922年4月，直奉战争爆发，杨虎城率部猛攻直军。终因寡不敌众，最后撤至凤翔，转赴陕北。作者随军转移途中，遥望五丈原，感慨万千，写诗抒怀。

②岐阳：指陕西岐山县。山南曰阳。

③粗有备：略有准备。

④征繁：征粮、征税频繁。

⑤《秦誓》：《秦誓》为《尚书》篇名。秦穆公伐郑，为晋襄公率师败于崤山。还归，作《秦誓》，悔其贪郑取败。作者于陕西靖国军失败后思《秦誓》以自励。

⑥泪洒句：诸葛亮曾被封为武乡侯，伐魏时死于军中。杜甫《蜀相》："出师未捷身先死，常使英雄泪满襟！"

## 凤翔城外晚望[1]

东湖[2]春水绿沄沄，饮凤池前看夕曛[3]。
困顿家山余老泪，支持西北仗孤军。
谁从君子歌犹苦，不复东征异所闻。
好雨天偏洒岐凤，岂知无地乐耕耘。

注：

①凤翔：县名，今属陕西省宝鸡市。陕西靖国军失败后，杨虎城撤兵陕北，另图发展。"支持西北仗孤军"道出了作者寄予杨部的希望。

②东湖：在凤翔县城东，故称"东湖"。为宋代苏东坡任职时，开疏而成。

③夕曛：夕阳西下的余晖。

## 灵台[①]道中

灵台原上望，何处是秦关？
东去无归路，西来有万山。
诗成补游记，兵败耻生还。
学道诚宜早，行行鬓已斑。

**注：**

①灵台：县名，属甘肃省。1922年6月，作者在凤翔召开了靖国军最后一次会议。偕王子元等由陇南经四川赴沪，途经灵台，隐姓埋名，微服上道。写诗以纪。

## 崇信[①]道中

蹀躞深山里，探奇记不详。
野人都望岁，植物自分疆。
处处生甘草，家家种大黄[②]。
关山[③]信难越，梦里梦还乡。

**注：**

①崇信：县名，在灵台县西北。从灵台到崇信，翻越陇山，一路风光绮丽，林产丰富。祖国的大好河山，激发了作者的诗情。

②甘草、大黄：中药名。

③关山：在崇信县境内。

## 竹林寺[1]

投宿竹林寺，摩崖时隐见。
昔年梵王宫，今作回回店。
回儿六七龄，自云天赐剑。
我杖六股藤，儿曰此木善。
客欲择佳者，山前山后遍。
转瞬缘树枝，攀崖技独擅。
隐约十丈间，树动儿不见。
儿登我战栗，杖得儿欢忭。
问儿惧怯否？曰如平地便。
深林有大虫[2]，遇之使人颤。

注：

①竹林寺：在崇信县境内。当时陇山茂密的森林，遮天蔽日，狼虫虎豹，出没其间。作者一行投宿竹林寺，遇到回族人民，受到热情接待。

②大虫：指出没深山的狼虫虎豹。

## 度陇[1]杂诗（五首）

一

陇山终日行，勉强能骑马。
草木不知名，扬鞭问樵者。

二

昔时赭山阴，今日赭山阳。
上下百余里，开山种大黄。

三

空谷无耕凿，名花自开落。
惟有食山人，年年采白芍。

四

幽艳居丘壑，孤芳欣有托。
茅屋二三间，门前种芍药。

五

路出华清县，大黄叶如扇。
日炙或雨淋，皆能覆君面。

注：

①陇：指甘肃。

## 天 水[①]道 中

陇头呜咽水，时作断肠声。

可是长征者，而忘故国情。
余年期有补，百战悔无名。
悟到安人策，无劳再说兵。

注：

①天水：古称秦州，今甘肃省天水市。

## 清水[1]道中

马嵬兵已退，陇坂路初经。
鸟唤人心字，田开龟版形。
迢回秦岭峻，隐约蜀山青。
六郡良家子，胡为气不灵？

注：

①清水：县名，属甘肃省，是入川必经之路。

## 张家川[1]

振臂一呼此启疆，河山耕牧势犹强。
早知骑射雄西北，今见威仪视帝王。
万户蒸腾风又雨，一川填咽海还桑。
天荒地变真闲事，金碧参差宣化冈。

注：

①张家川：县名，平川百里，水草茂密，是陇南回族的聚集区。作者尊重民族礼仪，瞻仰中国伊斯兰教圣地宣化岗拱北，回望陇山，放眼河川，发而为诗。

## 清水县麻鞋歌[①]

清水县,县城下;
麻油油,被四野。
老农自矜产麻好,并谓麻鞋制作巧。
闻客明日西南行,愿助轻足越蜀道。
吾闻昔时杜陵叟[②],曾着麻鞋兵间走。
秦州风雨鄜州月[③],困顿关山频搔首。
世方丧乱我释兵[④],逾陇犹如丧家狗。
骑驴惧蹉跌,骑马防骄纵。
扶杖偶步行,两足如负重。
久骑腰背酸,久走足心痛。
人生到此方自悟,除却自力全无用。
老翁老翁吾语汝,世有利器在人控。
昔余归秦川,间道经鄜延。
潜行破瓦沟,百里无人烟。
建节守泾渭,战争四五年[⑤]。
父老苦差徭,大事寸不前。
河北兵强世无两,将军跋扈生他想。
运去难为穷塞主,时来争作降王长。
转徙泾原复岐凤,马嵬一战[⑥]难敌众。
西北风云扫地空,新鬼吞声旧鬼恸。
一语未毕泪纷下,鸡鸣催上长征马。
熊罴[⑦]在后豺狼前,革命之难如斯者。

注：

①作者从张家川向南到清水县城，看到这里盛产大麻。当地流传着“秦安的合子清水的麻，天水出的白娃娃”的谚语。农民编的麻鞋美观耐用，制作轻巧，实乃陇上一绝。他想到杜甫过陇时，曾留下“麻鞋见天子，衣袖露两肘”的诗句。感慨良多，写下这首在陇上传诵一时的《清水县麻鞋歌》。

这首诗充分地表现了作者在逆境中不悲观、不退缩、坚韧、乐观的精神。靖国军失败了，但他毫不气馁。他激励自己一定要坚持民主革命的信念，继续向前。

②杜陵叟：指唐代诗人杜甫，号陵叟。

③秦州：今甘肃天水。鄜州：今陕西富县。

④释兵：指作者在凤翔解散陕西靖国军总司令部，离陕赴沪。

⑤战争四五年：指作者1918年自沪回陕，苦战五年。

⑥马嵬一战：指杨虎城部在兴平马嵬与直系阎治堂部一战，大败而回。

⑦熊罴：指作者在凤翔的艰难处境。东有直军进攻，南有刘镇华、吴新田部阻击，城内李铎部又接受北洋军阀改编，“熊罴在后豺狼前”。

## 清水①早发

破晓②放耕牛，一一上山去。
乳牛引小牛，争向草深处。

注：

①清水：甘肃县名。今属天水市。这首优美的小诗，道出了作者热爱生活的情感。

②破晓：指清晨。

## 秦　岭①

乘晓驱黄犊，村农意倍闲。

征人何自苦,万里几时还?
月下过秦岭,云中望剑关[2]。
今朝一豁目[3],微雨洗前山。

**注:**

①秦岭:横贯我国中部、东西走向的山脉,又是渭水、淮河、汉江、嘉陵江水系的分水岭。这里的秦岭指陕西境内的一段。

②剑关:剑门关。在四川剑阁东北。因大剑山、小剑山下隘路如门而得名。有"一夫当关,万夫莫开"之称。

③豁目:开阔眼界。

## 陇头吟[1](二首)

一

陇南流水向南流[2],处处花开倒挂牛[3]。
消却行人无限恨,众香丛里过秦州[4]。

二

陇南流水向东流,照见征人度陇头[5]。
马上高歌莫回顾,老来兵散过秦州[6]。

**注:**

①此诗为作者由陕西取道陇南、四川至上海途中所作组诗中的二首。《陇头吟》为乐府横吹曲名,汉唐以来,有好多作者以此为题写诗。如唐代的王维即有《陇头吟》二首。

②陇南：即甘肃南部，地处秦岭南坡，故其水系一般向南或向东流。

③倒挂牛：野蔷薇，当地俗称“倒挂牛”。

④秦州：古代州名，州治在今天水市，历代辖地不同。

⑤陇头：当指陇山，又称陇坻、陇首。自陕西陇县、宝鸡绵延至甘肃清水、秦安一带。

⑥老来句：指靖国军失败后，作者居凤翔，旋由陇南、陕南入川去沪。

## 徽县早发闻耕者叹息声[①]

早起行铁山，月明似天明。
田夫立陇畔，朦胧不能耕。
但闻语太息：“今日天又晴！”

**注：**

①徽县：在甘肃省南端，是川、陕、甘三省要冲。作者从天水南行徽县，在秦岭山区听到农民的叹息声，关心民瘼，写诗抒怀。

## 略　　阳[①]

山山看不断，曲折入嘉陵[②]。
兵挫心犹壮，途长气益增。
荒城[③]添战垒，孤艇载诗僧[④]。
橦[⑤]树青青实，崖前挂几层。

**注：**

①略阳：古郡名，今陕西省略阳县，为自陕入川的必经之路。“兵挫心犹壮，途长气益增。”作者壮心不已，决心与北洋军阀斗争到底。

②嘉陵：即嘉陵江。

③荒城:指略阳。

④诗僧:作者自称。

⑤橦:又名木桐,其花为一种高级纤维,可织成橦布。左思《蜀都赋》:“布有橦花,面有桄榔。”

## 阳 平 关[①]

阳平关下路,山少石滩多。
败将谈兵泪,神巫祷雨歌。
风云接秦蜀,皮骨[②]老关河。
暮色苍然下,谁挥挽日戈[③]。

注:

①阳平关:在陕西省宁强县。三国蜀汉时本名阳安关,北宋改为阳平关。为汉中循南栈道进入四川的交通咽喉。

②皮骨:自称躯体为皮骨。

③挽日戈:感慨时光流逝,无法挽留,自己逐渐衰老而事业未成。《淮南子·览冥训》:“鲁阳公与韩构难,战酣方暮,援戈而挥之,日为之反三舍。”

## 略阳滞雨咏权德舆[①]

丞相[②]风流水石间,略阳遗迹邈[③]难攀!
诗开元白当时体[④],雨湿秦蜀两岸山。
江渚瑶琴思往往[⑤],钓台明月自闲闲[⑥]。
孤舟冷落长征客,一夜怀人鬓欲斑。

注:

①权德舆:759 年生,818 年卒。字载之,唐略阳人。四岁即能诵诗,十五岁为

文数百篇。德宗时征为太常博士,迁中书舍人。宪宗时累拜礼部尚书、同中书门下平章事,徙刑部,出为山南西道节度使。德舆老不废书,其文章雅正宏博,著作编为《权文公集》。

②丞相:指权德舆,曾为辅相。

③邈:远。

④诗开句:权德舆的诗开创了元稹、白居易元和体的先声。

⑤渚:水中小洲。往往:常常。这里可理解为很久以前的事情。

⑥闲闲:悠然自得。

## 白水江①

白水江头未了僧,孤舟一夜入嘉陵。
云封蜀道无今古,鬼哭周原有废兴。
野渡招摇村市酒,荒城出没戍楼灯。
阳平关下多雷雨,净洗西南恐未能。

**注:**

①白水江:在徽县境内,至略阳入嘉陵江。作者途经白水江时写了这首七律。

## 嘉陵江上看云歌赠子元、省三、陆一①

云如蒸气岩前起,山似馒头石似米。
扣舷而歌②歌未终,雨打孤篷③衣如洗。
风风雨雨断客肠,从亡诸子④俱凄凉。
关山百战逾秦陇,舟车经月道雍梁⑤。
时虞矰缴⑥如飞鸟,辜负江山看剑芒。
噫吁嘻!
奇云忽聚忽飞散,峭壁时隐时出现。

客心如海复如潮，鹃声似续还似断。
无平不陂往不复，有酒一樽诗一卷。
醉后愤愤呼苍天，顿足踏破嘉陵船。
云引愁心雨引泪，嘉陵江上话昔年。
龙门浪急鼋鼍吼[7]，华岳云埋鹰隼骞[8]。
间道[9]忘身生命贱，孤军苦战岁时迁。
灾深饿殍横三辅[10]，痛剧国殇泣九泉。
子弟前赴争后继，父老壶浆[11]半含涕。
将军歃血举义旗，中道反戈[12]先变计。
谁信李陵[13]报故人？羞为于禁[14]污家世。
甑已破矣[15]难苟全，秦无人焉望空祭。
不哭穷途哭战场，一龙一蛇一螳螂。
云横秦岭关门锁，梦落周原战垒荒。

**注：**

①作者原注云："嘉陵江两岸皆山，新雨后，山川出云，有如釜甑蒸气也。山半多佛家造像。"原靖国军将领。胡景翼接受北洋军阀"改编"，并在三原开国民会议，推作者为全省自治会会长。消息播传内外，作者初不置齿。章太炎由上海驰书作者，略谓："先生就北虏自治会长，而陈树藩反知与虏抗。魏武云：'于禁从孤三十年，何期临难不如庞德？'思君家法，为之慨然！"作者即引此札中语，以表白心迹。子元即王子元，省三指王省三，陆一指王陆一。

②扣舷而歌：敲着船边吟诗作歌。

③孤篷：篷，船帆，代指船。孤篷犹言孤帆。

④从亡诸子：跟随逃亡的一些人。

⑤雍梁：雍州和梁州。历代辖地范围不同。这里泛指陕南与甘肃、四川交界一带。

⑥虞：忧虞。矰缴（zēng zhuó）：捕鸟工具。

⑦龙门：山名，在山西省河津县西北，陕西省韩城县东北，分跨黄河两岸，形如门阙。相传夏禹导流至此，凿以通流。鼋鼍：大鳖和猪婆龙。

⑧鹰隼（sǔn）：老鹰和青鹘，均系猛禽。

⑨间道：偏僻捷径。

⑩饿殍（piǎo）：饿死的人。三辅：汉武帝太初元年，改左内史、右内史、主爵都尉为京兆尹、左冯翊、右扶风。辖境相当于今陕西中部地区。

⑪壶浆：即箪食壶浆的省语。箪：盛饭用具。壶：盛水用具。

⑫中道：中途、半路之意。反戈：把指向敌人的矛头掉转过来指向友军。这里指靖国军部分将领中途叛变。

⑬李陵：字少卿，勇敢善战。汉武帝时拜骑都尉，自请将步骑五千伐匈奴。以少击众，矢尽援绝而降。

⑭于禁：字文则，三国时魏将。每战常为前锋，退为后卫。建安二十四年，于禁助曹仁攻樊城，为关羽所败而降蜀，后孙权败关羽，禁又入吴。曹丕执政时，魏吴交好，禁又归魏。曹丕使于禁谒曹操墓，预先在陵屋画其投降关羽之像。于禁看了惭愧而死。句首“羞为”及上句“谁信”，是作者对李陵、于禁行为的鄙视，也是对自己心迹的表白。

⑮甑（zèng）已破矣：甑，煮饭瓦器。后汉孟敏客居太原，一日负甑坠地，竟不顾而去，郭太见之，问其是何心意，他说：“甑已破矣，视之何益？”当时靖国军被分化瓦解，如甑破难全。作者见留之无益，因而离去。

## 渝城张家园夕照楼①

三面山围夕照楼，楼前一角见江流。
大江东去添新浪，败将西来作壮游②。
四野干戈争避乱③，小园花木亦添愁。
蜀民似我贫兼病，战伐何能解百忧。

注：

①渝是重庆的简称。作者谓暂住在重庆，住在张家花园。所住之“夕照楼”紧

靠长江,凭栏东望,大江东去。1922年春,冯玉祥奉直系军阀曹锟、吴佩孚命令,东出潼关参加第一次直奉战争。刘镇华任陕西督军兼省长,派人到凤翔请作者进省任职,他不愿同北洋军阀同流合污,走陇南经四川东至上海。这首诗是过重庆时写的。

②败将:作者自谓。壮游:怀抱壮志而远游。

③四野句:四川军阀在重庆、成都混战,人民争相逃避。

## 题蒋太夫人[1]行述(二首)

### 一

日落慈云亭,望母知何处。
哀哀远征人,犹思断机杼。

### 二

絮絮堂上声,男儿志不朽。
一语慰将军,报国犹报母[2]。

**注:**

①蒋太夫人:指蒋介石的母亲王采玉(1921年卒)。

②1922年6月,陈炯明在广州叛变,蒋介石南下广州潜入永丰舰,帮助孙中山渡过难关。

## 题缶老为畹华画梅[1]

辉映人天[2]玉照堂,嫩[3]寒春晓试新装。
皤皤国老[4]多情甚,嚼墨[5]犹矜肺腑香。

注：

①缶老是艺术界对我国著名书画家吴昌硕的尊称。吴昌硕，浙江安吉人，善治印，著有《缶庐印存》。30岁开始作画，并以篆书、狂草笔意入画，别开生面，对现代写意花卉画影响甚大。

梅兰芳，名澜，字畹华，京剧大师。8岁学艺，11岁登台，20岁即成为驰名京沪的京剧演员。1930年春，应邀赴美国演出，作者邀集海上名流绘百花卷子，以壮行色，并在吴昌硕为梅兰芳画的梅花上题了这首诗。梅兰芳在美国演出，受到热烈欢迎，曾荣获波摩拿大学及南加利福尼亚大学文学博士学位。后来，日本侵略中国，他留须明志，拒绝演出，表现了高尚的民族气节和爱国精神。新中国成立后任中国戏曲研究院院长。1961年逝世。

②人天：人间天上。

③嫩：微薄。

④皤皤(pó)：形容须发皆白。国老：古代指告老退职的卿大夫。这里指在全国有声望的吴昌硕。

⑤嚼墨：即嚼墨喷纸的省称。元代林坤《诚斋杂记》："班孟嚼墨一喷，皆成字，竟纸，各有意义。"此处借用这个传说赞誉吴昌硕善画。

## 佳期一章示楚伧[①]

寒气偏侵玉女[②]扉，佳期不定不如归。
惠庄阶下鹓雏笑，王谢堂前燕子飞。
暗掷金钱何事卜，都成眷属莫相讥。
几生修到生生福，一寸相思寸寸非。

注：

①楚伧：指叶楚伧。

②玉女：指叶楚伧新婚夫人吴孟芙。

## 为楚伧、孟芙新婚作

（楚伧、孟芙新婚招饮，朴安、精卫、亚子、楚伧均有作。余思钝而晚成。因写寄同座仲辉、望道、亨丽、沛平，并约同游宋园①。）

一

葱茜华堂共举杯，神仙眷属喜相陪。
曾期精卫真填海②，私幸于思竟复来。
旧学传家皆有女，新词觉世并多才。
骚坛剩得屯田在，金鼓北征乞主裁。

二

天南困顿老元戎③，民党何时日再中？
同社几人操不改，三年百战气犹雄。
文章报国余肝胆，岁月催人杂雨风。
贱子诗成更招饮，宋园④花木已葱茏。

**注：**

①楚伧：指国民党元老叶楚伧（1887 ～ 1946），名宗源，笔名“小凤”。祖籍江苏省昆山市周庄。著名南社诗人，曾任《民立报》编辑，著有《世徽堂诗稿》、《楚伧文存》等。现周庄有“叶楚伧故居”，大厅里悬挂着于右任的名句：“青衣布袜寒哉儒，内涵劲气雄万夫”。孟芙：指叶楚伧的新婚夫人吴孟芙。朴安：指南社诗人、上海通志馆馆长胡朴安。亚子：指南社创始人柳亚子。仲辉：即邵力子，字仲辉。望道：即陈望道，曾任上海复旦大学校长。亨丽：

南社创始人之一陈去病之女。沛平:胡朴安之女。精卫:指汪精卫。

②精卫:神话中的鸟名。亦称“冤鸟”。相传为炎帝女。因游东海淹死,化为精卫。衔西山木石填东海。(见《山海经》)陶渊明诗句“精卫衔微木,将以填沧海”(《读〈山海经〉》),即咏此事。

③天南:指广州。老元戎:指孙中山。

④宋园:指宋教仁墓园。

## 读徐太夫人行状

姐妹[①]为文字字真,一行徐母已传神。
西风吹泪西湖上,慷慨当年葬党人。

**注:**

①徐太夫人:徐自华之母。徐自华:秋瑾烈士之盟姐。浙江石门人,曾加入光复会、同盟会。秋瑾殉难后,她冒着生命危险,将秋瑾遗体埋葬西湖西泠桥畔。她与妹徐蕴华,皆为南社诗人。

## 为秦振夫[①]题其祖水竹画梅

白发锄明月,归来独种梅。
春风苏百草,先见一枝开。

**注:**

①秦振夫:名善培,广西桂林人。南社诗人。

# 1923 年

## 舟出吴淞[1]

摩霄鹰隼栖无地，设色楼台影蔽天。
君羡吴淞田二亩，如何迟却又年年？

**注：**

①吴淞：古称淞江，一称苏州河，源于太湖，到上海市入黄浦江，流入东海。这里指吴淞口。

## 三月十四日与友人谒黄花岗

三月十四日与登云、自立诸君，谒黄花岗，遇林子超先生[1]。

白云山下日将斜，扫墓[2]逢君感有加。
为道偷闲春雨后，黄花岗上种黄花。

**注：**

①林子超：即林森，字子超。
②墓：指广州黄花岗七十二烈士墓。

## 咏　木　棉[1]

海市喧阗[2]日正中，万花光射满城红。
参天秀出英雄树，高揖[3]群伦惯受风。

注:

①木棉:为落叶乔木,也称攀枝花、英雄树,先开花后长叶,花大而红。作者赞美木棉,借以自勉。

②喧阗:声大而嘈杂。

③揖:拱手,宾主相见之礼。高揖:指拱手自上而下。东汉严光字子陵。少与光武同游学,及光武即帝位,变姓名,隐居不见。后见光武时揖而不拜,赐官不就。李白诗:"严陵高揖汉天子",喻其高逸也。

## 过台湾海峡[1]远望

激浪如闻诉不平,何人切齿复谈兵。
云埋台岛遗民泪[2],雨湿神州故国情。
地运百年随世转,帆船一叶与天争。
当年壮志今安在,白发新添四五茎[3]。

注:

①台湾海峡:在福建、台湾两省间。长约300公里,宽150公里(最狭处约135公里),是东海、南海航运要冲。

②1895年甲午战败,清廷与日本签订丧权辱国的《马关条约》,将台湾割让给日本。台湾人民"聚哭于市,哭声达于四野",并鸣锣罢市,集会抗议,表示:"愿人人战死而失台,决不拱手而让台。"

③1923年3月,作者自沪赴粤,途经台湾海峡,不禁浮想联翩:台湾人民在日本的统治下,处于水深火热之中,自己壮志未酬人已渐渐老了。百感交集,发而为诗。

## 海上遇凤岐兵败纪念日[1]

金鼓[2]东征可有期,老来抱恨复何之。

髑髅夜月三良墓[3],禾黍秋风后稷祠[4]。
海上有愁消日月,中原无地见旌旗。
关西子弟多豪俊,莫忘当年是义师[5]。

**注:**

①1923 年是陕西靖国军失败一周年。1922 年靖国军兵败凤(陕西凤翔)、岐(陕西岐山),作者在凤翔召开最后一次军事会议,然后经陇南入川,东赴上海,开始了新的战斗。

②金鼓:古代进兵的信号。

③三良墓:指为反对北洋军阀战死的三员名将——耿直、张义安、董振武。

④后稷祠:周的始祖任"农官",教民耕种,在陕西武功建有后稷祠。

⑤义师:指靖国军。

## 与卓亭等游西湖追忆宋渔父、汤蛰仙二先生昔年湖上之约[1]

我与江山共此愁,湖亭[2]曾纪雪中游。
当时载酒人安在?此日停车感不休。
百战无能酬[3]死友,十年多泪洒杭州。
孤山[4]梅放香樟翠,翻羡贤豪占一邱[5]。

**注:**

①卓亭:即茹欲立,为作者挚友。宋渔父:即宋教仁。汤蛰仙:即汤寿潜,原名震,1912 年南京临时政府成立,被任命为交通部总长,未赴任,托故游历南洋,归国后于 1917 年病故。

②湖亭:即杭州西湖中的湖心亭。

③酬:报答。

④孤山:山名,在西湖的里湖、外湖之间,因多梅花,一名梅屿。香樟:樟树含

香气,防虫蛀,故曰香樟。

⑤一邱:一座坟邱。林逋,宋时钱塘人。恬淡好古,不求名利。隐居西湖孤山,二十年足不履城市。工书画,善诗,其咏梅诗尤脍炙人口,独身不娶,植梅蓄鹤为伴。死后葬于孤山。

## 敬献缶老[①]

至人安吉老[②],作者尽云仍。
来世应为佛,前身定是僧。
精神吞大宙,文艺贯全能。
郑赵莫相拟,声闻真未曾。

(缶老八旬大庆,敬献以诗,以求诲正)

注:

①缶老:指篆刻家、书画家吴昌硕,别号缶庐。

②吴昌硕,浙江安吉人。1923年吴昌硕八十华诞,作者敬造菩萨像一尊并敬献一诗。题目为选注者所加。

## 贺静江兄得子[①]

老矣革命党,尤能书画传。
香修同入静,龙卧例逃禅。
有女皆知学,生儿必象贤。
名家增韵事,寰海遍飞笺。

注:

①静江:指张静江,又名人杰。1877年生,46岁时(1923年)喜得贵子。作者为诗以贺。

# 1924 年

## 恭谒黄花岗七十二烈士之墓[①]

黄花岗下路，一步一沾巾。
恭展先贤垅[②]，难为后死身[③]。
当年同作誓，今日羡成仁[④]。
采得鸡冠子，殷情寄故人。

**注：**

①黄花岗：在广州市白云山下。是七十二烈士墓地。1924 年 1 月 20 日孙中山在广州召开了中国国民党第一次全国代表大会。于右任出席了这次会议并当选为中央执行委员。大会确定了"联俄、联共、扶助农工"的三大政策，建立了以国共合作为基础的统一战线。大会期间，革命导师列宁不幸逝世。消息传来，与会代表十分悲痛，随即举行了庄严的追悼会，孙中山建议休会三天，以示哀悼。大会结束后，于右任及部分与会代表前往黄花岗，恭谒七十二烈士墓。于右任徘徊于烈士墓碑间，抚今追昔，悲痛地写道："时久雨放晴，念墓中故人俱为国殇，凄然泪下。"碑侧多植鸡冠花，红黄相间，于右任采得花籽一掬，遥寄民治学校，兼寄情怀，在归途中写了这首诗。于右任自注："采鸡冠花籽，寄民治学校。"故人指张文生。当时任三原民治学校校长的张文生告诉选注者：他收这些花籽后种在民治学校校园内。过去刊行的于诗将该诗的写作时间定为 1923 年。经张文生先生反复回忆并查阅了当时的报纸，应为 1924 年 1 月。

②恭展：恭敬地省视。垅：坟墓。

③难为后死身：后死者责任重大。任重而道远，所以很难担当。

④成仁：为国为民为革命牺牲谓之成仁。

## 在刘三黄叶楼与太炎诸先生题邹容墓[①]

廿载而还事始伸，同来扫墓[②]一沾巾。
威丹死后谁收葬？难得刘三作主人。

**注：**

①邹容：原名绍陶，字蔚丹，四川巴县人。近代民主革命家。1902年到日本留学。1903年回国参加爱国学社，在上海出版《革命军》一书，号召人民推翻清廷的统治，建立中华共和国。章太炎为之作序，并在《苏报》上介绍。清廷查封了《苏报》并逮捕了章太炎、邹容，造成轰动一时的《苏报》案。1905年4月，邹容病死狱中，年仅21岁。

刘三：字季平，上海人。别署“江南刘三”。邹容死后，刘三不避风险，将邹容遗体葬于上海黄叶楼旁。作者对刘三这种爱国义举深表敬佩，写诗以纪。

②同来扫墓：扫墓者还有章太炎、张继、李根源、冯自由、马君武等。威丹：即邹容。

## 读　史[①]（三首）

一

风虎云龙[②]亦偶然，欺人青史话连篇。
中原代有英雄出，各苦生民数十年[③]。

二

希文[④]尚义余边俸，炎武逃名置上田。
一片是非谁管得，古来公论恕名贤。

三

无聊豫让[5]酬知己，多事严光认故人。
面上征尘衣上血，千秋赢得一沾巾。

注：

①作者观察历史事件，评述历史人物，独具只眼。对苦害生民者，则鞭辟入里；对尚义、逃名者，予以赞许；对沽名钓誉者，予以讥讽。读来发人深思。

②风虎云龙：谓事物相互感应。《周易·乾卦》：“云从龙，风从虎。”故旧时认为圣主得贤臣，贤臣遇明君，风云际会，均有定时。作者对此持批判态度。

③中原二句：清人赵翼《论诗五绝》之一：“李杜诗篇万口传，至今已觉不新鲜。江山代有才人出，各领风骚数百年。”中原二句化用此诗，一针见血地指出这些“英雄”，终其一生，都在害民。

④希文：即范仲淹，字希文。

⑤豫让：春秋战国时期晋国人。初为晋卿智伯家臣。韩、赵、魏三家分晋，智伯为赵襄子所灭。豫让漆身为癞，吞炭为哑，使其形状不可复识。一再谋刺赵襄子未遂，为襄子所获。后请得赵襄子之衣，拔剑斫衣，以示为智氏报仇，然后自杀。

## 读唐诗[1]（三首）

一

李主无生杜自然[2]，诗人政论妙难宣。
朱门酒肉神山药[3]，寄语时流莫妄笺[4]！

二

兄仇李贺呕心稿⑤，客赠刘叉谀墓金⑥。
天幸韩公多畏友⑦，孟郊半俸亦高吟⑧。

三

神仙韩愈嘲方朔⑨，功业薛能谤武侯⑩。
横槊赋诗天策府⑪，太原公子⑫亦风流。

**注：**

①这三首诗从不同侧面对唐代几位著名诗人分别作了评述。或论其整体风格，兼及一二名句；或撷取其逸闻趣事，勾勒其个性特点；或就一二篇什主旨之所向而立论。其格调清新，匠心独运，列于历代论诗绝句之林，亦无愧色。

②李主句：李白主张虚无，杜甫主张天然。无生：万物无生命无知觉。作者对李杜某些诗篇的看法，值得商榷。

③朱门酒肉：杜甫《自京赴奉先县咏怀五百字》："朱门酒肉臭，路有冻死骨，荣枯咫尺异，惆怅难再述。"神山药：李白《古风》其五："太白何苍苍，星辰上森列。……我来逢真人，长跪问宝诀。粲然启玉齿，授以炼药说。铭骨传其语，竦身已电灭。仰望不可及，苍然五情热。吾将营丹砂，永世与人别。"

④寄语：传话、捎话。妄笺：随便注释的意思。

⑤兄仇句：指李贺表兄与贺为仇而毁其诗稿事。李贺，字长吉，七岁能辞章。稍长，每旦日出，骑弱马，从小奚奴，背古锦囊，遇所得，书投囊中，及暮归，足成之，日率如此。其母使婢探囊中，即怒曰："是儿要呕出心乃已耳！"年二十七而死。据《剧谈录》载，其后"李藩侍郎尝缀李贺歌诗，为之集序未成。知贺有表兄与贺为笔砚之旧……托以搜访所遗，因付之，弥年绝迹。李公怒，复召诘之，其人曰：'某与贺中外自小同处，恨其傲忽，尝思报之，所

得兼旧有者(按:指李贺诗稿),一时投于溷中矣!'"

⑥刘叉:唐诗人,河朔(今河北)人,好任侠,家境贫困,曾为韩愈门客。《唐才子传》:"时韩碑铭独唱,润笔之货盈缶,因持案上金数斤而去,曰:'此谀墓中人所得耳,不若与刘君为寿。'不能止。其旷达至此。"因碑铭文字多为称颂死者言行,故曰"谀墓"。谀,阿谀奉承的意思。

⑦韩公:指韩愈。畏友:品德端重使人敬畏的朋友。

⑧孟郊:字东郊,湖州武康人。少年时隐居嵩山,年近五十,始中进士。韩愈与之为忘形交,唱和诗酒。《唐才子传》谓其作溧阳尉时,"县有投金濑、平陵城,林薄蓊翳,下有积水,郊间往坐水傍,命酒挥琴,徘徊赋诗终日,而曹务多废。县令白府,以假尉代之,分其半俸"。

⑨韩愈反对神仙之说,其《读东方朔杂事》云:"严严王母宫,下维万仙家。……方朔不惩创,挟恩更矜夸,诋欺刘天子,正昼溺殿衙,一旦不辞决,摄身凌苍霞。"东方朔,字曼倩,汉武帝时累官侍中,为人诙谐滑稽,武帝好神仙,常借以讽谏。

⑩薛能:字太拙,汾州人,唐代诗人。其《筹笔驿》一诗对诸葛亮功业,加以毁谤:"余为蜀从事,病武侯非王佐才,因有是题。"诗云:"葛相终宜马革还,未开天意便开山。生欺仲达徒增气,死见王阳合厚颜。流运有功终是扰,阴符多术得非奸?当初若欲酬三顾,何不无为似有鳏?"

⑪横槊(shuò)赋诗:手中横端长矛,口吟诗句。形容威武风雅的形态。天策府:唐高祖李渊认为李世民功高,古官号不足以相称,特加封为天策上将,位在王公之上。终唐之世,此官号未再授人。因称其府第为天策府。

⑫太原公子:指李世民,因其父李渊在隋炀帝时曾任太原留守,故有此称。

## 读　经

为齐人讳功无补,悯卫国亡啥不灵。

公穀偶同毛郑①异,各衷一是说遗经。

**注:**

①毛郑:《毛诗》相传西汉初毛亨、毛苌所传。郑玄曾作笺。清儒治毛诗者颇

多。

## 香港逢刘小云同游九龙归，小云以诗见赠，因次原韵

尽日偕游不计程，宋亡台[1]下听潮声。
怜余奔走身将老，话旧凄凉草已生[2]。
避世安能知避乱，谈诗未罢转谈兵。
归来更荷琼瑶赠，弃甲于思有泪横。

注：

①宋亡台：在九龙，又名宋王台。相传为南宋君臣避难处。

②作者自注：陈伯澜世叔、茹怀西学兄。按：陈、茹均为三原人。陈是清末关中著名学者。茹系作者同学、茹欲立胞兄。

## 赠雷召卿[1]

初访得《广武将军碑》者为雷君召卿，余作歌赠李君春堂，因其首先持以赠余也。十一年春，春堂殉国。十三年春，召卿由澄县来函海上，详述始末，因为诗赠之。

一

金石遗闻自足珍，彭衙名物重苻秦。
回思旧事增惆怅，错咏[2]披荆访古人。

二

李春堂[3]死冤难论，广武碑移[4]感更多。

夜半摩挲[5]忽下泪，关门[6]风雨近如何？

**注：**

①这是有关《广武将军碑》的两首诗，是叙述谁先发现此碑的。因碑怀人，因人及事，作者对关中革命事业的关注可见一斑。雷召卿，陕西澄城人。

②错咏：《广武将军碑》拓片，首先由李春堂持赠作者，可能他误以为李为发现此碑之人。迨雷昭卿来信详述始末，方知初访得此碑者为雷昭卿。作者此前曾有《广武将军碑复出土赠李君春堂》诗，故曰“错咏”。

③李春堂：陕西靖国军参谋。1922年李春堂在反对靖国军接受改编过程中，被曹世英部下团长王崇瑞派人枪杀。作者获悉，声泪俱下，迭呼：“春堂，陕西英杰。我党健者，竟遭叛徒杀害，使我五内俱裂！”

④碑移：《广武将军碑》原存白水，后移至西安。

⑤摩挲：抚摸。

⑥关门：潼关，代指关中。

# 1925年

## 为廉南湖先生题洪宪金印拓片[1]

洁樽候教忆神奸[2]，金印谁销石室间。

民众元戎比天子，世人毕竟爱中山[3]。

（宋教仁遇刺后，袁世凯谓人曰：“闻中山先生要北伐，何必如此？我在此间，洁樽候教。”）

**注：**

①廉南湖：江苏无锡人，诗人、收藏家。袁世凯称帝时改1916年为“洪宪”元年。廉南湖搜集的拓片中，有金印拓片“中华帝国之玺”、“皇帝之宝”，足证

袁世凯称帝之野心。

②奸:指袁世凯。

③中山:指孙中山先生。

## 与陆一游京南花神庙[1]

十里花村任所之,花神招我远寻诗。
春风遍绿馒头柳[2],俭腹词人莫疗饥。

注:

①陆一:指王陆一。花神庙在南京城南。

②馒头柳:倒栽柳,上圆形,似馒头。

## 黄河北岸见渔翁立洪流中[1]

劳者无名逸有功,便宜毕竟属英雄。
世人都道河鱼美,不见渔翁骇浪中。
(黄河鲤必手捕者味始佳。故岸边浅水处,多见渔翁立其中。)

注:

①作者看到渔翁打鱼之苦,想到英雄轻易成名,无限感慨,愤而成诗。与范仲淹《江上渔者》有异曲同工之妙。范诗云:"江上往来人,但爱鲈鱼美;君看一叶舟,出没风波里。"

# 四、苏联之行

俄国十月革命一声炮响，给中国送来了马克思列宁主义。1921 年中国共产党成立。孙中山在 40 年探索中，遇到了中国共产党，他毅然改组国民党，“以俄为师”，“联俄、联共、扶助农工”。于右任赞成国共合作，积极参与国民党改组，在中国国民党一大上被选为中央执行委员。

1926 年春，北伐在即，大革命的风暴从珠江流域，迅速发展到长江流域。为促请冯玉祥将军回国，“进军西北，解西安围，出兵潼关，策应北伐”，于右任在李大钊支持下，前往苏联。苏联之行，令他心潮澎湃，写下了许多歌颂十月革命、歌颂社会主义的壮丽诗篇。

这些诗歌，或纪实，或抒情，有些还具有科学考古价值。它们思想新、感情新、语言新，风格上也有许多新的突破。作者适应时代的发展变化，突破旧体诗的条条框框，把许多新名词、新术语运用在笔下，如：“我本革命军中一战士”“何日完成革命史”“全世界无产阶级与被压迫民族联合起来”“实现苏维埃社会主义之联邦”“大呼万岁定中华。全世界被压迫之人民同起日”等。

苏联之行，使其诗风为之一变，他把游苏之作，汇集成册，题名为《变风集》。随行的马文彦先生告诉选注者，于先生游苏诗作，数量还不止这些。

# 1926 年

## 舟入黄海作歌[①]

黄流打枕终日吼，起向舵楼看星斗。
一发中原乱如何，再造可能得八九。
神京陷后余亦迁，奔驰不用卖文钱。
革命军中一战士，苍髯如戟似少年。
呜呼！苍髯如戟一战士，
何日完成革命史？大呼万岁定中华。
全世界被压迫之人民同起日！

**注：**

①黄海：是我国三大边缘海之一。北起鸭绿江口，南至长江口北岸到朝鲜济州岛一线，海水呈黄色。1926 年 6 月，为敦请冯玉祥回国，于右任偕翻译马文彦乘苏联货轮离沪北上，秘密赴苏。舟入黄海，有感而作。

## 黄海杂诗[①]（三首选二）

客子争看黄海黄，黄流浩淼极天长。
渔舟叶叶来何处？领海官家早已荒。

沧海横流赋不清，为谁风雨为谁晴。
空间闲事休劳管，见个民船转失声。

注：

①1926年6月作者前往苏联，联络在苏的冯玉祥将军，“进军西北，解西安围，出兵潼关，策应北伐”。作者自沪北上，经黄海至海参崴，乘车赴苏。这是舟入黄海后所作。

## 天明闻船上鸡鸣

笼中渡海难舒翼，厨下留烹知待时。
尚自殷勤报天晓，一声惊起几男儿！

## 望日本海岸

海产东人久自矜，相随霸业更飞腾[①]。
君看照海若干里，远近渔船十万灯。

注：

①日本为称霸亚洲，正在积极扩军备战。那远远望去的十万灯火，正是日本妄图建立霸业的明证。

## 舟出东朝鲜湾

痛定应思痛，国魂招不还。
云生绝影岛，雨湿白头山。
并力争除暴，偕亡讵是顽。
于思亦战友，无耐鬓毛斑。

## 西伯利亚杂诗寄王陆一[1]（六首）

### 一

川原悠邈净无尘，一种韶光夏似春。
万里投荒阿穆尔，老而不死作诗人。

### 二

绣裾诸于照眼明，工余女伴竞偕行。
夕阳忽架苍松顶，归路犹闻叠唱声。

### 三

马肥久困无征战，树老方知阅岁华。
家住桃源一万里，不知世上有桃花。

### 四

芳草如茵不计程，欹斜板屋牧兼耕。
小家园内新天地，万绿丛中占一坪。

### 五

水绕乌城闻汽笛，山围赤塔[2]见桑麻。
面包价贵酪浆贱，牛饮归来买野花。

六

共舟而济共舆驰，患难相偕尔我知；
今日车过尼布楚[3]，考量旧史忆君时。

**注：**

①王陆一：陕西三原人，时在莫斯科留学，后跟随作者回国。

②赤塔：赤塔州首府，赤河与因果达河交汇处。

③尼布楚：地名，属俄罗斯，在满洲里的北边。

## 西伯利亚杂诗[1]（二首）

一

遗镞[2]可知常掳获，断碑[3]难得再摩挲。
和亲[4]更有物为证，公主宫娥宝镜[5]多。

二

盖代英雄去不还，高碑[6]犹自在人间。
大王城下曾经过，万里投荒鬓已斑。

**注：**

①1926年作者赴苏途经西伯利亚时怀古之作。

②镞：箭头。原注："西伯利亚常发现汉代箭镞。"

③断碑句：指石碑被毁。原注："贝加尔湖北奥利汉岛上，多汉文刻石，修铁路

时毁去;伊尔库次克北翁格山,旧有汉文刻石,义和团起,居民恐其以此为证来袭,遂毁之。"

④和亲:汉代皇帝以女儿嫁给少数民族首领,以改善双方关系,谓之和亲。

⑤宝镜:古代以铜为镜,雕饰精美,极为宝贵。原注:"俄国博物馆中中国古镜,皆西伯利亚得者。近在北冰洋边索米亚得地方,考古家亦获中国古镜。"

⑥高碑:指成吉思汗纪功碑。原注:"尼布楚有中国式城,亦曰大王城。有蒙文成吉斯汗纪功碑,余见其拓本。"

## 西伯利亚杂诗(又二首)

### 一

十日飞车道路长,鲜卑[1]遗壤待推详。
云生大漠连宵冷,花放平原万里香。
牧马迎风呼战马,羔羊觅迹唤羚羊。
人情物理无中外,惆怅他乡忆故乡。

### 二

莽荡风云眼底开,大荒之野荷戈来。
党人流放知无数,条约荒唐信可哀[2]!
民族于今矜解放,山林[3]从古未夷摧。
穷乡转瞬成天国,革命何人唤不回!

**注:**

①鲜卑:种族名。《后汉书·鲜卑传》:"鲜卑者,亦东胡之支也。别依鲜卑山,故因号焉。"原注谓:"西伯利亚,在俄文为北极之意,并非民族之名。吾国

学者谓鲜卑即西伯利亚之转音,恐非。"

②条约:指沙俄强迫中国签订的十几个不平等条约,在20多年中,沙俄侵占中国领土100多万平方公里。信:真、实在。

③山林:指西伯利亚的原始森林。

## 过贝加尔湖[1]

东来雨湿兴安岭[2],南去云迷杭爱山[3]。

多事来寻苏武迹[4],贝加湖上月儿弯。

**注:**

①贝加尔湖:世界上最深的淡水湖泊。在苏联东西伯利亚南部,湖面海拔454米,面积31 500平方公里,最深处1 620米。苏武牧羊的"北海"即指此湖。

②兴安岭:我国黑龙江省北部山脉的总称。略成弧形,西为大兴安岭(南段延伸至辽、吉两省和内蒙古自治区边境),北为伊勒呼里山,东为小兴安岭。

③杭爱山:在蒙古人民共和国中北部。

④指汉代苏武曾在贝加尔湖牧羊。他顶风冒雪,备受艰辛,始终保持着自己的人格和气节,维护着民族的尊严。

## 西伯利亚道中书所见[1]

青青柏,密如麦;

苍苍松,卧如龙;

密密桦,乱如麻。

树暗有云生,天寒无鸟声。

昔多流放人,今为自由民。

绿荫如幄草如茵,征车十日无纤尘。

行行一万八千六百里。
无日不在丛林里。
西伯利亚之游乐如此,
眼中之泪吾老矣。

**注:**

①西伯利亚:苏联在亚洲的一部分。

## 入欧洲后感怀

鄂毕河①前饭,乌拉山②下眠。
无戈肱作枕,有产舌为田。
金鼓劳民檄,冰山债主钱。
神州竟何似?怅望一凄然。

**注:**

①鄂毕河:苏联流域面积最大的河流,源于阿尔泰山,流经西伯利亚。

②乌拉山:即乌拉尔山,位于欧亚两大洲的交界处。

## 车过乌拉山①

卧看乌拉山,连山起烟雾。
远远山下人,骑牛渡旁渡。
昔日战场今如故,朝阳红射乌拉树。
尼古拉斯②血未干,牧儿长歌向何处。

**注:**

①乌拉山:即乌拉尔山。

②尼古拉斯:即俄国沙皇尼古拉,十月革命后被处死。

## 东朝鲜湾歌①

舟入东朝鲜湾,望太白山作歌,时正读《资本论》。

晨兴②久读《资本论》,掩卷心神俱委顿③。
忽报舟入朝鲜湾,太白④压海如衔恨。
山难移兮海难填,行人过此哀朝鲜⑤。
遗民莫话安重根⑥,伊藤⑦铜像更巍然。
吾闻今岁前皇死⑧,人民野哭数十里。
又闻往岁独立军⑨,徒手奋斗存血史。
世界劳民十万万,阶级相联参义战。
何日推翻金纺锤⑩,一时俱脱铁锁链。
噫吁嘻!
太白之上云飞扬,太白之下人凄怆。
太白以北⑪弱小民族齐解放,
太白以南以东以西被压迫者,
如怨如慕如泣如诉复如狂。
山苍苍兮海茫茫,
盟山誓海兮强复强。
歌声海浪相酬答,
天地为之久低昂⑫。
舟人惊怪胡为此?
此髯⑬歌声犹不止。

万里转折赴疆场，

我本革命军中一战士。

注：

①东朝鲜湾：在朝鲜民主主义人民共和国东部海域。作者赴苏途中久读马克思的《资本论》，忽闻轮船进入东朝鲜湾，浮想联翩。从朝鲜的历史，日本的侵略，世界劳动人民及被压迫民族的联合，想到自己“万里转折赴疆场”，要作“革命军中一战士”。诗歌热情奔放，气势磅礴，反映了作者对朝鲜人民的关怀和同情，以及对他们反日斗争的敬佩。作者的思想还进一步升华到“世界劳民十万万”，“一时俱脱铁锁链”的高度，这在当时的确是难能可贵的。

②晨兴：早上起来。

③掩卷：合上书本。委顿：疲倦、困顿。

④太白：指朝鲜东部的太白山。

⑤哀朝鲜：甲午之战，中朝战败，日本侵占朝鲜。作者为此悲哀。

⑥安重根：朝鲜爱国者，曾刺死日本首相伊藤博文。

⑦伊藤：日本首相伊藤博文。执政期间，发动甲午战争，强迫清廷签订中日《马关条约》。霸占台湾，并置朝鲜于日本统治之下。1909 年 12 月 26 日，在哈尔滨车站被朝鲜爱国者安重根刺杀。作者在上海主持的《民吁日报》连续发表消息、评论 20 多篇，热情赞扬安重根的英雄行为。称伊藤是“大混蛋”、“老怪杰”，被刺是“罪有应得”。当时掀起了全国规模的反日浪潮。

⑧前皇死：作者自注：李王。朝鲜前国太王李熙死于日本。朝鲜人民闻讯，反日情绪怒不可遏。

⑨又闻二句：在俄国十月革命影响下，1919 年 3 月 1 日，朝鲜汉城市民举行示威游行，高呼“朝鲜独立万岁”的口号。全国各地纷起响应，相继举行罢工、罢市和示威游行。3 月 5 日起，在许多地区转为武装起义，参加斗争者有 200 多万人。后因资产阶级民族主义者的妥协，被日本侵略者残酷镇压下去。

⑩金纺锤：指反动统治。

⑪太白以北句：当指俄国十月革命。

⑫天地为之久低昂：语出杜甫《观公孙大娘弟子舞剑器行》诗，意为天地久久地为之上下震动。

⑬此髯：作者自称。

## 舟入大彼得湾[①]

二百余年霸业零[②]，天风[③]吹尽浪花腥。
掬来[④]十亿劳民泪，彼得湾中吊列宁。

**注：**

①大彼得湾：位于苏联东边南部，伸入陆地80公里。沙皇统治期间（1667～1917年），对外实行武力扩张，侵吞欧亚大片领土。

②零：凋零的意思。作者用一个“零”字，将彼得大帝建立的“二百余年霸业”，一扫而空。第二句以“浪花”紧扣“大彼得湾”，而以“腥”字概括“二百余年霸业”，深刻、新颖，令人叹服。当然，“天风”和“腥”，都是诗的语言。那“二百余年霸业”被十月革命推翻，血腥的统治一去不返。“彼得湾”以彼得大帝得名。彼得大帝与列宁，各代表着不同的阶级、制度和历史时代。作者构思的新颖之处，在于他把极端相反的两个人物摆在一起，创造了“彼得湾中吊列宁”的警句。于强烈对比中引导读者回顾霸权统治的历史和无产阶级革命的历史。而以“零”字、“腥”字，表现对前者的态度，以劳民之泪“吊列宁”表现对后者的感情，内涵深广，耐人寻味；爱憎分明，发人深省。（霍松林：《于诗的创新精神》）

③天风：远风。

④掬来：双手捧起。

## 布蒙共和国[①]立国五年纪念歌

“全世界无产阶级与被压迫民族联合起来！”
此乃马克思以及列宁革命之口号。

布利亚特族人元之裔，
国亡五百余年如无告。
元祖[2]率精壮而远略兮，
故国乃为斯拉夫族所荡扫。
沿色楞格河而迁徙兮，
沙皇目之为强盗。
五十万人降为牛马兮，
近来又遇白军之残暴。
国不国兮人不人，
十二部落难再造。
忽然天开地辟日月光，
十月革命成功兮，
实现苏维埃社会主义之联邦。
民无异国兮地无四方，
布蒙民族从此得解放，
一跃而成世界弱小民族之鸾凰。
我来乌金斯克[3]时，
正值立国五年之佳节。
采访遗闻肝胆壮，
参加盛典心情热[4]。
第一日赴纪念会，
绣裹列宁红如血。
各部代表报告地方之经过，
不断前进继先烈。
慰我世界革命将成功，

愿与吾人同心结；
二日导观骑步兵，
十里松林幕为营。
彼谓布人昔年当兵无权利，
予望此后并力为世平不平；
三日全国大运动，
竞射角力及民众。
车如流水工人乘，
马似飞龙牧儿鞚[5]。
骑兵左右前后自如兮，
马上姿势加种种。
主席谆谆告再三，
团结力量方有用。
四日松林作食堂，
露天大宴尤难忘。
半是欢迎半欢祝，
中央女委主壶觞[6]。
贝加湖里鱼生美，
打箕庄[7]中马奶香。
大礼烹羊割唇耳，
中宵起舞杂谐庄。
天然庭燎焚松股，
土产珍馐进野桑。
响彻云衢《国际歌》，
天将明矣唱未央[8]。

嗟予转折二万里，
七日乌城发白矣。
苍隼护巢曷⑨不归，
神龙失水犹思起。
乌城西安一直线，
昨梦入关督义战。
尽烹走狗定中华，
一行解放四万万！
碧云寺上告成功，
山海关前开祝宴。
老来有志死疆场，
竟把他乡当故乡。
夜半梦回忽下泪，
马角乌头⑩困大荒。
天怜辛苦天应晓，
促我整顿乾坤了。
赐我布蒙国内小山庄，
万松深处容一老。

（外蒙委员长丹巴卜尔济语余云：“吾蒙古民族，其始也当环贝加尔湖居。今之内外古，皆南侵者。所有西伯利亚之布利亚特族，则当时祖国遗留之人民。”存此语以待参考。）

**注：**

①布蒙共和国：即苏联布里亚特自治共和国。

②元祖：指成吉思汗。

③乌金斯克：指布里亚特自治共和国首府上乌金斯克。

④作者自注：祝典凡四日。

⑤鞚（kòng）：马笼头。

⑥作者自注：萨哈利亚诺夫女士。

⑦作者自注：政府夏日所在地。

⑧未央：未尽意。《诗经·小雅·庭燎》："夜如何其？夜未央，庭燎晰晰。"

⑨曷（hé）：怎么。

⑩马角乌头：指不可能实现的事。

## 克里木宫[1]歌

莫斯科旧宫即中国紫禁城之意

君何事来翻吊古[2]？
克里木宫矜一睹。
置身赤色[3]莫斯科，
结习不忘真腐儒！
世人莫误悲铜驼[4]，
请述怪异作哀歌：
宫内教堂即坟墓，
历代皇帝铜棺多。
沙皇[5]铸钟世无仿，
更制巨炮长盈丈。
炮无人放钟不鸣，
两都[6]红旗已飘荡。
故宅既作苏维埃[7]，
遗民复祖[8]共产党。
无产阶级革命竟成功，
新旧世界由此划为两。

吾闻革命之时经剧战，
宫内宫外两阵线。
列宁下令用炮轰，
门内白军方自变。
又闻宫门旧有断头台，
台前血渗野花开。
台上杀人城上笑，
百年骈戮[9]真堪哀！
自今门外号红场，
功成之后葬国殇。
列宁以下殉义者，
一一分瘗[10]傍宫墙。
宫墙兮墓道，
墓道兮多少？
上悬革命之红旗，
下种伤心之碧草。
悠悠苍天我何人？
万里西征头白了！

**注：**

①克里木宫：一般译作克里姆林宫。位于莫斯科中心，原为俄国历代帝王的宫殿，十月革命后，成为苏共中央和苏联政府的所在地。

②吊古：凭吊古迹。

③赤色：指莫斯科。

④这句诗的意思是：大家不要误以为我是在为兴亡悲伤！下句即阐明做诗用意。《邺中记》："二铜驼如马形，长一丈，高一丈，在中阳门外，夹道相向。"《晋书·索靖传》："靖有先识远量，知天下将乱，指洛阳宫门铜驼叹曰：'会

见汝在荆棘中耳!'"

⑤沙皇:俄国帝王的称号。"沙"系音译词,由拉丁语"恺撒"一词音转而来。

⑥两都:指沙俄旧都彼得格勒(后改为列宁格勒)和新都莫斯科。

⑦苏维埃:俄语音译词,意为工农兵代表会议。

⑧袒:即左袒,露出左臂表示拥护。《史记·吕太后本纪》:"太尉[周勃]将之,入军门,行令军中曰:'为吕氏右袒,为刘氏左袒。'军中皆左袒为刘氏。"

⑨骈:并列;戮:杀戮。成双成对地屠杀。

⑩瘗(yì):埋葬。

## 红场歌①

在红场谒列宁柩后,为此作歌。

中山已逝列宁死,
莫斯科城我来矣。
遗骸②东西并保存,
紫金③红场更相似。
每日排队朝复暮,
争看列宁人无数。
我亦蹩躠诣红场④,
代表人类有所诉。
一片红场红复红,
照耀世界日方中。
列宁同志何曾死,
犹呼口号促进攻。
噫吁嘻!
东方羁束⑤难自解,
吾党改组⑥君犹待。

君之主张东方之民久已闻，
君之策略东方之事莫能改。
何况共同奋斗救中国，
中山遗命赫然在。
转愧当年起义早，
方法不完得不保。
如今愁苦呼声遍亚东，
大乱方生人将老。
头白伶仃[7]莫斯科，
惭感交并责未了。
未了之责谁予助？
至此翻思进一步。
为全人类之自由而进征兮，
解放东方之大任先无误。
吊中山之良友兮，
知取则[8]之不远。
信我党之必兴兮，
夫孰荷此而无忝[9]。
惆怅兮将别。
歌声兮哽咽[10]。
酬君兮全世界奴隶之泪。
奠君兮全世界豪强之血。
献君兮全世界劳动人民之铁链。
奏君兮全世界历史之灰屑。
君之灵兮绕世界而一视，

中山之事与君携手而并进兮，
时不久兮全设。
红场歌兮声悲切。

注：

①这首满怀激情的诗，是作者在莫斯科红场晋谒列宁墓后写的。诗中充分表达了他对无产阶级革命导师列宁的尊敬和热爱。

②遗骸：遗体。

③紫金：南京紫金山，中山陵所在地。

④蹩躄（biébì）：跛行。诣（yì）：前往尊长处称诣。

⑤羁束：羁绊束缚。

⑥吾党改组：1923 年 10 月，在中国共产党的帮助下，发表《中国国民党改组宣言》。1924 年 1 月，举行中国国民党第一次全国代表大会，接受了中国共产党提出的建立统一战线的政治主张，重新解释了三民主义，确定了"联俄、联共、扶助农工"的三大政策，实现了第一次国共合作。

⑦伶仃：孤独的样子。

⑧则：榜样。

⑨无忝：无愧。《诗经 · 小雅 · 小宛》："夙兴夜寐，无忝尔所生。"

⑩哽咽：泣不成声。

## 莫斯科杂诗①（四首选二）

一

拿破仑②翁败不还，何人倚剑列宁山③？
山中歌舞山前浴，今作人民消夏湾。

## 二

金顶④辉煌映日明，无朝无暮有钟声。
式⑤微宗教威犹在，鸦片安能滥⑥得名？

**注：**

①于右任一行在1926年7月前往莫斯科，与住在莫斯科的冯玉祥将军进行了秘密会谈。双方同意“进军西北，解西安围，出兵潼关，策应北伐”。随后于右任参观瞻仰了列宁遗容，浏览了莫斯科市容。之后，写了四首诗。

②拿破仑：即拿破仑·波拿巴，法国资产阶级政治家和军事家。1812年发动对俄战争，失败。1814年欧洲反法联军攻陷巴黎，被放逐于厄尔巴岛。1815年再返巴黎，建立百日王朝。滑铁卢之役失败后，被流放于圣赫勒拿岛。1821年病死于该岛。

③何人倚剑：故作设问。人，当指拿破仑。列宁山：为莫斯科河畔一座小山。原注：“拿破仑曾至此山，攻莫斯科。”

④金顶：指克里姆林宫钟楼尖塔塔顶。

⑤式：发语词。微：衰落。《诗经·邶风·式微》：“式微式微，胡不归？”式微，原意为天将暮，后引申为事物由盛变衰。

⑥滥：滥。本句意为：宗教虽然衰落，权威还在，与宗教相比，鸦片怎么能随便得到这样的名声呢？原注：“教堂门口多贴马克思‘宗教之毒甚于鸦片’标语。”

## 归途过沃木次克①

鄂毕河②前水急流，时当盛暑气如秋。
平原万里耕兼牧，一路看花入亚洲。

**注：**

①沃木次克：新译为鄂木斯克，苏联西西伯利亚第二大城，仅次于新西伯利亚，为鄂木斯克州首府，在鄂姆河注入额尔齐斯河处。

②鄂毕河：苏联流域面积最大的河流，源出阿尔泰山脉，向西北注入北冰洋喀拉海的鄂毕湾。

## 过奥木次克[1]

黑麦青青燕麦黄，零星硬麦已登场。
民间尚守三田制，蔓草不除待放荒。

**注：**

①奥木次克：在西伯利亚城东，今俄罗斯境内，靠近哈萨克斯坦。

## 再过贝加尔湖

贝加尔湖清澈底，波浪如凫飞不起。
照见征人半白头，白海之名良有以。
河流穿兮似箭，山脉束兮如垒。
照映俄蒙两大民族间，解放之后平分此一水。
苏卿[1]持节是耶非？于今北雁又南飞。
计将随尔渡沙漠，先入关门报我归。

**注：**

①苏卿：指汉代坚持气节的苏武。

## 贝加尔湖边怀古[①]

曾经北海[②]费沉思，此地匈奴据几时[③]？
啮雪吞毡[④]苏武泪，行人往路李陵诗。
牛羊被野谁来牧？碑碣连岗我去迟[⑤]。
胤子[⑥]两家存与否？风波失所[⑦]古今悲！

注：

①作者由苏联回国经过贝加尔湖时，联想苏武、李陵事迹，崇尚其气节，颂扬其爱国情怀，发而为诗。

②北海：我国古籍中称贝加尔湖为北海。

③原注："汉时苏武，被匈奴放至此，可知此地非蒙古人所有。"匈奴：我国古代北方民族名。

④啮(niè)雪吞毡：匈奴迫苏武投降，苏武不屈，被幽置大窖中，苏武以雪和毡为饮食。

⑤原注："湖边奥利汉岛，昔年有中国碑甚多，布利亚特人民尝往祀之。修铁路时，俄人全毁去。"

⑥胤(yìn)子：后代子孙。《李陵答苏武书》："足下胤子无恙，勿以为念！"两家：指苏、李两家。

⑦作者自注："中国文学家，在水国称风波，大陆称风尘，塞外称风沙。李陵送苏武诗曰：'风波一失所，各在天一隅。'想系指贝加尔湖而言，则疑李诗为后人伪作者误矣！"

## 过买卖城

北属俄为恰克图，南即买卖城。中间留中立地约二百码，南为外蒙，北为布蒙。

阿山云起傍南行，随客经过买卖城。

野旷牛羊齐解放，秋高星斗倍分明。
昔时白草争南牧，此日红旗竞北盟。
民族一家分两国，如何相爱更相成。

## 恰克图至库伦[①]（二首）

一

夜静沙皆白，秋高草不黄。
女儿骑恶马[②]，大野牧牛羊。

二

毛子筑板屋，蛮子筑土墙。
叩叩爱盖赖[③]，随地宿鸳鸯。

**注：**

①作于1926年自苏返国途中。恰克图：苏联边境城市。在贝加尔湖东南，曾为中俄通商要埠。库伦：即今乌兰巴托，蒙古人民共和国首府。

②恶马：未驯服的烈马。

③作者自注："蒙古人称俄人曰毛子，称汉人曰蛮子。'叩叩'蒙女之称，'盖赖'蒙古包也。"

## 至诺颜山下苏珠克图地方 访212古墓[①]（七首）

一

诺颜山下万松秋，松下何王置寝丘？
万古长眠忽惊起，头颅无价入欧洲。

二

道是匈奴可不疑，呼韩寇塞为名姬。
王嫱墓内知多少？绣鞯伤心殉葬时。

三

朱文缪篆秀而工，玉印还疑出汉宫。
苏武班超青史满，无名女子苦和戎。

四

金沙自是累名王，郁郁佳城竟被创。
亩[②]十二坟秋草白，白头访古到穷荒。

五

竟无片石记雄名，胜迹湮于代几更。

宫女如花满毡帐，只今同客列宁城。

六

一坟数十美人尸，望断天兵破虏时。
转惜英雄多鼠窃，曹瞒只解赎文姬。

七

埋恨何年史不详，殉身遗痛等沙场。
中原兵败词人老，持节北来吊国殇。

**注：**

①自莫斯科经蒙古返国途中，参观古墓后所作。

②皕：二百。

## 访古墓夜宿招莫多中宵
## 不寐出门望月有怀（二首）

一

山益深时月益明，空山明月倍多情。
月明更有松为侣，夜静风来渐作声。

二

马肥弓劲乘秋下，边患千年苦不支。

今日高吟漠南北，诺颜山下月明时。

## 出　库　伦

海陆奔驰艰复艰，北来今日庆南还。
清清图拉河中水，照见髯翁度汗山。

## 离库伦饭后赋

离库伦千余里，荒山之阿，始见山榆一株，上有雀巢无数；再行百余里，过一华商商店，食后赋此。

行千余里见一树，树上乌鸦巢无数。
沙漠风高不能栖，荒山之阿得乐土。
乐土兮，乐土，
我来兮，日暮，
日暮兮，仓皇，遇君兮，沙场。
赐我羶肉兮赠我酪浆！君之惠兮未能忘！
饭不熟兮饥欲死，腹已饱兮吟不止。
此行见闻良已多，华人自称曰蛮子。
经商之利真何在，移民之难复如此。

## 外蒙[①]道中（二首）

一

朔野驰驱兴倍酣，沙场风物颇能谈。
参天乔木腰及膝，穴地飞鸟北又南。
垂老从戎独自许，中原大乱共谁戡。

饥时羊奶兼驼奶，饱食才知味最甘。

二

地老天荒鸟不哗，飞车似水走干沙。
多情明月来戈壁，如洗穹庐赠奶茶。
人种于今随地理，牛羊自昔当桑麻。
海棠②如掌真奇艳，阔叶全蒙见此花。

注：

①外蒙：指蒙古人民共和国，时称“外蒙”。

②海棠：花开如手掌，又称野海棠。

## 外蒙道中日暮

万岁复万岁，高呼沙漠中①。
草连衰鬓白，沙映夕阳红。
麻雀栖平地，黄羊走晚风。
黑人②矜改革，酪亦醉髯翁。

注：

①见蒙人呼万岁，同行者亦高呼和之，谓此次归里必成功。

②蒙人将平民称为“黑人”。

## 留昭苏税关数日拾薪煮饭

晚拾薪回月已斜，掏坑做饭煮砖茶①。

髯翁不费吹嘘力，釜里微茫见浪花。

**注：**

①砖茶：压成砖形的茶叶。

## 露宿外蒙兵营[1]（二首）

一

星斗低昂[2]落枕边，多情明月映胸前。
幕天席地[3]吾滋愧，一夜沙场自在眠。

二

天似穹庐[4]容我住，地无租赁任人眠。
乾坤真作卑田院[5]，脚动星辰[6]亦偶然。

**注：**

①作者自苏回国，经库伦直线南下，挺进五原，误入沙漠，白天沙蒸日晒，晚间夜冷天寒，露天夜宿，星光之下，别有情趣。偶有此作。

②低昂：低的低，高的高。

③幕天席地：以天为幕，以地为席。

④穹庐：毡帐，俗称蒙古包。因其顶隆起，故名。《汉书·苏武传》载："于靬王赐武马畜服，匿穹庐。"注曰："穹庐，毡帐也。"

⑤卑田院：即养济院，收容乞丐之所，为悲田院的语讹。《元曲选·石君宝〈曲江池〉(三)》："我家须不是卑田院，怎么将这叫化的都收拾我家来了！"

⑥脚动星辰：豪壮语，脚踢星辰转动。

## 复由外蒙兵营往塞尔乌苏道中

往辙追寻又北行，西风击面作边声。
沙深能使车无力，路远方悲地不平。
独秀峰前看日出，白头山下望云生。
长途新识金皮柳[1]，作箸为筇并告成。

注：

①金皮柳：柳树的一种。

## 过塞尔乌苏

车行三百里，处处是沙场。
地僻名难记，人稀路易荒。
牛羊似沙砾，水草作家乡。
飞鸟投何处，途间又夕阳。

## 自黑教堂遇险后北行至嘎嘎图遇中国商人[1]（二首）

一

脱险沙陀旧壤来，不堪回首使人哀。
沙葱山韭饶风味，容得劳人饱一回。

二

黄河几折落包头[2]，塞上人还岁已秋。
地变天荒一洒泪，为谁惋惜复谁尤。

注：

①作者偕中共党员史可轩、马文彦一行行至固阳县北，突然发现有1000多散兵包围县城。于右任一行躲入“黑教堂”，乱兵拥入抢劫。马文彦急中生智，用计引开乱兵，作者得以脱险，继续行进。

②包头：今包头市。

## 入乌兰脑包

老困穷荒莫再论，时时有梦入关门[1]。
十年旧句今成谶，一夜归心过五原[2]。

注：

①自注：“余七年归里过延长时，有此句。”

②五原：位于内蒙古西部，是京津通往察绥的必经之地。作者与冯玉祥会合后，在五原召开大会，作者以中国国民党中执委的身份授旗并监誓。

## 中秋过贺兰山[1]下

护巢苍隼安云晚，失水神龙讵足忧。
大地驰驱四万里，贺兰山下作中秋。

**注：**

①贺兰山：一称阿拉善山，在今宁夏回族自治区西北与内蒙古自治区的接界处，南北走向，长约150公里，海拔2000～2500米。

## 出宁夏[1]望贺兰山积雪

贺兰山下作中秋，山上雪飞已白头。
垂老才知边塞苦，轻驱十万出灵州。

**注：**

①宁夏：省名。1954年撤销，部分县市并入甘肃省，部分并入内蒙古自治区。1958年，以银川、吴忠两市及固原吴忠回族自治州成立宁夏回族自治区。

## 宁夏南行道中[1]（二首）

一

回回[1]争为自由战，勃勃宁闻天下汹。
我离宁夏还北望，贺兰如马河如龙。

二

葡萄频熟无美酒，罂粟[2]时丰病贫农。
山川壮丽人民困，不信朔方剑气冲。

**注：**

①回回：即回族，多信奉伊斯兰教。清末在太平天国运动影响下，西北回民曾发动起义。

②罂粟：也称罂子粟，果中乳质干后即成鸦片，常用成瘾，具有毒性。

## 咏宁夏属植物

枸杞[1]实垂墙内外，骆驼草映路高低。
沙蒿五色烂如锦，发菜[2]千丝柔似荑。
比屋葡萄容客饱，上田罂粟任儿啼。
朔方天府须梁栋，蓬转于思西复西。

注：

①枸杞：落叶小灌木，浆果为红色，卵圆形，根、皮、果均能入药。

②发菜：宁夏一带产，丝细如发，故名。

## 临 河[1]道 中

乌拉山[2]前塞雁过，临河城外望黄河。
河渠似网田原美，地主如狼数渐多。
古道[3]秋风卧战马，平沙夜月走明驼[4]。
千年征伐余荒草，羞唱英雄得宝歌。

注：

①临河：在内蒙古自治区巴彦淖尔盟南部，南临黄河。1925 年由五原县析置临河设治局，1929 年设临河县。

②乌拉山：在内蒙古自治区包头市西南 30 公里处，古称阳山，秦汉时因以为塞。

③古道：昔时道路。

④《酉阳杂俎》："驼卧腹不贴地，屈足漏明，则行千里。"故曰明驼。《木兰辞》："愿借明驼千里足，送儿还故乡。"

## 黄杨木头十四夜忆内子高仲林[1]

女偕婿[2]去游天下，孙[3]作儿携慰暮年。
一事报君君可恼？人家十四月儿圆。

**注：**

①黄杨木头：在内蒙古自治区五原县西南120公里处，濒临黄河。作者由苏联回国时路过此地。时值中秋前夕，月夜怀念亲人，因有此作。

②偕：同。作者女儿于芝秀、女婿屈武均在苏联莫斯科留学。

③孙：指外孙屈北大，为屈武长子，自幼生活在于府。曾任中国国际友谊促进会副会长。

## 露宿二之店[1]沙漠

万里奔驰岁月流，长城以外值中秋。
盖天铺地[2]黄河岸，沙拥如山作枕头。

**注：**

①二之店：内蒙古自治区巴彦淖尔盟沙漠中一小地方。

②盖天铺地：指以天地为铺盖。

## 边墙下见雁(二首)

一

长城窟上一哀雁，北海相逢争寄书。
朔漠无食我同困，与尔才度狼居胥[1]。

## 二

月落烟横塞上下,沙飞红映柳萧疏。
中原限日贼授首,更欲托君归报渠。

(在上乌金斯克时见雁,与布里亚特友人谈及苏武寄书事,并云:"此雁入中国必较余早。")

注:

①浪居胥:古山名,在内蒙古自治区。

## 磴口[①]中秋

明月何心悬磴口?黄河多事走中原。
中原大乱连三辅,明月中秋似故园。
李广[②]有功仍不幸,休屠[③]无后莫呼冤,
弯弓[④]跃马谁家子?独立无声遍塞垣。

注:

①磴口:又名定口,即定口镇,在内蒙古自治区巴彦高勒市南约10公里,东临黄河。

②李广:西汉名将,善骑射,与匈奴大小70余战,匈奴畏之,号曰"飞将军"。汉武帝元狩四年,随大将军卫青击匈奴,因迷道后至,不愿受审而自杀。

③休屠:疑指匈奴休屠王。《汉书·武帝纪》载:元狩二年"秋,匈奴昆邪王杀休屠王,并将其众合四万余人来降"。

④弯弓:谓引满其弓准备发矢。

## 固原[1]道中

两马一车一破裘，一筇相伴入原州[2]。
鸡鸣半个城边雨，叶落须弥山[3]下秋。
地变难禁成不毁，途长只是老堪忧。
人生尽瘁[4]非奇事，君看乡村服轭牛[5]。

**注：**

①固原：县名。在宁夏回族自治区南部，位于清水河上游，邻接甘肃省。

②一筇(qióng)：一根筇竹手杖。原州：即固原。

③须弥山：在固原县北45公里处，又名石门山，上有古石门关遗址。

④尽瘁(cuì)：用尽心力做事。

⑤服轭(è)牛：拉车时扛着车前曲木(轭)的牛。

## 邠县[1]道中

已过邠人剥枣[2]期，满川梨尽柿犹垂。
遗民争说镫山[3]好，应记前朝避乱时。

**注：**

①邠县：在陕西省西部泾河中游，邻接甘肃省，1964年改名彬县，盛产梨、枣、柿子。作者一行，经银川、固原出陇东到陕西长武、邠县。这一条路正是当年他外祖父拖儿带女逃难经过的地方。诗的最后一句隐约表达了对母亲少时被遗弃的哀痛。

②剥枣："剥"通"扑"。剥枣，即扑枣，收获枣子。《诗经·豳风·七月》："八月剥枣，十月获稻。"

③镫山：半崖上的石洞。传说是唐人避乱时开凿的。

## 西安城围启后再至药王山[1]

倚杖行吟西复东，药王山上夕阳红。
重寻万里归来路，再作三年别后功。
洞口雪深迷胜迹，岩前柏老映衰翁。
三秦战垒民间满，袖手[2]无聊泣晚风。

**注：**

①此诗作于1926年。同年7月，国民革命军出师北伐。刘镇华在直系军阀吴佩孚支持下，组成一支号称10万人的大军，卷土西来，围攻西安，西安人民饿死数万。于右任受李大钊委托，前往苏联促请冯玉祥回国，冯玉祥1926年秋自苏联返国，11月解西安之围。解围后作者再至药王山，感慨而有此作。

②袖手：藏手于袖，就是抄着手。

# 五、南京政府时期

1927年7月,轰轰烈烈的大革命失败了。于右任认为:国共两党“合则两益,分则两损”。面对严峻形势,于右任陷入迷惑、苦闷之中。国民党召开中央全会,他远离这个矛盾的漩涡,到苏州“邓尉看桂”。而当他扶杖行进在“香雪海”时,又无心赏花观景,“人间何事不能忘”?使他久久不能忘怀的,仍是多灾多难的祖国。

1928年,他与何香凝、经亨颐、陈树人,发起成立“寒之友”社,结社作诗,咏物言志。此时,忠实执行孙中山三大政策的国民党左派,处境是十分困难的。

1929年,陕西大旱,赤地千里,人相食,“惨不耐闻”,于右任说:“实在是惨痛啊!”“千万不要忘记!”他抱病回陕,一面筹款救灾,一面大声疾呼:“现在老百姓流离失所,没有饭吃,是我们沉重的罪过!”感愧之余,写诗抒怀。“天饕人虐两难过”,“老入关门涕泪多”。“人与河山老,诗真血泪多。渭南还渭北,惆怅莫经过。”同年《右任诗存》由上海世界书局出版,柳亚子题诗:“卅年家国兴亡恨,付与先生一卷诗。”1933年于右任写了长篇纪实诗——《太白山纪游歌》,长1 200多字,“诗意葱茏,文笔淡雅”,“蔚为诗坛大观”。

# 1927 年

## 闻庐山舆夫叹息声[①]

上山不易下山难，劳苦舆夫莫怨天；
为问人间最廉者，一身汗值几文钱？

注：

①庐山：又名匡山或匡庐，位于江西省九江市。峙立于长江边上。紧靠鄱阳湖，是我国著名的避暑胜地，山上林木葱茏，气候宜人，有众多的清泉、瀑布，云雾缭绕，素有“匡庐秀奇甲天下”之誉。达官富人上山由轿夫抬上牯岭。素来关心民间疾苦的作者，看到轿夫抬轿的劳苦之状，听到他们的叹息之声，心中愤愤不平，发而为诗。

## 题李西屏[①]藏黄克强先生遗札

生时左右难成派[②]，死后孙黄尚并称。
废纸堆中见真性，危微之际至竞竞。

注：

①李西屏：湖北黄冈人，曾参加武昌起义。新中国成立后，任湖北省政协副主席。

②黄克强：即黄兴，字克强。1874 年生，1916 年卒。湖南长沙人。是辛亥革命时期资产阶级革命派的重要人物。当时人们把他和孙中山并称为“孙黄”。“二次革命”失败后，孙中山把国民党改组为中华革命党。规定党员要立誓约、按指印。黄不赞成重新组党，更不同意按指纹，一度与孙中山不和，后

旅居美国。1916年10月在上海病逝。

## 邓尉看桂[1]

家家摘蕊尽盈筐，晚桂丰收万井香。
曳杖行吟香雪海，人间何事不能忘？

注：

①邓尉：山名，在苏州市西南35公里处，属江苏省吴县，因盛产桂花而闻名。在金风送爽、桂子飘香的金秋，作者离南京来到邓尉，扶杖行吟，内心忧国忧民，"人间何事不能忘"？诗人虽置身于桂花丛中，却无法忘记多灾多难的祖国。

## 与张秉三、赵古泥游尚父湖[1]

尚父湖波荡夕阳，征诛渔钓两难忘。
穷羞白发为文士，老羡黄泉作国殇。
落叶层层迷去路，横舟缓缓适何方？
桂枝如雪枫如血，猛忆关西[2]旧战场。

注：

①张秉三：诗人、收藏家。赵古泥：名石，号古泥，江苏常熟人。书法家、金石家。作者与赵古泥，本来素不相识，他听朋友说，常熟有位农村贫苦人家出身的书法家赵古泥，南人北相，长髯挂胸，相貌长得与自己有几分相似。作者雅兴勃发，轻车简从，专程赶赴常熟，拜访赵古泥。车直抵常熟城内"枕石轩茶馆"。二人相见，作者双手握住古泥的两肘，相对大笑。茶馆内众宾客，纷纷起立鼓掌，情绪异常热烈。后又一起周游尚父湖，谈诗论文，一时传为佳话。"落叶层层迷无路，横舟缓缓适何方？"路在何方？中国的出路

在哪里？作者在苦苦思索。

②关西：潼关以西，代指陕西。5年前陕西靖国军曾在这里进行过艰苦的战斗。

## 虞山[1]纪游（二首）

### 一

十年储泪潼关道，此日抽身虞仲山。
野鹤闲云中有我，相亲相伴寄人间。

### 二

落叶无声积几层，空山蹀躞[2]老犹能。
江南古寺闲游遍，也算西来一野僧[3]。

**注：**

①虞山：在江苏省常熟县西北，昔虞仲曾治此，故名。作者从潼关古道走来，来到虞山，犹如“野鹤闲云”。个人的经历、眼前的情景，尽纳诗中。

②蹀躞：小步貌。

③野僧：作者自称。

# 1928年

## 题经颐渊、何香凝、陈树人合作岁寒三友图[①]（二首）

一

紫金山上中山墓，扫墓来时岁已寒[②]。
万物昭苏雷启蛰[③]，画图留作后人看。

二

松奇梅古竹潇洒[④]，经酒陈诗廖哭声[⑤]。
润色江山一支笔，无聊来写此时情。

**注：**

①我国古代以松、竹、梅为岁寒三友，因松竹经冬不凋，梅则耐寒开花，故有此称。宋代林景熙《霁山集》四《五云梅舍记》中即有："即其居累土为山，种梅百本，与乔松、修篁为岁寒友。"诗题中的三人，经画修竹，陈绘奇松，何描古梅，以岁寒三友为图，寓意是相当深刻的。1925年，国民党右派暗杀了左派领袖廖仲恺，1927年4月12日蒋介石发动政变。国民党左派处境十分困难，恰像严冬季节。

②岁已寒：时在1月正是岁寒时节；语义双关，也点明了当时的政治气候。

③昭苏：苏醒。《礼记·乐记》："蛰虫昭苏，羽者妪伏。"泛指重获生机，恢复元气。启蛰：节气名。谓昆虫冬天蛰伏，春天启户复出。

④潇洒：无拘无束。

⑤经酒：指经颐渊举杯痛饮，以酒消愁。陈诗：陈树人做诗抒怀："不尽长江渺

渺情，雾消晴放一舟轻。飘然橐笔三千里，半为游山半写生。短衣匹马逐春风，百粤山河照眼雄。揽辔越王台上望，鹧鸪声里木棉红。”廖哭声：指廖仲恺夫人何香凝看到轰轰烈烈的大革命失败了，无数革命志士惨遭杀害，悲愤地放声痛哭。

## 后湖[①]春游

玄武湖中水渐深，紫金山下柳成阴。
民间艳曲何人唱？“蚕豆花开黑了心”。

**注：**

①后湖：即玄武湖，在南京市玄武门外，又称练湖，南朝时曾为操练水军之地，故名。大革命失败后，身为国民党元老的于右任目睹国共合作破裂，内心十分痛苦。他写诗抒怀，借景抒情。诗的后两句巧用民歌，寓意深长，耐人寻味。

作者自注：“末句为民歌，闻之黄文霞女士。”

## 邓尉看桂[①]

不是鸱夷去不回，朝吟暮醉看花来。
无端梦落关西[②]道，败苇枯荷满眼哀。

**注：**

①陪同作者游览的张文生先生告诉选注者：在邓尉，以梅和桂最著名。当梅花盛开时，其色如雪，香气扑鼻，又叫“香雪海”。作者想起陕西靖国军失败的往事，发而为诗。

②关西：潼关以西，指陕西。

# 1929 年

## 题石家饭店[1]

老桂花开天下香，看花走遍太湖旁。
归舟木渎犹堪记，多谢石家鲃肺汤[2]。

注：

①石家饭店：在苏州市木渎镇。作者邓尉看桂后，在木渎镇与林少和、张文生等饮于石家饭店。饭后作者题写这首诗。随行的张文生先生告诉选注者：于先生题诗后，饭店名声大振，生意兴隆。此店的“鲃肺汤”成了一道名菜。题目是选注者加的。

②鲃鱼，或称斑鱼，腹肥肺大，肉味鲜美。鲃肺汤更是鲜嫩可口。

## 大炮弹壳[1]题词

当年奉赐兮何意？今日追怀兮堕泪[2]。
平不平兮有时，百折不回兮此物此志。

注：

①1912 年，孙中山有感于《民立报》及作者对革命的贡献，赐作者炮弹壳一枚，作者加以珍藏。1929 年 6 月 2 日，作者题词以志不忘。原注：“此民元总理所赐也，敬为句以志之。”表达了作者的革命锐气不减。

②堕泪：掉眼泪。

## 归陕次潼关作①

迟我遗黎有几何②？天饕人虐③两难过。
河声岳色④都非昔，老入关门涕泪多。

注：

①作于1929年8月，时陕西大旱，作者焦心如焚。他一面在南京、上海筹款赈灾，一面大声疾呼："现在老百姓流离失所，惨不忍闻。没有饭吃，是我们深重的罪过。数百万无衣无食的灾民，他们实在是惨痛啊！千万不要忘记！"感愧之余，写诗抒怀。

王陆一注："陕西自十六年大旱至十八年（1927～1929），已三年无麦禾。荒灾为数百年来所未有。妇孺被贩鬻远方者不知凡几，诚惨绝古今中外也。地方草木俱尽，关内外兵戈迭起，阻绝道路，赈济皆不达。阎锡山复封锁黄河各渡，人民逃无生路，关外运输断绝。而国民政府方汲汲于军事，未遑问人民生死。陕西数百万居民，遂不得不之死靡他矣。先生病足久，焦劳海上，急欲一吊故乡，甫离药裹，即涉险北归。关中饥民发庐墓，先生伯母房太夫人之墓，亦犯杯土。先生驰归负土，一也；吊问死难将士及诸先烈之遗族，二也；存视父老人民，三也。此诗系十八年八月作。悲夫！十九年秋陕灾犹未已也。"

②迟我：即"我迟"的倒置词，意为我迟于灾荒而来。几何：多少。

③天饕（tāo）：天灾。饕，指凶残贪吃的人。人虐：人祸，指战乱。

④河声岳色：黄河水声，华岳山色。代指陕西景物。

## 北归书感①

卧病久蹉跎②，归程计几何？
难携东海雨，苦执鲁阳戈③。
人与河山老，诗真血泪多。
渭南还渭北，惆怅莫经过。

**注：**

①作于1929年。时陕西连年大旱，颗粒无收，灾情之严重，为数百年所未有。作者看到家乡遭受苦难的广大农民，心情焦急悲痛，曾两次归陕，筹款救灾。感愧之余，写诗抒怀。

②卧病：时作者久患足疾。蹉跎：白白耽误时日。

③鲁阳戈：意为无术驱除旱魃。《淮南子·览冥训》："鲁阳公与韩构难，战酣日暮，援戈而挥之，日为之反三舍。"国内战事频繁，政府不管人民死活，作者也难携"东海雨"，驱除旱魔，心情焦急，发而为诗。词意恳切，令人感动。

## 斗口村扫墓杂诗[①]（六首）

### 一

水环三面白公渠[②]，垂老重来省故居。
犹记阿娘哭阿母，报儿今岁读何书[③]。

（自注：母亲赵太夫人。）

### 二

发冢[④]原情亦可怜，报恩无计慰黄泉。
关西赤地[⑤]人相食，白首孤儿哭墓年[⑥]。

（自注：伯母房太夫人。）

### 三

袖中书本袋中糖，入学相携感不忘。
恸绝江南亡命日，弥留[⑦]犹唤我还乡。

（自注：二祖叔重臣公。）

## 四

伤心党祸走西南[8]，茧[9]足千山带病还。
难忘床前挥涕语[10]，盼儿星夜出潼关。

（自注：父亲新三公。）

## 五

发愤求师习贾余[11]，东关始赁一椽居[12]。
严冬漏尽经难熟[13]，父子高声替背书[14]。

## 六

手写遗书何处寻？每翻迁史[15]泪沾襟！
微风吹动坟前草，犹似麻衣殉葬心。

**注：**

①诗作于1929年。时陕西发生大灾荒，赤地千里。作者为救灾返回故乡。斗口村位于陕西泾阳，作者的父母、伯母（房氏）都葬在这里。三原张文生先生告诉选注者：此时，于先生家的祖坟被挖掘，特别是养母房太夫人的坟被挖，使于先生十分悲痛……但他想到灾民不是万不得已，是不会干出这种事情的。于先生即电张文生先生："不要追究。"并把儿子结婚的贺礼及在宁、沪募集的捐款，送回灾区，分给灾民。

②白公渠：即白渠。《汉书·沟洫志》：汉武帝太始二年，"赵中大夫白公，复穿渠引泾水，首起谷口，尾入栎阳，注渭中，袤二百里。溉田四千五百余顷，因名曰白渠，民得其"。

③养母房太夫人每年在赵太夫人坟上，对作者生母说作者今年读了什么书，

以慰她的在天之灵。

④发冢:掘开坟墓。

⑤赤地:地上光秃秃不长庄稼。

⑥这首诗是怀念伯母房太夫人的。

⑦这首诗是怀念三祖叔于重臣的,作者年幼时,家境贫寒,于重臣十分关心他的学习,常买文具、糖果给他。后作者因"诗案"亡命上海,于重臣临终前还问:右任回来否?弥留:临死之时。

⑧党祸走西南:指靖国军失败后作者经陇南入川转赴上海事。

⑨茧:茧子,手脚上磨起的厚皮,形似蚕茧。

⑩挥涕语:父亲擦着眼泪说:"儿归我喜,儿住我忧,盼儿明日即去。"

⑪发愤求师习贾余:父亲于宝文由四川经商回家后,在三原东关赁屋居住,父子发愤读书。

⑫东关:指三原县东关。一椽:一间房子,在三原石头巷。

⑬漏:古代计时器,上有刻度,以铜壶滴水计算时间;漏尽,壶水滴尽,意谓天将黎明。经:儒家经书。

⑭替背书:作者父子交替背书。背书时向书一揖。不熟,则夜深相伴不寝。一时传为佳话。

⑮迁史:司马迁著的《史记》。

## 归省杨府村房氏外家①(五首)

一

朝阳依旧郭门②前,似我儿时上学天;
难慰白头诸舅母,几番垂泪话凶年③。

二

无母无家两岁儿,十年留养报无期;
伤心诸舅坟前泪,风雨牛车送我时④。

三

记得场南折杏花，西郊枣熟射林鸦；
天荒地变[5]孤儿老，零涕归来省外家[6]。

四

桑柘[7]依依不忍离，田家乐趣更今思；
放青霜降迎神后，拾麦农忙散学时[8]。

五

愁里残阳更乱蝉，遗山[9]南寺感当年；
颓垣荒草神农庙，过我书堂一泫然。

**注：**

①杨府村在陕西省泾阳县，是作者外祖母家。他两岁丧母，由伯母房太夫人抚养，他曾在这里生活了九年。此次回陕，他特地到杨府村看望舅母及表兄弟。追忆儿时的读书生活，有感而作。

②郭门：外城城门为郭门。这里当指杨府村寨墙上的大门。

③凶年：1929 年陕西大旱，颗粒不收。

④风雨牛车送我时：刮风下雨天舅父用牛车送我上学。

⑤天荒地变：比喻历时长久，或作天荒地老。

⑥外家：指外祖母家。

⑦桑柘（zhè）：桑树和柘树，其叶可喂蚕，多植于村宅附近，故代指家乡。

⑧放青：放牧牲畜吃青草。原注：放青拾麦，皆西北农家学童生活情形也。

⑨遗山：元好问，字裕之，号遗山。著有《遗山集》。

## 华清池携楞女晚望[①]

东岭西岭[②]雪犹飞，西窑东窑[③]人渐归。
老农争说今年好，田水增温韭尚肥[④]。

注：

①华清池在陕西临潼县城南骊山脚下，是著名的风景区。《古迹志》载："三皇传为旧居，周秦汉唐以来多游幸离宫别馆，既入遗篇，绣岭温汤，皆成佳景。"唐贞观十八年，在此建汤泉宫，咸亨二年（671年）改名为温泉宫。唐天宝六年扩建后名华清宫，因宫殿建在温泉之上，又名华清池。沿用至今。作者当年所题"夕佳楼"、"杨妃池"至今犹在。1936年12月12日，震惊中外的西安事变即发生于此。楞女：作者长女于芝秀的乳名。

②东岭西岭：即骊山东绣岭、西绣岭，以石瓮谷为界，简称东岭、西岭。

③西窑东窑：指华清池东西两边两个村落。

④田水增温韭尚肥：华清池附近菜农，引温泉水灌园，所产韭黄以叶肥味美而驰名。

## 雪后出关作

黑绖[①]还乡又此离，关门眷恋复何为？
天时人事皆难再，昔往今来剩有诗。
雪霁[②]山犹如处女，年荒雁亦似孤儿。
河冰夜合繁霜降，万树花开祖道时。

注：

①绖：古代丧服上的麻布条子。黑绖：指黑色的麻布带子。

②霁：本指雨停。引申为风雪停、云雾散、天气放晴。

### 题金铁芝集大鹤山人遗墨

剩稿装成意态真，名家无处不传神；
回思廿载阿招寓，枉费词宗作介人。

## 1930年

### 十九年一月十日夜不寐，读诗集联

朝写石门铭[①]，暮临二十品[②]；
竟夜集诗联，不知泪湿枕。

注：

①石门铭：碑帖名。康有为对这部碑帖评价很高，他说：石门铭“飞逸奇恣，分行疏宕，翩翩欲仙”。“笔含篆隶，作真如草，疏宕飘洒，率直自然。”

②二十品：即龙门二十品。是洛阳龙门石窟刻石。作者博采众家之长，“朝写”、“暮临”，精研苦练，卓然成家。这是他叙述自己研究书法艺术艰苦过程的诗。

### 赠　畹　华[①]

春动万花忙，梅先[②]天下香。
送君携国艺[③]，同渡太平洋。

注：

①1930年初春京剧大师梅兰芳（字畹华）赴美演出，这是作者在海上名家所绘

百花卷子上题的一首送行诗,题目是选注者加的。

②梅先:梅花先开,一年中梅花开花最早。

③国艺:这里指京剧。

## 赠林子超先生[①]

(子超先生属书黄花岗相遇赠诗,误记首句。
因足成此绝。时同在南京总理陵园也。)

黄花岗上万花黄,粤海曾偕吊国殇。
今日同君作陵[②]户,紫禁山畔看朝阳。

**注:**

①林森:1867年生,1943年卒。字子超,号长仁。曾任福建省省长、大元帅府外交部部长、国民党中央执行委员、立法院副院长、国民政府主席。

②陵:指南京中山陵。

# 1932年

## 樗园[①]访陈树人先生观桂林游后作品即赠

头白江湖更放歌,桂林[②]归后兴如何?
樗园真是高人宅,古木参天画本多。

**注:**

①樗园:陈树人在广州所居园名。

②桂林:指广西桂林,有“桂林山水甲天下”之誉。

## 与陆一、恺钟、伯生、祥麟同游宋王台[1]

桑海遗闻[2]胜此台，兴亡转眼更堪哀；
要知地尽人难尽，留得遗民吊古来。

注：

①陆一，即王陆一，陕西三原人，跟随作者多年，曾任国民党中央党部秘书长。恺钟、伯生、祥麟均为作者秘书。

宋王台：也称“宋亡台”，在九龙，相传为宋末君臣漂泊之地。

②遗闻：古代留下的文献。

## 与陆一、恺钟、祥麟同游九龙[1]

九龙湾复湾，红叶映青山。
时忆肖公语，伤心过此间[2]。

注：

①九龙系广东省粤江口向南突出的一个半岛，与香港隔水相望。1898 年，英帝国主义强迫清廷租借九龙半岛，激起当地人民的义愤。次年 4 月 15 日和 16 日，数千九龙人，在大埔墟阻击英国侵略军，遭到英军和清廷的镇压。作者经过此地，触景生情，因有此作。

②原注：“肖佛成先生谓过此伤心。”肖公：肖佛成，字铁桥，祖籍福建，1862 年生于暹罗（今泰国）曼谷。1904 年加入光复会，后加入同盟会。1926 年当选为国民党中央执行委员，1935 年任国民党中央监察委员，1940 年 5 月逝世。

## 为寒琼、月色题所藏《曼殊画册》[1]

世人莫评曼殊画，大彻大悟还如痴[2]；
春衣细雨江南夜，记得红楼入定时。

**注：**

①寒琼：即广东顺德的蔡哲夫，别署“寒琼”。其夫人谈溶溶，字月色。曼殊：即苏曼殊。

②苏曼殊曾出家为僧，追求“大彻大悟”的境界。

## 与陆一、恺钟、祥麟同谒黄花岗七十二烈士之墓[1]

招国魂兮思国殇，报国羞[2]谒黄花岗。
黄花满地天如晦[3]，白首安能死战场。

黄花岗前故人哭，料我今世重来不。
余生[4]莫诉神州恸，采得黄花已白头。

**注：**

①此诗作于1932年。时东北失陷，华北危急，日军步步南侵。大好河山沦入日寇之手。作者深感国势垂危，民族危机，痛苦之中与王陆一等再谒黄花岗七十二烈士墓。诗意真切，情感深沉。

②羞：感到羞愧。

③晦：黑沉沉的。

④余生：晚年。

## 题李毅士[1]《长恨歌画意》

一篇《长恨歌》[2],画中尽其美。
海上无仙山,民间有野史。
诗人为诗戒将来,学人为学觅画材。
不为当世文人习,严以自律见心裁。
太真[3]含笑白傅醉,披图今古心为开。
乃知天下无难事,有真识者世所推。

**注:**

①李毅士:画家,以画人物著称。

②《长恨歌》:指白居易的长篇叙事诗《长恨歌》。

③太真:指杨玉环。

## 粤秀山前看木棉[1]

粤秀山前花乱飞,岁寒南下念将归。
参天无数英雄树,万井啼寒未有衣[2]。

**注:**

①粤秀山即越秀山,是广州游览胜地。1921 至 1922 年,孙中山在广州任非常大总统时,曾在山腰的越秀楼工作及从事著述。现"孙先生读书治事处"纪念碑,即越秀楼故址。

此诗作于 1932 年,时作者奉命赴粤,游越秀山,见落花乱飞,岁晚天寒,感慨系之,因有此作。

②万井:古代八家为一井,万井,极言其多。啼寒:号寒。

## 谢英伯约素餐于黄花考古学社座有寒琼、月色

英伯英气今犹昔，抱残守缺天下知。
黄花别馆人将老，采得黄花赠与谁？

注：

①谢英伯：广东梅县人，为同盟会员、南社诗人。

## 樗园夜坐有怀经颐渊[1]

醉摹爨宝子[2]，醒游白马湖[3]。
半醒还半醉，狂写岁寒图[4]。

注：

①樗园是陈树人先生在广州的寓所。1932年作者奉命赴粤。旧地重游，想起了已故去的"寒之友"社的挚友经亨颐（廖承志夫人经普椿的父亲），因写此诗。

②爨宝子：即东晋时的《爨宝子碑》碑文。

③白马湖：在浙江上虞县城西北七公里，旧名渔浦，三面环山，碧水连天，渔村农舍，田园如画。

④岁寒图：即岁寒三友图，为经颐渊、何香凝、陈树人合作，作者曾为之题诗。

## 题高奇峰[1]画

笔有奇峰人似之，奇峰无处不称奇。
苍梧哭罢先元帅[2]，心血都捐为义师。

注：

①高奇峰：著名画家，居广州，常卖画资助革命。

②苍梧：即广西梧州市，地处西江北岸，与广东交界。先元帅：指故去的孙中山。

## 洛 阳

又见元公卜涧瀍[1]，生民转望共和年。
烈风雷雨原天意，君欲东征莫问天。

注：

①涧瀍：涧河、瀍河。涧河：源于渑池县东北，经新安南至洛阳，西折东南入洛河。《书·洛诰》："我乃卜涧河东，瀍水西。"《禹贡》："伊、洛、瀍、涧，既入于河。"瀍河：源于洛阳市西北，流经洛阳旧县城，东入洛水。

## 与邵力子、学文、郭玉堂游孟津[1]

载主东征可有人？书生叩马更无因。
春风黄鸟邙山道，日淡孤城见孟津。

注：

①学文：即傅学文，邵力子夫人。孟津：河南省县名。

## 诣翠亨村[1]（三首）

一

山围海绕翠亨村，郭外朝西故宅[2]存。
世界劳民思救主，同来瞻拜圣人门。

二

犹有遗闻寡姐[3]传，墙隅手种树参天。
井旁两世降生地[4]，老屋翻修[5]三十年。

三

当年首义同村者[6]，大节堂堂天下闻。
一代人豪争想像，犁头尖下陆公坟[7]。

**注：**

①翠亨村：在今广东中山市，孙中山故居所在。谒：前往。

②朝西故宅：翠亨村房屋坐西向东，唯孙中山的旧宅坐东向西。

③遗闻：指孙中山轶事。寡姐：指孙中山的姐姐。

④两世降生地：指孙中山及其长子孙科都在井旁屋内诞生。

⑤翻修：老屋经孙中山之兄孙眉翻修。

⑥当年句：指本村参加起义的革命志士陆皓东。

⑦陆公：指陆皓东。陆皓东：1867 年生，1895 年卒。原名中桂，中山人，曾与孙中山在香港组织兴中会。准备在广州发动武装起义，因叛徒出卖被捕，被清廷杀害，遗体葬于翠亨村。

## 为溥泉[1]先生题何叙甫《入关画册》

太白[2]西来地脉长，龙兴虎视亦寻常。
关河[3]生色将军画，敢道雄奇似故乡。

注：

①溥泉：即张继，字溥全，河北沧县人。

②太白：指太白山。

③关河：潼关、黄河，代指关中。

## 游龙门观造像①

龙门造像名天下，岁岁伤残感不胜②。
妙相雕镌随代异③，摩崖椎拓及春兴④。
时来顽石皆成佛⑤，运去灵山竟少僧⑥。
满目疮痍同一慨⑦，回车痛哭我何能⑧。

注：

①在河南省洛阳市城南龙门山，有北魏以来建造的石窟佛像，人称“龙门造像”。1932 年上海“一·二八”抗战发生后，国民党政府 1 月 30 日以洛阳为行都，在洛阳办公。这首诗是作者在洛阳参加国民党四届二中全会时游龙门后写的。

②岁岁句：长期以来，龙门石窟佛像横遭摧残，帝国主义分子盗走石雕佛头，令人不胜感慨。

③妙相句：佛像美妙的雕刻，由北魏到北宋，随着时代的变化，风格也有变异。

④摩崖句：椎拓山崖上刻的文字，是由于春天来临对此发生了兴趣。

⑤时来句：机缘来时，粗糙的石头都可以雕成佛像。

⑥运去句：时运一去，钟灵的山上连和尚都没有了。

⑦满目句：看见雕像遍体伤痕，大家都感到愤慨。

⑧回车句：坐车返回的路上，痛哭一场，面对山河破碎、满目疮痍的惨状，作者十分气愤。

# 1933年

## 题张树侯《书法真诠》后

天际真人[1]张树侯，东西南北也应休。
苍茫射虎屠龙手，种菜论书老寿州[2]。

注：

①真人：道家称“修真得道”或“成仙”的人。

②寿州：安徽省寿县。

## 溥泉先生游秦得山史手跋《争座位帖》属题[1]

风流久寂寞，珍拾待庵回；
华下王郎问，亭林[2]来未来。

注：

①溥泉：即张继。《争座位帖》：唐颜卿所书之帖。山史：指清初陕西著名学者王弘撰。王弘撰，字无异，号山史，自号鹿马山人，陕西华阴人。学识渊博，多才多艺。顾炎武晚年定居华山脚下，与王纵论国家大事。“抗清复国”的宏愿把他们紧紧连在一起。

②亭林：即爱国思想家顾炎武，学人称“亭林先生”。晚年定居关中。

## 题华孝康藏《赵临兰亭》①

(赵临《兰亭》一册,旧为井勿幕先生物。后附山水画乃鹤九宗兄之笔。吾友华孝康得此纪念物于西安市,携来京中,嘱余为跋。自陕西靖国军起后,张义安、董振五、井勿幕、于鹤九、李春堂诸同志先后殉难,而此册则井、于二公之精灵寄焉。因赋此诗,以寄余哀。)

回思于井诸君子②,正气支撑靖国军。
一册"兰亭"映残画,抚摩如哭故人坟。

**注:**

①兰亭:指东晋书法家王羲之书的《兰亭序》。《赵临兰亭》:指元代书法家赵孟𫖯的临写本。

②于:指于鹤九。井:指井勿幕。两位战友,均被杀害。

## 题陈树人先生画晋祠周柏①

载笔春秋②又此篇,犹闻太息③晋祠前。
祠中古柏知何纪?曾见桓文④两少年。

**注:**

①陈树人:1883年生,广东番禺人,著名画家。早年与高剑父、高奇峰兄弟创立艺术革新流派——岭南画派。1905年在日本加入同盟会,1916年奉孙中山之命到加拿大办报,从事革命宣传活动。廖仲恺被刺后,曾两度代理广东省长。1927年国共分裂后,陈树人愤而辞职。其后,周游大江南北,作画吟诗,寄情明志,与何香凝、柳亚子过从甚密。抗日战争期间,积极从事抗日救亡活动。1945年8月,毛泽东到达重庆,他到机场迎接,1947年后全力

从事绘画。1948 年 10 月 4 日在广州病逝。

晋祠在山西太原市西南 25 公里悬瓮山下，祠内有古柏。陈树人以简括挺劲的笔墨，鲜明透亮的色彩，把古柏描绘得栩栩如生。作者题诗其上，寓意深长。

②春秋：指孔子根据鲁史而制作的《春秋》。《孟子·离娄下》："晋之《乘》、楚之《梼杌》、鲁之《春秋》，一也。其事则齐桓、晋文；其文则史；孔子曰：'其义则丘窃取之矣。'"

③太息：长声叹气。

④桓文：桓，指齐桓公；文，指晋文公。

## 太白山纪游歌[1]

巍巍乎太白！
高度一万二千有余尺，
虽与博克达、汉腾格里[2]诸峰难比并兮，
亦足杰峙[3]于其侧。
莽莽数千年，
名山博大高洁之精神，
竟未尽宣于册籍[4]。

高据西北雄且尊，
太华少华如儿孙[5]。
李白想象诗两首[6]，
东坡赵趄驻山门[7]。
文人学士终古不敢往，
年年朝山而祈灵者，
惟有西北困苦之人民；

百难自慰来上诉，
家家如有太白神[8]。
余家距山二百里，
山如当门咫尺耳；
少小挟书入学时，
朝朝暮暮见其美；
爱唱六月积雪歌[9]，
欲往游之有年矣。

去岁九月归西京，
曾约张、邵、杨同行[10]。
嗣闻冰雪封其道，
太息有志竟不成。
卧病申江[11]春复夏，
病起西行道关下[12]。
张、杨相左[13]关门前，
邵因坠马拟作罢。
讵知[14]同学勇过我，
弱者自强能称霸。
曾偕女杰傅与陆，
傅为贤助陆新嫁。（陆为雷孝实夫人，新结婚。）
生物地质约专家，
彼此欣然乃命驾[15]。
计时已至八一九，
乡人为语时伤后，

不如明年趁早来，
否则封山恐不久。
前途如何均不计，
进虽迟疑怯则否。
山阴之路闻有四，
毅然选定营头[16]口。

入山首宿蒿平寺[17]，
胡桃栗树蔽天地；
白云明月自入门，
破寺远收万山翠。
野棉花开草亦妍，
山石榴繁川献媚；
槲叶[18]已少诗人珍，
夜深重读《雪木记》[19]。

（李雪木为山下人，有《槲叶集》。）

山人[20]有洞是耶非？
山人名迹微乎微；
山人佳句吾能诵：
百尺孤松一鹤归[21]。

二日抵大殿，
菩萨山之首。
其首五台山，
峰峰妙无偶。
虽低太白高岳镇，

捍卫山门功不朽。

（菩萨山二千六百米突，华山二千四百米突，岳镇度数不知也。按：岳镇即吴岳。）

三日向阳寺中待，
一路奇观现云海；
上是青天下白云，
人居中间行自在。
数百里中铺一色；
如脂如绵变成彩。
又如远海不尽之波涛，
大起大伏弥覆载；
群峰露尖似鱼龙，
吞吐出没无主宰。
材木枞柏桦漆竹，
山行渐高树渐改。
苍苍万干落叶松，
乱石争地生重重。
蓖麻大叶又小叶，
银背金背为大宗。
杜鹃如柴遍碧岑，
芍药开落自古今。

名花满地僧鞋菊，
异草宜人手掌参。

四日路经文公庙[22]，
向天掀髯发一笑。
一封朝奏[23]天下惊，
夕贬潮阳年已耄；
云横秦岭家未知，
骨委瘴江国难报。
念此凄然深下拜，
烈烈罡风[24]天为怪。
似谓来者尔何人？
人生应不计成败。
国族[25]于今危复危，
默默而亡有明戒！

乔木到此已不生，
火成岩裂路无情。
十二重楼（山峰名）时隐现，
巨石悬空势欲倾。
皓然玉耸出云表，
参差险怪无由名：
或似老扶少，
或似弟让兄。
或似战士执戈斗，
或似父老扶犁耕。
立者坐者似流饮，
卧者倚者如据枰。

又似猎者引弓射，
更似渔者垂钓防其惊。
偶翻古典引神话，
乃是西北耿耿之金精[26]。

忽然路转复云起，
大太白海[27]在眼底。
万朵祥云迎我来，
净水童子应时至。（道士呼池上鸟名。）
风云变换万千端，
高下楼阁涌目前。
地极高寒天又雨，
中宵衣冷再添绵。
山中小草杂百药，
采药人来岁如约[28]。
风呼鬼鬼雨洒洒，
道士敬谨先嘱托。
不然雷雨立刻至，
神总不怪鬼作恶。

二太白海[29]无真面，
神帐子（道士呼雾曰神帐子）中露一半。
三太白海[30]如玉人，
山作翠屏形团扇。
或谓神为尧、舜、禹，

下悯生民司雷电。
玉皇池大佛池小，
一再请来平世乱。
十里五里难尽游，
地老天荒吾亦倦。
三海两池[31]如子母，
或占数亩数十亩。
一一分润[32]到人间，
各成河流其利久[33]。
绝顶飘渺八仙台[34]，
台上平原广漠开。
下视人间当一慨，
云雾阻我真奇哉。
芬君草木白君石（芬次尔、白超然），
各采标本下山来。
所恨冰川寻未得，

（有谓山上有冰川者，此行仅见大太白海旁一处似之，然无其他证明也。）

引为憾事人空回。
太白在西长白[35]东，

（太白、长白高处植物多同。）

不堪回首雨濛濛。
一统中华谁再造？
转为西北忧无穷！

下山之难等[36]上山，

凄风苦雨遍山间。
危途几经鸡上架，
（鸡上架，山上险处地名。）
平路还忧石守关。
（由菩萨山入大太白之间，有巨石。）
神仙桥前望复望，
骆驼树（地名）下湾又湾。
山下不见绿发翁（李白诗中语），
岂有仙人去不还。

全山未知多少寺，
十寺道士仅三四。
山外凶荒山里饥，
农村破后难留置。
无寺不破破难修，
哀哀道士尚祈字。
（道士祈书，予大书"风调雨顺，国泰民安"八字赠之。）
风调雨顺神何如，
国泰民安或待予。
劳人欲了公家事，
太白山头读道书。
（余本欲为游记。继思之以韵文为之，为易记也。因成此篇，故名曰《太白山纪游歌》。）

注：

①太白山：在陕西眉县城南20公里，跨太白、周至、眉县三县，南界洋县，东接

佛坪，西南与留坝、凤县相连。海拔近4 000米，是关中最高的山峰。"太白积雪六月天"，为关中八景之一。《一统志》称："太白山，山极高。上恒积雪，望之浩然。"谚云"武功太白，去天三百"。山上有太白神祠，山半若有横云如瀑布，则降雨，人常以为候验。语曰："南山瀑布，非朝即暮。"本篇用韵文写成。诗意葱茏，文笔淡雅。写景咏物，独具风格。

许有成先生说："唐代李白作《太白峰诗》，只有十句，而于右任的诗长达1 200字，洋洋洒洒，实不多见，蔚为诗坛大观。"

②博克达：即博格达山，一称博格多山。在新疆维吾尔自治区中部，属北天山东段，是准噶尔盆地和吐鲁番盆地间的界山。主峰博格达峰，海拔5 445米。汉腾格里：即汗腾格里峰。在新疆维吾尔自治区西侧，为天山主峰之一。海拔6 995米，有现代高山冰川。

③杰峙：杰出、屹立。

④竟未句：太白山在汉代以前文献典籍中很少记载，北魏郦道元的《水经注》始有叙述："于诸山最为秀杰，冬夏积雪，望之皓然。"

⑤太华句：太华少华二山比之太白犹如儿孙。杜甫《望岳》："西岳崚嶒竦处尊，诸峰罗立如儿孙。"太华即西岳华山，少华山在华山之西。

⑥诗二首：李白有《登太白峰》、《古风·太白何苍苍》诗二首。

⑦东坡：宋代文学家苏轼，字子瞻，号东坡。趑趄（zījū）：难行。

⑧太白神：《一统志》："山下行军，不得鸣鼓角，鸣则疾风暴雨立至。上有洞，即道书第十一洞天。又有太白神祠。"

⑨六月积雪歌：即《关中八景》韵语："华岳仙掌第一景，太白积雪六月天……"

⑩张、邵、杨：指张继、邵力子、杨虎城。

⑪申江：春申江简称申江，上海市境内黄浦江的别称。

⑫关下：即潼关前。

⑬相左：意见或志向不同谓相左。

⑭讵知：怎知。

⑮命驾：命备车以便启程。

⑯营头：太白山下小地名。

⑰蒿坪寺：寺名，因在艾蒿坪，故名。作者曾为此寺题额。

⑱槲（hú）叶：一种灌木叶子，其叶阔大可采来写字代替纸张。

⑲《雪木记》:即清修《眉县志》中所载贺瑞麟撰《创修李雪木先生祠堂记》。李柏,字雪木,明末眉县人。曾隐居太白山大雪厓洞,苦学十年。与周至李颙、富平李因笃并称"关中三李"。力耕之余,朝夕吟咏,拾槲叶书写,门人编其集曰《槲叶集》。

⑳山人:指李柏。

㉑百尺孤松一鹤归:李柏《入少白山》一诗中的名句。全诗是:"露濡林光连濡滴,云涵雨意带秋飞。举头遥见青天外,千尺孤松一鹤归。""千"字作"百",当系作者误记。

㉒文公庙:即韩愈庙。韩愈死后,谥号文公。

㉓"一封朝奏"以下四句:系化用韩愈《左迁至蓝关示侄孙湘》一诗中之句。

㉔罡(gāng)风:即刚风。道家称极高处之风为罡风。

㉕国族:国家民族之省略。

㉖金精:指太白山。《天官占》:"太白者西方金之精,白帝之子,上公大将军之像。"

㉗大太白海:又名大爷海,在八仙台西北,呈椭圆形,湖水清澈碧绿,冰冷刺骨,至今不知其深度。

㉘岁如约:太白山药用植物500余种,采药者每年阴历七、八、九三月入山采药,年年如此,如预先约定。

㉙二太白海:又名二爷海,在八仙台西南。

㉚三太白海:又名三爷海,是个受断层控制的冰蚀湖。

㉛三海两池:三海指上面三个太白海,两池即玉皇池及佛池。

㉜分润:商人分配利润。这里代指分给水利。

㉝各成河流其利久:大太白海、二太白海分居山北山南,均为黑河源头。三太白海在山南,为石头河源头,久有灌溉之利。

㉞八仙台:系太白山的顶峰,状如不规则的三角形台锥,为秦岭群峰之冠。

㉟长白:即吉林之长白山。

㊱等:等同、等于。

# 1934年

## 题何香凝、王一亭合作山水瀑布画[1]

能为青山助，不是界青山。
出山有何意？声留大地间。

**注：**

①1934年何香凝约请朋友合作诗画，作者在何香凝与画家王一亭合作的山水瀑布画上题写了这首诗。王一亭（1866～1939），又名震，清末曾掩护革命党人，与黄兴、于右任过从甚密。清廷被推翻后王寄情书画，为“寒之友”社成员。

# 1935年

## 寿张季鸾[1]

榆林张季子，五十更风流，
日日忙人事，时时念国仇。
豪情托昆曲[2]，大笔卫神州。
君莫谈民立[3]，同仁尽白头。

**注：**

①张季鸾：著名记者，陕西榆林人。为作者在上海办《民立报》时的同事。时

任《大公报》主笔。

②昆曲：又名昆腔，传统剧种名，也叫昆山腔。原为元末明初苏州昆山一带流行的戏曲腔调，以演唱传奇剧本为主，兼用笛、笙、箫、琵琶等伴奏。初只流行于吴中，后渐流传各地，或与北曲相对称为南曲、南词。张季鸾喜爱昆曲。

③民立：指《民立报》。

## 挽积铁子王鲁生先生[1]（四首）

一

虞公臂痛兴犹酣，白首埋名亦自甘。
草诀歌成前数定，汉南不死死江南。

二

三百年来笔一枝，不为索靖即张芝。
流沙万简难全见，遗恨茫茫绝命词[2]。

三

多君大度迈群伦，得毁翻欣赏鉴真。
一段离奇章草案，都因爱古薄今人[3]。

四

牛首[4]晴云掩上京，玉梅庵[5]外万花迎。
青山又伴王章武，一代书家两主盟。

**注:**

①王鲁生:名世镗,字鲁生,晚年号积铁老人。天津人,生于清末,是近世著名章草大家。他自少年时代起就认真临摹龙门石刻,后居汉中研究草书。作者购得世镗所书《稿诀》影印拓本,感到笔法朴原真醇。外甥周伯敏告诉他:此乃叔岳父王世镗所书。作者当即电驻军陕南的三十八军军长孙蔚如,请送王到南京相见。孙是著名儒将,喜爱书法。他妥善安排世镗进京。作者尽其所藏,供王研究,并给予"监察委员"名义,专事书法。王书法大进,又重写《重定章草诀歌》。不幸两年后,王世镗病逝于南京。作者悲痛之余,赠墓地葬于南京牛首山,与清末大书法家李梅庵之墓为邻,并题了以上四首诗。作者求才若渴,惜才如金的高风亮节,至今传为书坛佳话。

②王世镗闻西北科学考察团得竹木简极多,欲见未能,曾做诗数韵,未定稿而殁。

③某君印草诀歌,闻之不以为毁,反赏鉴之。

④牛首:即牛首山,在南京西,风景绝佳。

⑤玉梅庵:系清道人、书法家李瑞清葬处。"章草自汉以降,二王父子以今草法入之为一变。宋克以狂草法入之为一变。积铁子以皇象索靖为宗,而参之两汉简策,沉著古茂。一矫时习又为一变。先生诔之云:'古之张芝,今之索靖,三百年来,世无与并。'所以推许之者可谓至矣。而论者谓非过誉。年来先生整理《标准草书》,每有疑难,犹以不能起而质诸为慨叹也。"(王陆一原注)

## 六、抗日战争时期

1937年7月7日，卢沟桥事变发生。在民族危亡之时，国共再度合作，中国共产党倡导的抗日民族战线正式形成。于右任以爱国赤诚之心，赞成国共合作，主张团结抗战，写下了许多呼吁抗战、歌颂抗日将士、宣扬民族正气的爱国诗篇。

1938年，他和冯玉祥、郭沫若、茅盾等共同倡议，把农历五月初五（端午节）定为“诗人节”，以纪念爱国诗人屈原，激发人们的爱国情感。

1937年年底，他发起创办《民族诗坛》月刊，鼓吹抗战，反对投降。董必武、柳亚子、郭沫若等都有佳作在该刊发表。他号召：“大家起来卫神州”，“甘以鲜血润青草”，“吾躯甘愿为国捐”。他为了动员抗战，还写了许多通俗易懂、群众喜闻乐见的白话诗。“男儿要当兵，以身换太平。”“四万万同胞齐起来！效忠祖国，前进！怒号！”“长歌长，短歌短。神圣战争方开展。哥哥后，弟弟前。争将性命为国捐”。1941年他在重庆与卢前、张庚由、刘延涛等创办《中华乐府》，专门刊登旧体诗、词、歌、曲，并亲自撰文，亲自组稿。

1945年8月，日本无条件投降的消息传来，于右任压抑不住内心的喜悦，写下《闻日本乞降》（十首），并于1947年写了长篇叙事诗《第二次大战回忆歌》，艺术地再现了第二次世界大战的全过程。他的抗日救国的光辉诗篇，是其诗歌创作的重要组成部分，为中国诗坛、抗战文学增添了光辉篇章。

# 1937 年

## 中秋薄暮黄陂道中见伤兵①

伤兵叹息复叹息，
日之夕矣月复出。
转诟②人间爱赏月，
不知敌机乘月伤吾骨。
明月阑，
吾骨酸；
明月残，
吾骨寒。
民族生命争一线，
吾身幸参神圣战；
军前歌舞作中秋，
独惜更番③不得见。
今宵④明月圆又圆，
定是吾军破胡⑤天；
破胡天，
破胡天，
吾躯甘愿为国捐⑥。

**注：**

①“七七”事变后，全面抗战爆发。国共再度合作。广大官兵激于民族义愤，

英勇抗击日军进攻。这首诗是作者当年中秋节在湖北省黄陂巡视途中，看到伤兵后写的。他表达了对负伤士兵的敬意，并借一位伤兵之口，道出了作者为国献身的决心。

②诟（gòu）：辱骂、责难。

③更番：轮流。

④宵：夜晚。

⑤胡：古代指北方边远民族，这里借指日本侵略军。

⑥捐：捐献。

## 长歌复短歌[1]（二首）

一

长歌[2]长，
短歌短。
神圣战争方开展。
哥哥后，
弟弟前。
争将性命为国捐，
击破胡儿在今年。

二

短歌短，
长歌长。
万世荣名是国殇。
爱吾爱[3]，

仇吾仇[4]，
勇者不惧仁不忧[5]，
大家起来卫神州。

**注：**

①此诗写于1937年，作者歌颂抗日战争，鼓励青年积极参军，保卫祖国。诗作对古代诗体加以改造，明快活泼，通俗易懂，富有儿歌特色。

②长歌：古乐府诗中有《长歌行》、《短歌行》，意思是歌声有长有短。

③爱吾爱：爱我所爱的人。

④仇吾仇：仇恨我所仇恨的人。

⑤勇者不惧仁不忧：勇敢的人无所畏惧，仁德的人无所忧愁。《论语·子罕》："仁者不忧，勇者不惧。"

## 余　事

劳劳惜此髯，余事几曾兼。
治学勤思补，为书放亦严[1]。
风云祈卫霍[2]，鼓吹唤酸甜。
大战期将近，知应捷报添。

**注：**

①放亦严：书法上有放有严。既要严格、勤学苦练，又要放开，有所创新。法古而不泥古。

②卫霍：即卫青、霍去病。西汉名将，先后打败匈奴，保家卫国。

## 战场孤儿[①]（四首）

一

举国[②]愁兵火，流亡何处归？
孤儿点点泪，湿透母亲衣！

二

东村屋煨[③]烬，西郭人逃亡。
吾父征胡去，何时死战场。

三

左邻小妹妹，右邻小弟弟。
狂寇虏[④]之行，居心不能计！

四

战场几孤儿，祖国几行涕。
何人卫祖国？中华此孩子！

**注：**

①1937 年 11 月 20 日，作者乘船西上，沿途视察战场，看到因战争失去父母的孤儿，除责令地方当局妥善安置外，还写下了这首易于孩子们朗诵的诗。

②举国：全国。

③煨(wēi):大火焚烧后之余火。这里指东村的房屋被烧光。

④寇虏:指日寇。

## 鹧　鸪　天(二首)

一

十道琅嬛去不回,吾家文物亦成灰。书生莫吊龙蟠里,争得金瓯带血归。　三尺剑,一戎衣,园陵曾见五云飞。蹉跎兵马收京日,惨淡人民哭庙时。

二

万里河山染血痕,经年犹未净胡尘。艰难皇祖开天战,劳瘁元公破斧身。　争独立,与生存,成功让尔我成仁。为牺百万佳儿女,祖国何由报汝恩。

# 1938 年

## 归里省斗口巷老屋[①]

堂后枯槐更着花,堂前风静树阴斜。

三间老屋[②]今犹昔,愧对流亡说毁家[③]!

注:

①此诗是作者1938年回归故乡——陕西三原时写的。当时大片河山被日寇

侵占,人民无家可归,四处流浪。

②三间老屋:指作者在三原西关的三间老房子。现已辟为“于右任故居”,供人参观。

③毁家:即毁家纾难之省词。意为倾尽全部家产解救国难。《左传·庄公三十年》:“斗谷於菟为令尹,自毁其家以纾楚国之难。”

## 重庆南岸黄山[1]道中与力子、学文同行

山势层层起复潜,偶看真面益庄严。
雪来紫塞盘雄阵,雾隐苍龙见老髯。
工部[2]咏怀其志苦,孔明[3]谋国以身歼。
千年名世精灵在,安用君平为我占。

注:

①重庆南岸的黄山为风景区。力子:指邵力子。学文:即邵力子夫人傅学文。

②工部:指唐代诗人杜甫。

③孔明:指诸葛亮。

## 荣誉军人歌(二首)

一

男儿要当兵,以身换太平。
我是幸运儿,沙场万里行。
祖国危急诚万万,大风起兮神圣战。
寸寸河山寸寸血,国家至上生命贱;

何况胡儿胡马遍中原，百万遗黎[1]哭前线！
荣誉乎，男儿汉！裹创为国平大难。

二

古之英雄，报国扬名；
喋血杀敌[2]，无忝所生。
东战场连西战场，
同胞百万作国殇，
前仆后继争效命，
我断指耳庸何伤！
医官曾许百日好，
梦中复入高平道。
桃花飞雨柳飞棉，
甘以鲜血润青草。
君莫哭，我且笑！

**注：**

①遗黎：战争后幸存的人们。
②喋血：敌我激烈战斗，鲜血遍地。

## 老　人　歌[1]（二首）

一

好老人，老人好，
七十头白未为早，

采石穷荒长不老。
东家哭咒西家祷，
天下太平无弱小。

二

老人好，好老人，
飞来飞去海生尘，
予德不孤必有邻。
或为牺牲或藻蘋，
用以荐帝祀明神。

注：

①作者原注："十月四日在渝汉机中作，老人指张伯伦也。"张伯伦时为英国首相。中国抗日战争开始后，英美采取绥靖政策，直至珍珠港事件后，英美才被迫对日宣战。

## 金缕曲

## 乡人来述家山之美劝北归者[①]，作此答之

百事从头起，数髯翁，平生湖海，故人余几。褒鄂应刘寒之友，多少成仁去矣。到今日，风云谁倚。人说家山真壮丽，好家山，须费工夫理。南与北，况多垒。　乾坤大战前无比。愧余生，嵯峨山[②]下，卫公同里[③]。不作名儒兼名将，白首沉吟有以。料当世，知君何似。闻道伤亡三百万，更甘心，血染开天史。求祖国，自由耳。

注：

①家山：指作者的家乡——陕西三原。三原位于关中平原，境内沃野千顷，郑、白两渠穿境而过。是渭北商业的中心，也是历史文化名城。

②嵯峨山：位于三原县西北。

③卫公：指唐大将军李靖（571～649），三原人。唐太宗为表彰他保卫国家的特殊功绩，封为卫国公。

## 鹧鸪天
## 偕庚由[1]自西安往成都机中作

凭倚高风且觉迟。身悬万仞一凝思。山如列国争雄长，云似孤儿遇乱离。　秦岭峻，蜀山奇。西南著我此何时？相随更是金天雨，洗净人间会有期。

注：

①庚由：即张庚由。

## 减字木兰花
## 武汉回渝，机中回望[1]

极天[2]芳草，珍重王孙[3]行远道。如此江山，留恋词人往复还[4]。　诗情何许[5]？毕竟寻思无著处[6]。回首茫茫，江北江南几战场[7]。

注：

①时日寇疯狂南侵，南京失守，华中危急。国民政府匆匆迁都重庆。此词作于由武汉赴四川机中。

②极天：满天。

③珍重：保重。与人道别语。王孙：贵族子弟。

④往复还：去而复返。

⑤何许：何处。

⑥无著处：无着落之处。

⑦江：指长江。

## 菩萨蛮

## 有述北战场事者因赋此

太行[1]隐隐云端见，胡儿[2]昨夜窥防线。妄想入中原，骨灰归亦难。　凌晨风雪作，久战创伤裹。奉命守黄河，天寒高唱歌。

**注：**

①太行：指太行山，在山西高原与河北平原间。东北—西南走向，北起拒马河谷，南至晋、豫边界黄河沿岸。太原失陷后，八路军一二九师建立了以太行山为中心的晋察冀抗日根据地。军民合作，屡次击败日军围攻。

②胡儿：指日寇。

## 捣练子

## 题“与石居”

衡山[1]兄爱石成性，所至选石携归陈列室中，以为旅行纪念。求题斋额“与石居”，因缀以词。

求石友，伴髯翁[2]，取不伤廉[3]用不穷。会见降幡[4]来眼底，石头城[5]下庆成功。

**注：**

①衡山：即著名爱国人士沈钧儒，字衡山，浙江嘉兴人。爱国七君子之一。新中国成立后任最高人民法院院长、全国人民代表大会常务委员会副委员长等职。他以石为友，“爱石成性”，且广泛收集，收藏颇丰。诗云：“吾生尤爱石，谓是取其坚。掇其满所居，于髯为榜焉。”

②髯翁：指“与石居”的主人沈钧儒。

③伤廉：损伤廉洁。

④会：适也。会见，恰好碰见。降幡：降旗。

⑤石头城：指南京。

## 黄钟·人月圆
## 阴雨连日此情冀野、庚由知之也

云垂四野鹃声乱，梦绕战场还。鄱阳湖[1]上，风陵渡口[2]，大别山[3]前。　（幺）文人呕血，将军效命，计已经年。南临大海，北连沙漠，万里烽烟。

**注：**

①鄱阳湖：在江西省北部，是我国最大的淡水湖。是赣江、修水、鄱江、信江等的总汇。湖水经湖口流入长江。

②风陵渡口：位于山西省西南端黄河北岸，相传风后葬此，故名。此渡口为豫、陕、晋交通要冲，战略地位极为重要。

③大别山：在豫、鄂、皖三省边界，为长江黄河之分水岭。

## 中吕·醉高歌
## 题冀野《饮虹乐府》

十年慷慨歌声，远道流亡鬓影。文人争起生民命，旗鼓中原待整。

中吕·四边静

## 读冀野、陶塘秋兴词代夫人答之

艰难长路,风雨相将暂借居。南北东西,何处诉词人苦,我怜渠。入厨,那个是蓬头妇。

双调·折桂令

## 季鸾弟癸丑十月十一日在北京入狱二十五年纪念,时同在汉口①

危哉季子当年,洒泪桃源,不避艰难。恬淡文人,穷光记者,呕出心肝。吊"民立"②,余香馥郁;说袁③家,黑狱辛酸。到于今,大战方酣,大笔增援。廿五周同君在此,纪念今天,庆祝明天。

(当时季鸾主持北京《民立报》,因宋案持正不阿,权奸胁诱,不为所动。及赣皖兵起,遂捕下军政执法处,羁押三月。及释,北方天已寒,吏给入狱时所着纱大袢以出。)

**注:**

①季鸾:即张季鸾(1888～1941),字炽章,陕西榆林人。天津《大公报》总编辑,曾两次被袁世凯逮捕入狱。

②民立:指《民立报》。

③袁:指袁世凯。

## 双调·殿前欢

## 谒工部草堂[①]

在成都时谒工部草堂，久欲为诗不成，今献此曲，以表微意。

杜先生，江河万古[②]享高名。柴门不正居然正。谁到了夫子[③]门庭，还能卖孝经[④]？大哉诗圣！为时代开生命。临风一曲，也发天声。

注：

①作于1938年。作者晋谒成都杜甫草堂，后以元人小令体写成一曲抒怀。

②江河万古：像江河一样万古长流。杜甫《戏为六绝句》："尔曹身与名俱灭，不废江河万古流。"

③夫子：孔夫子。

④孝经：相传为孔子所作。民谚："孔夫子门前卖孝经。"意为在行家面前卖弄技巧。

## 双调·殿前欢

## 《太白集》中战争文学特精奇爱而咏之

李青莲[①]，三杯拔剑舞龙泉。诗家血色开生面，不做神仙，文章更值钱。庸儿眼，那知道民族精神战。认大作为乾坤啸傲，风月消闲。

注：

①李青莲：指唐代大诗人李白（701～762），字太白，号青莲居士。著有《李太白集》。

## 中吕·山坡羊
## 神圣战争

忧愁风雨,迷离[①]云树,流亡不尽艰难路。寇[②]何如?寇何如?中原春色还如故。神圣战争当共负。兴,天定助[③];亡,人自取。

注:

①迷离:模糊不清。

②寇:指日本侵略军。

③神圣的抗日战争是正义的战争,"天定助",必然会取得最后胜利。

## 双调·拨不断
## 题太炎[①]遗像

自"民呼",及"民吁",当年共作神州主[②]。垂老请囚戏本初[③],伤时掷笔哭渔父[④],到此时,先生[⑤]知否?

注:

①章炳麟:字枚叔,号太炎。近代资产阶级民主革命家,早期因参加维新运动被通缉,流亡日本。1903年与邹容同时在上海被捕入狱。1906年出狱后至日本,主办《民报》。1911年辛亥革命后回国,主编《大共和日报》,并任孙中山总统府枢密顾问。后一度拥护袁世凯,主张建都北京。宋教仁被刺后,参加讨袁。被袁世凯禁锢,袁死后得释。1917年参加护法军政府,任秘书长。"九一八"事变后,赞成抗日救亡运动。1936年在苏州病逝。

②关于神州主,作者自注:"余办神州报时,自称'神州旧主'。民吁报失败时,余至东京,先生曰:'我亦神州旧主,能不助君?'"

③本初:东汉袁绍,字本初。
④渔父:即宋教仁。
⑤先生:指章太炎。

## 南商调·黄莺儿
## 示冀野、庚由[1]

铁板唤谁来? 祝词坛起霸才。献身报国不负这新时代! 酸斋苦斋,甜斋丑斋,那权威个个真灵在。有吾侪,中华民族,文运定重开!

注:
①冀野:即卢冀野。庚由:指张庚由。

## 中吕·醉高歌
## 题朱心佛藏《季刚遗墨》[1]

茫茫青简青山,此际何堪望眼。金陵[2]兵火黄家院,遗稿飘零几卷。

注:
①季刚:姓黄名侃,字季刚,古文字学家。
②金陵:指南京。

## 双调·殿前欢
## 题《全面抗战画史》

噪昏鸦[1],中原满地逞胡笳[2]。沿江各口窥[3]胡马,切莫嗟呀[4]。看神州,放异花!一战收功[5]也,把血史,争图画。更高呼中华万岁,万岁中华。

**注:**

①噪昏鸦:乌鸦黄昏时喧噪。指日寇侵略中国,如暮鸦的喧噪。

②满地逞胡笳:胡笳,北方少数民族乐器。遍地闻胡笳之声,谓北方的大部国土沦陷日本侵略者之手。

③窥:伺机侦察。

④嗟呀:唉声叹气。

⑤一战收功:最后胜利。

## 与子逸、卓亭、伯纯同游李氏园,出浮图关野望,子逸有作余亦继咏[1]

白首同游憩李园,又经关上见平原。
麦苗风动芒争长,菜子花香实渐繁。
骑士更番调战马,劳工三两出荒村。
何当[2]破敌收功日,载酒家山话国恩。

**注:**

①子逸:即李元鼎。卓亭:即茹欲立。二人均系作者同窗。伯纯:即李伯纯,时任监察院秘书长。浮图关在重庆市两路口之上,抗战时一度改为复兴关。李氏花园地处浮图关。

②何当:何时。此处意即:何时打败日寇,收复失地。

## 1939 年

### 双调·拨不断
### 祝民国二十八年(二首)

一

吾同胞,都知道。今年战事应全好。入寇[1]胡儿马不骄,中兴祖国天方晓,反攻时到。

二(前调)

信今年,异往年。今年国运应全转,运转人人唱凯旋。凯旋世世无边患,但勿忘国家多难。

**注:**

①入寇:指入侵中国的日寇。

### 双调·拨不断
### 屏轩在前线屡以书来请为父书墓表先此慰之

孝能忠,忠能勇,山河血战争为用。出险船儿万里程,磨肩担子千斤重。且看他日车翻动。

(“且看他日车翻动”,反少陵《瞿塘两崖》诗末句意。)

南吕·金字经

## 吊经子渊先生

白马湖边宅，黄牛峡里舟。苍茫家国愿难酬。留，海上忆同仇。寒之友，风雪卫神州。

（公病中每以不死重庆为恨。“寒之友”，公与同仁所组书画社也。）

正宫·塞鸿秋

## 温泉望缙云山

相思岩上相思寺，相思树结相思子。相思鸟惯双双睡，相思竹自年年翠。似羡白云飞，敢作劳人计。更临风欲唤高僧起。

中吕·醉高歌

## 北温泉山前眺望

当年落日停桡，一浴荒池破庙。重来小坐江天好，绿水青山白鸟。

（十八年前，余由江东下，于此露浴，时地方不靖，至渝，友人传为笑谈。）

越调·天净沙

## 寄孙总司令蔚如[①]

中条[②]雪压云垂，黄河浪卷冰澌[③]。血染将军战史[④]，北方豪士[5]，手擒多少胡儿[6]！

**注：**

①孙蔚如(1896～1979)：陕西长安人，为杨虎城将军部将。西安事变时任西安戒严司令，后任抗日援绥军第一集团军军团长、三十八军军长。抗战开始后，曾任第四集团军总司令、陕西省政府主席等职。新中国成立后，任陕西省副省长、民革中央常委。1938年8月，日军沿同蒲路大举南侵，孙率三十八军夜渡黄河，在中条山苦战三年，先后几十次打退日军的进攻，被誉为"中条山的铁柱子"。该部的前身是陕西靖国军第三路第一支队，与陕西靖国军有历史渊源。作者闻该部屡建战功，谱写此曲遥寄前方，鼓励三秦健儿英勇杀敌。小令情景交融，格调明快，充分显示了作者对孙蔚如将军由衷钦佩和深厚情感。

②中条：即中条山，在山西省南部，东北—西南走向，长约300公里，是黄河的天然防线。

③冰澌：河水解冻时随水流动的冰块冰屑。

④日军进入晋南后，妄图西渡黄河，进占西安，三十八军英勇抵抗，使日军始终过不了黄河。广大将士用血肉之躯，硬是把日军挡在潼关之外。

⑤北方豪士：孙将军所统率的三十八军是西安事变前杨虎城将军的十七路军。这支部队主要以陕西人为主体。他们性情豪爽，忠于祖国。孙蔚如将军曾表示："黄河失守，河中寻头。"他在中条山上曾作《满江红》，云："立马中条，长风起，渊渊伐鼓。怒眦裂，岛夷小丑，潢池耀武。锦绣江山被蹂践，炎黄胄裔遭荼苦。莫逡巡，迈步赴沙场，保疆土。金瓯缺，只手补；新旧恨，从头数。挽狂澜，作个中流砥柱。剿灭天骄伸正义，扫除僭逆清妖蛊。跻升平，大汉运方隆，时当午。"表示了驱逐日寇的决心。

⑥胡儿：指日本侵略军。

# 1940 年

## 游金堂云顶山遇雨[①]

同游者林少和、曾通一暨屈经文、曾用修、高尚德

楠生石合见精诚，五百年间愿竟成。
众口流传唐故事，山腰磨灭宋题名。
林泉如意难逃隐，雷雨连宵正放晴。
明月不来亦何憾，大云顶上看云行。

注：

①金堂：县名，属四川省。云顶山在金堂县城南。少和：即林少和。屈经文：即屈武，字经文。

## 尹默与行严竞和寺字韵，又与冀野竞曲，名曰《长打短打》[①]

文豪争霸上清寺[②]，时时发现奇文字。
髯也退伍一老兵，一军虽起何足异？
列星耿耿聚江岷，芒寒气正气訚訚。
敢窃一语为君赠，万里浩荡谁能驯？
乾坤大战及三载，词场元老几人在？
中兴作颂谁复谁，我思韩潮与苏海。
君能左揖关汉卿[③]，又使长沙见猎惊。
山河百战一枝笔，长打短打俱闻名。

注：

①尹默：即书法家沈尹默，新中国成立后任中央文史馆副馆长。行严：章士钊的字，著名民主人士，新中国成立后任中央文史馆馆长。冀野：卢冀野，著名词曲家，曾任金陵大学、暨南大学、中央大学教授。

②上清寺：在重庆市，为监察院所在地。

③关汉卿：我国元代戏剧家。其杂剧无论是历史题材还是现实题材，都无情地揭露旧势力的黑暗，热情歌颂反抗黑暗社会的劳动人民。其代表作《窦娥冤》《拜月亭》《单刀会》等，700余年久演不衰。

## 生日往北碚道中①

须发何期②渐有霜，长途碌碌复相忘。
身非名世③承新运，心似孤儿恋故乡。
雷雨及时万族乐，山川效命④百工忙。
金刚坡⑤上频回首，多少英雄在战场。

注：

①1940年3月20日，是作者62岁生日，作者赴北碚避寿，写诗抒怀。北碚为重庆游览胜地。

②何期：不料、没料想到。

③名世：闻名于当世。《孟子·公孙丑》："五百年必有王者兴，其间必有名世者。"

④效命：舍命效力。

⑤金刚坡：地名，距北碚40公里。抗战时监察院在此办公。

## 生日游北温泉遇雨(三首)

同游者:少和、次珊、经宇、季鸾、九如、心如、曼君、秉三、志斌、心之、毓兰、伯纯诸先生与望德、胡瑛、乔治。

一

往事惊心十九年,
民间佳话尚流传。
髯翁战败西来日,
一浴荒池震两川。

(十一年由陕顺流东下,过温泉寺,浴于荒池,时地方不靖,至渝,传为笑谈。)

二

北泉崖畔旧题名,绿水青山白鹭亭。
更喜今朝添异瑞,和风甘雨老人星。

(去岁游此,适建新亭,登眺时,江面白鹭齐飞。因题曰:“绿水青山白鹭亭。”)

三

且祝文孙几世昌,当筵三代亦寻常。
因思问寝堂前事,半学文王半武王。

(晚餐时,望德、乔治在座。友人谓为“三代同席”。乔治曰:

"我是乔治第一世"。幼读《经》至"文王世子",先严新三公时以"学圣人先从孝子亲始"为嘱。)

## 浣溪沙

## 题章太炎先生赠丁鼎丞兄诗卷[①]

论韵疑年老益亲,黄花节日雨频频,余杭赠句墨如新。　　学术昌明关运会,江山战伐苦生民,西来白首祀经神。

(民国二十四年三月,丁先生自南京访太炎先生于苏州,留两日,太炎为诗送之。二十九年鼎丞兄在渝,出诗卷嘱题。)

**注:**

①丁鼎丞:即丁维汾。

## 减字木兰花

## 寿内子仲林六十[①]

蟠桃[②]正熟,笑看儿孙持祝福。怕我题诗,叙起当年伴读时。　　宽鞋窄袜,针线劳劳[③]今白发。同是难忘,国泰民安到故乡。

**注:**

①1941年是作者夫人高仲林六十华诞。高仲林1898年与作者在三原结婚。她奉老育幼,任劳任怨。作者穿的青鞋、白袜、衣裤都是她亲手缝制的。作者回忆起"当年伴读"的情景和一针一线缝制"宽鞋窄袜"的辛劳,感慨系之,发而为诗。

②蟠桃:传说中的仙桃。《海内十洲记》:"东海有山名度索山,上有大桃树蟠

屈三千里，曰蟠木。”

③劳劳：即辛劳之意。陈陶诗：“壮心殊未展，登陟漫劳劳。”

诉衷情

## 同庚由[1]自渝飞兰州机中

云间眼底现平川。最好是今天。摩天岭上飞过，诗未就，以词传。　词不尽，写空间，漏人间。河山壮丽，无计形容，捋断苍髯。

注：

①庚由：即张庚由，监察院参事。

极相思

## 题恕庵礼佛图

越来溪水澌澌，展卷一回思。阴阴芳树，清清小院，明月来时。　白首巡方经万里，为生灵，早发慈悲。雪城吟雪，宝床呈宝，诗圣题诗。

（“恕庵”者，吴礼卿兄在苏州寓中礼佛处也。二十八年大千为作图，礼卿兄嗣赴藏主持达赖十四世坐床典礼，携过印度，有泰戈尔题字。）

## 正宫·鹦鹉曲

### 得函皇父鼎全部拓片

得函皇父鼎全部拓片，约沫若、叔平、孟真等为跋，复记之以词，用白无咎韵[①]。

岐山鸣凤飞不住，记出土宝器函皇父。问将军爱护何为，可是备长安阴雨？　（么）有权威，郭马笺词，独惜静安仙去。只殷殷北地钩稽，再释阎妻方处。

**注：**

①沫若：指郭沫若，著名诗人、考古学家、历史学家、社会活动家。中华人民共和国成立后，历任政务院副总理、全国人民代表大会常务委员会副委员长、中科院院长等职。叔平：姓马，名衡，考古学家。孟真：即傅斯年，著名学者，曾任北大代理校长。

## 中吕·醉春风

### 钱新之[①]先生去年属题颂酒图，近闻止酒，始谱成此曲

不欠张颠债，不沾陶令彩。
闻香下马悔当年，改，改，改！
一代名流，图中醉汉，室中方外。

**注：**

①钱新之：名永铭，字新之。上海金融界巨子。原籍浙江潮州，1885年生于上海，曾任国民政府财政部代理部长、交通银行董事长、国民参政员等。1958

年在台北病逝。

## 题冀野《北游草》(三首)

一

[仙吕·寄生草]这可是关和郑,这可是马与王。曾记得雠书老辈推宗匠,曾记得填词后进希高望,曾记得贪杯尊嫂频相让。念中兴鼓吹舍其谁!祝诗坛草创终须仗。

二

[前调]年差我,学愧君。与君别有相知分。都门握手钦雄镇,汉皋结社开新运。为的是民间乐府几朝湮,盼的是中华豪杰乘时奋。

三

[前调]持节求民瘼,寻诗访战场。眼见那黄河滚滚翻新浪,眼见那中条巍巍呈奇状,眼见那新唐惨惨无名的英雄葬。惜则惜少陵挡驾武侯忙[①],惜则惜江山寂寞何人唱?

(君过工部墓与隆中未驻车,引以为憾。)

注:

①少陵:指杜甫。武侯:指诸葛亮。

# 1941 年

## 祝少和先生六十寿辰

平江初报捷,双十更增光。
小住成都市,将称白下觞。
论交人并老,开国事难忘。
文字征奇寿,填词近益狂。

(元年革命时,君在宁沪多所努力。)

## 吊 韦 超[①]

滑翔专家韦超坠机前一日,题照拟赠余,死后其友人李大经、周善寄照来,并述其事,感而赋此。

韦超死前夕,题照告俦侣。
吾以赠髯翁,作书或吾许。
近得瞻英姿,更悉平生语。
鞠躬诸葛亮,报国岳鹏举[②]。
死为全人类,岂曰不得所。
愿化千万身,中华好儿女。

注:

①韦超:广西人,上海复旦大学学生,后赴英、德等国学习航空工程。抗战前回国,1940 年在重庆滑翔飞行中失事身亡。

②岳鹏举:即抗金名将岳飞,字鹏举。

## 题罗慈威将军《呼江吸海楼》[1]（二首）

一

行二万里程，打百十回仗。
诗作凯歌声，十万健儿唱。

二

中南半岛[2]，髯之领土。
移赠将军，经文纬武。

注：

①罗慈威：即罗卓英，1896 年生，1961 年卒，别号慈威。广东大埔人。1942 年任中国远征军第一路司令长官、中国驻印军副总指挥，后任台湾“总统府”战略顾问等。著有《呼江吸海楼诗集》。1961 年 11 月在台湾病故，作者送挽联：“将才北伐南征史，诗卷呼江吸海楼”。

②中南半岛：作者发表论文《中南半岛之范围与命名》，主张将印度支那半岛正名为“中南半岛”。罗卓英任中国远征军第一路军司令长官时曾在缅甸、印度作战。

## 题冯焕章[1]《训词手册》

王新民师长嘱题冯焕章先生《训词手册》

至仁伐不仁，领导在吾党。
伟矣老将军，字字见修养。

民族与国家，至上复至上。
流血成仁矣，流汗终须仗[2]。
贤者其勉之，庶无惭俯仰[3]。
革命告成功，世世作珍赏。

**注：**

①冯焕章（1882～1948），名玉祥，安徽巢县人。曾先后任北洋陆军旅长、师长，陕西、河南陆军巡阅使等职。1924年发动北京政变，改所部为国民军。1926年9月应于右任之邀，从苏联回国，在五原誓师，宣布所部集体加入国民党，同年11月解西安之围。1927年5月，就任第二集团军总司令。1931年“九一八”事变后，积极主张抗日。1933年5月曾与中国共产党合作，在张家口组织民众抗日同盟军，任总司令。1936年任军事委员会副委员长。抗日战争胜利后，继续与中国共产党合作，并与李济深等发起组建中国国民党革命委员会。1946年出国考察，1948年9月，从美国回国途中，因轮船失火，不幸在黑海遇难。此诗写于1941年，时冯玉祥将军反对投降，力主抗战，得到广大官兵爱戴。

②仗：依靠。

③庶：庶几。这里可作“能够”解。俯仰：低头视地，抬头望天，代指天地之间。《孟子·尽心上》：“仰不愧于天，俯不怍于人。”

## 题岳池[1]陈氏朴园藏书（二首）

一

刊书四代睦亲坊，得书万卷士乡堂。
堂前玉佩镌遗命，为祝芸编世世香。

二

犹记先人话岳池[2],书香朴老梦来时。

乾坤震荡卿云护,待补藏书记事诗。

注:

①岳池:四川省岳池县。

②犹记句:作者父亲于新三,12岁时随乡人步行至岳池,每年必向三原寄书多种。

## 题蜀石经拓片

蜀石经存竟见之,罗君拓赠复题词。

难忘五四渝州劫[1],贤妇逃生抱器时。

(后蜀广政七年,刻九经于成都学宫,世称蜀石经,历代石经惟此有注,原石毁于何时,殆无定考。罗君偶自黔中得毛诗残石,甚珍宝之。二十九年五月四日倭机狂炸重庆,罗夫人抱石(指残石拓片——选注者)出火中,后携至蓉。)

注:

①指1940年5月4日,日本飞机滥炸重庆,数千市民死亡。

## 诗　人　节[1]

文艺界倡议以端午为诗人节,纪念屈子也。

民族诗人节,诗人更不忘。

乃知崇[2]纪念,用以凛[3]危亡。

宗国[④]千年痛，幽兰万古香。

于今期[⑤]作者，“无畏吐光芒”[⑥]。

**注：**

①此诗作于1941年。时“皖南事变”发生。日寇加紧诱降，乌云笼罩着山城上空。为发扬民族正气，重庆文艺界倡议以端午节（农历五月初五）为诗人节，以纪念爱国诗人屈原，激发人们的爱国情感。作者与冯玉祥、郭沫若、茅盾等一起参加了纪念活动，并担任成立大会主席。

②崇：尊崇、珍重。

③凛：畏惧、警惕。

④宗国：本族的国家。此处指屈原的祖国楚国。屈原主张联齐抗秦，遭到楚国投降派的诽谤和打击，被削官放逐，见祖国危亡，自沉汨罗江殉国。

⑤期：期待。

⑥屈原《九章·怀沙》：“定心广志，余何畏惧兮。”

## 汶川[①]纪行诗

### 一

往哲辛勤迹未消，流传佳话水迢迢。

曾经玉垒关前望，父子河渠夫妇桥。

（在灌县一日，游伏龙关、二郎庙并观索桥。）

### 二

岷山山半白云横，云上青山树几层。

多少山民歌且舞，犁云锄雨望中兴。

（羌民与土司多悬崖结屋，开山耕种。）

三

石纽山前沙尚飞，刳儿坪上黍初肥。
茫茫禹迹从何得，蹀躞荒山汗湿衣。

（坪上启圣祠不知何年移山下。）

四

坪上羌民余两户，坪前高处有颓墙。
坪中父老说神禹，手斩蛟龙下大荒。

（坪前高处惜余未到，一羌民言："上有颓墙。"）

五

苦溯岷江此一行，茅檐雨湿睡频惊。
蒸民粒食知何易？彻夜愁闻捍患声。

（农民守包谷，防野豕来侵，彻夜呼喊。）

六

世代忠贞且勉之，天生才杰本无私。
英英能自承家业，涂禹山前九岁儿。

（涂禹山土司（首长）索国光来谒，年九岁，甚英敏，余题其父讣闻为"世代忠贞"四字。）

七

禹王明德古今悬，那计汶川与北川。
四海横流复昏垫，再平水土是何年。

（余题汶川县禹王宫“明德远矣”四字。）

注：

①汶川：县名，在四川省阿坝藏族自治州东南，处于岷江上游，成阿公路经过境内。

## 与少和、通一、谷声游工部草堂[①]

丹桂飘香迷古道，楩楠接叶入云霄。
老来诗圣[②]门前过，几度沉吟万里桥。

注：

①通一：即曾通一。谷声：即严谷声。均作者好友。工部草堂：即成都杜甫草堂。

②诗圣：指诗人杜甫。

## 为目寒题张善子《巫峡扬帆图》[①]

少陵[②]诗意不须写，自驾西南万里风。
偶而挥毫变古今，巫山巫峡[③]气沉雄。

注：

①目寒：即张目寒，曾任监察院参事。张善子：四川内江人，著名画家。善画

虎，为张大千季兄。

②少陵：即唐代大诗人杜甫，诗中常自称“少陵野老”。

③巫山：在四川、湖北两省边境，长江穿流其中，巫峡为三峡之一。

## 心之生日与心如同往清水溪看梅①

清水溪前任所之，万梅花里去寻诗。
年年梅放为君祝，花好月圆人寿时。

注：

①心之、心如：即康心之、康心如弟兄，祖籍陕西城固。心如生于四川，为中国同盟会员。

## 生日心如、心之约往南岸与范崇实、严敬斋心远、倩芬、鹤守游铜锣峡看养蚕①

乘兴来游已再三，南山之北北山南。
今来新识沿江路，柞叶肥时看养蚕。

注：

①时作者63岁生日。

## 生日在南山心如寓中见心孚遗墨，因约行严同题①

余识党中诸先辈多为心孚介绍

布叶垂阴万卉荣，崇基峙立喜新晴。
山川修阻成高会，师友渊源忆乃兄。

学本通儒悲此志，书臻逸品隐其名。
白头自作南山寿，清水溪前溪水清。

注：

①心孚：即康心孚，1905年作者在日本由康心孚介绍拜见孙中山，加入同盟会。行严：指爱国人士章士钊。

## 国民军五原誓师十五年纪念日与冯焕章先生在重庆陶园同摄影纪之以诗[①]

今日何日"九·一七"，五原誓师[②]纪念日。
抗风堂[③]前同摄影，为将旧事述一一：
国父[④]逝世天容变[⑤]，我军退守长城线[⑥]。
革命潮流日复高[⑦]，南北争赴神圣战。
余曾奉命西北行[⑧]，老将军亦持节苏俄转[⑨]。
幕[⑩]南幕北千里间，风沙之中竟会见。
记得塞上西瓜美，捶破分食当作饭。
记得征车坏沙场[⑪]，汗湿戎衣共推挽。
授旗台[⑫]上云飞扬，誓词争共日月光。
十万将士如龙虎，哭诵遗嘱[⑬]归中央。
首解八月西安围，郑州会师[⑭]亦堂皇。
于今转眼十五载，征伐逆虏越前代。
时时谈笑出新诗，余亦挥毫作狂态。
为劝从今须准备，准备破敌日期至。
更濡大笔为长篇，贯彻五原誓师志。

**注：**

①1941 年 9 月 17 日是五原誓师 15 周年纪念日，作者在重庆抗风堂与冯玉祥合影，追述往事，感慨系之，决心把日本侵略者赶出中国。

②五原誓师：1926 年 8 月，当国民革命军击败吴佩孚主力迅速向武汉推进的时候，北方国民军首领冯玉祥在中国共产党和苏联帮助下，为全国革命形势所鼓舞，表示愿意接受中国共产党建立统一战线的主张，参加国民革命。同年 9 月 15 日和苏联顾问乌斯曼诺夫、赛夫林及中共党员邓小平、刘伯坚等，从苏联抵达绥远五原。16 日通电全国，率全军加入国民党，就任国民军总司令。17 日誓师响应广东革命政府北伐。当日，作者以国民党中央执行委员身份监誓并授旗。

③抗风堂：在重庆陶园，为抗战期间监察院所在地。

④国父：指孙中山。

⑤天容变：指 1925 年孙中山逝世后北方发生混战。

⑥我军句：1925 年直奉军阀联合，逼冯退出北京，任西北边防督办，冯部退往绥远、张家口一带。

⑦革命句：第一次国共合作期间，在中国共产党的推动下，全国革命形势蓬勃发展。

⑧余曾句：1925 年李大钊建议冯与苏联合作造成北方革命局面，4 月，于右任曾到张家口访冯。

⑨老将军句：1925 年年底冯玉祥通电下野，1926 年 3 月 20 日偕夫人李德全赴苏考察。3 月 22 日抵乌兰巴托，苏联顾问鲍罗廷及于右任同冯玉祥讨论了国民党与国民军的合作问题。

⑩幕：通漠，沙漠。

⑪记得句：1926 年于右任一行自苏联回国途中，误入沙漠，汽车陷入沙中。用床单毛毯铺在车下，人推肩扛，一天仅行进十多里。

⑫授旗台：五原誓师时，临时搭授旗台于广场，冯玉祥代表国民军宣读誓词。

⑬遗嘱：指孙中山遗嘱。

⑭郑州会师：1927 年 5 月冯部东出潼关，同年 6 月 1 日在河南郑州与北伐军会师。

## 题旭初[①]为百年画词意尹默书词合册

占尽风流五百年，词人灵感更堪传。
笔神墨彩吾能说，字似清真画玉田。

**注：**

①旭初：即汪东，字旭初，江苏吴县人。曾任教于中央大学，晚年定居上海，1966年病逝。

## 敦煌纪事诗（八首）[①]

一

仆仆[②]髯翁说此行，西陲重镇一名城。
更为文物千年计，草圣家山石窟经[③]。

二

立马沙山[④]一泫然，执戈能复似当年？
月牙泉[⑤]上今宵月，独为愁人分外圆。

三

敦煌文物散全球，画塑精奇美并收。
同拂残龛同赞赏，莫高窟[⑥]下作中秋。

四

月仪[7]墨迹瞻残字，西夏遗文见草书。
踏破沙场君莫笑，白头才到一踌躇。

五

画壁三百八十洞，时代北朝唐宋元。
醰醰[8]民族文艺海，我欲携汝还中原。

六

斯氏伯氏[9]去多时，东窟西窟亦可悲。
敦煌学已名天下，中国学人知不知？

七

丹青多存右相法[10]，脉络争看战士拳。
更有某朝某公主，殉国枯坐不知年。

八

瓜美梨香十月天，胜游能复续今年？
岩堂壁殿无成毁，手拨寒灰检断篇。

**注:**

①这是作者1941年参观甘肃敦煌莫高窟的纪事诗。这年10月5日(中秋节),作者到了莫高窟。环顾周围,瀚海茫茫,古寺寂然,三危山下,殊鲜声息。其时,画坛大师张大千正于窟洞临摹壁画。作者当晚即在张大千的临时住所,邀众把酒赏月。席间,大家谈及敦煌文物历年来不断受到外人窃夺,现存的大量艺术珍品得不到妥善维护,许多洞窟濒于坍塌。因受恶劣气候的影响,一些壁画大块脱落。而当时有关方面对敦煌国宝却持漠然态度,听之任之。在座诸人无不痛惜。后几日的参观考察,他对敦煌艺术无法估量的价值和它濒临毁灭的危机,有了更深刻的认识。《敦煌纪事诗》表达了他急切希望政府重视敦煌艺术宝库的保护与研究的心情。回渝后,建议建敦煌艺术学院。

②仆仆:旅途劳顿。

③草圣家山:东汉张芝,原籍敦煌酒泉,后迁居陕西华阴。他初善章草,后省章草点画波磔创“今草”。三国韦诞称他为“草圣”。石窟经:指敦煌石窟所藏之佛经。

④沙山:敦煌古称沙州,故其地山丘称沙山,以鸣沙山为最著名。

⑤月牙泉:古称沙井,俗名药泉,呈月牙形,在敦煌城南七公里鸣沙山北麓。

⑥莫高窟:俗称千佛洞,洞窟开凿于鸣沙山东麓断崖上,上下五层,高低错落,鳞次栉比,南北长1600多米。

⑦月仪:即《月仪帖》。每月问候友人的书札。相传为晋人索靖的章草。

⑧醰醰:美好。

⑨斯氏伯氏:即英国的斯坦因和法国的伯希和。二人都以考古为名,窜入敦煌盗窃了不少文物。

⑩右相法:疑指唐代王维的山水画法。

## 骑登鸣沙山①

立马沙山上,高吟《天马歌》②。
英雄不复出,天马更如何?

注：

①鸣沙山：在甘肃敦煌县城南六公里一带，古称神沙山、沙角山。东西长约40公里，南北宽约20公里，高数十米。据史书记载，天气晴朗之时，山有丝竹管弦之声，如同奏乐，有"沙岭晴鸣"之称。此刻，作者感到外有强敌入侵，国家忧患重重。他发出了"英雄不复出，天马更如何"的感叹。

②《天马歌》：汉郊祀歌，凡二篇。《汉书·武帝纪》："元鼎四年秋，马生渥洼水中，作天马之歌；太初四年春，贰师将军李广利，斩大宛王首，获汗血马来，作《西极天马之歌》。"

## 万佛峡纪行诗[①]（四首）

一

激水狂风互作声，高岩入夜倍分明。
三危山下榆林窟[②]，写我高车[③]访画行。

二

隋人墨迹唐人画，宋抹元涂覆几层？
不解高僧何事去，独留道士守残灯。

三

层层佛画多完好，种种遗闻不忍听。
五步内亡两道士，十年前毁一楼经。

四

红柳[4]萧疏映夕阳，梧桐秋老叶儿黄。

水增丽色如图画，山比髯翁似老苍。

注：

①万佛峡：在甘肃安西县城南。距敦煌县城70多公里，路坎坷，多为险道。作者不畏艰险，乘牛车游万佛峡。

②三危山：《水经注》、《括地志》均以为在敦煌县东南20公里。元人金履祥《尚书表注》："沙州敦煌县东四十里有卑羽山，一名化羽山，有三峰甚高，人以为三危。"榆林窟：万佛峡的别名。

③高车：部族名，匈奴之别种。初据漠北，后魏时徙居漠南，即今敦煌一带。

④红柳：沙漠中长的一种耐旱植物。高约一米，枝条呈红色，用以编罗筐或折以当箸。

## 甘州西黑水河古坟[1]

甘州西黑水河岸古坟，占地十余里，土人称为黑水国。
掘者发现中原灶具甚多，遗骸胫骨皆长。余捡得大吉砖，
并发现草隶数字。

沙草迷离黑水边，何王建国史无传。

中原灶具长人骨，大吉铭文草隶[2]砖。

注：

①甘州：今甘肃省张掖市。

②草隶：草书、隶书。

## 嘉峪关前长城尽处远望

天下雄关[①]雪渐深，烽台[②]曾见雁来频。
边墙尽处掀髯[③]望，山似英雄水美人。

（嘉峪关在甘肃嘉峪关市西南，为万里长城西端终点，因在嘉峪关而得名。）

注：

①天下雄关：嘉峪关城西门外有石碑，上镌“天下雄关”四字。

②烽台：即烽火台。古时边关备寇，筑高土台，上置薪草，寇至则燃火报警。

③掀髯：双手捧须。

## 古浪至兰州道中

古浪至兰州道中果园甚多，红紫相间，蔚为大观。

金城[①]西去玉门还，庄浪河[②]东欲晓天。
万紫千红冰雪里，争将血汗染山川。

注：

①金城：指兰州。

②庄浪河：在庄浪县西，流入黄河。

## 古浪道中赠一涵[①]

古浪街头往复还，古浪河水声潺潺。
乡村红叶杂黄叶，客路南山礼北山。

白发还期开世运,苍松应共挺人间。
梨香瓜美山河壮,悔不同君出玉关②。

注:

①古浪:甘肃省县名,位于河西走廊东部。一涵:即高一涵,曾任北京大学教授、国民政府监察委员。新中国成立后任全国政协委员。

②玉关:指玉门关。

## 河西道中①

山川不老英雄逝,环绕祁连②几战场;
莫道葡萄最甘美,冰天雪地软儿③香。

注:

①此诗为1941年作者由敦煌回兰州途中所作。

②祁连:即祁连山。

③软儿:即软梨,冬天食之最甘。

## 题慈爱园①

百感茫茫不可宣,金城②到后更凄然。
亲题慈爱园中额,英唱凫雏傍母眠。

(宝珊长女倩子最后窗课,录写杜诗:“糁经扬花铺白毡,点溪荷叶叠青钱。笋根雉子无人见,沙上凫雏傍母眠。”翌日与母及两弟避敌机同遇难,皆葬园中。)

注:

①慈爱园:指位于兰州市广武门后街的“邓家花园”,是著名爱国将领邓宝珊

将军故居。简称“邓园”。邓宝珊(1894～1968),甘肃天水人,16岁从军于伊犁,次年加入中国同盟会。辛亥革命后参加护国运动、护法运动。1917年任陕西靖国军营长、团长。“九一八”事变后任西安绥靖公署驻甘肃主任、新一军军长。七七事变后任二十一军团长,驻防榆林,与陕甘宁边区友好相处,协力抗日。1941年6月,邓夫人崔锦琴及女儿倩子、二子(允文、允武),为躲避日本飞机轰炸,躲入防空洞中,被日本飞机炸死。邓将军因军务繁忙,未能亲理丧事。由群众帮助,将崔夫人及其儿女葬于园中。同年10月,作者来兰州巡视,怀着十分沉痛的心情,写下了这首诗,并亲题“慈爱园”门额。

②金城:指兰州市。

## 西宁逢重九闻三弟作新之丧①

巴颜喀拉山容白,秃发乌孤墓草黄。
无限茱萸无尽感,独来青海作重阳。

注:

①1941年10月,作者到青海西宁,获悉三弟作新(作者大伯父于伯勤之子)病逝,因有此作。

## 斗 口 农 场①

万木参天起箭杨②,玉屏翡翠护农场。
余生誓墓③知无日,白首依依去故乡。

注:

①斗口农场为作者创办,位于陕西泾阳县斗口村。

②箭杨:俗称箭杆杨,身高数丈,插枝易活。多植于农田四周、路旁、渠旁。

③誓墓:辞官归隐的代称。《晋书·王羲之传》记载:王述,检察会稽郡。羲之

称病去郡，于父母墓前自誓，朝廷以其誓苦，亦不复征之。

## 谒沔县武侯墓[1]

老桂空山伴武乡，千年坟土并生香。
夔州松树成都柏，同为乾坤作栋梁。

**注：**

①武侯：指诸葛亮，字孔明，三国时蜀国政治家、军事家。刘备拜为丞相。刘备死后，辅佐刘禅，封为武乡侯。主持军国大计，曾五次伐魏，六出祁连。公元234年死于军中，葬于陕西沔县（今勉县）。（原题为：沔县谒武侯墓，墓前双桂干枝挺拔，浓阴及亩，因同卫聚贤、曾子才、王慕曾、张庚由等摄影其下。）

菩萨蛮

## 题张秉三兄适园忆旧图

鹧鸪溪畔层楼角，梅花香远书声作。名画拓名园，藏经比海源。　寒梅余晚翠，珍本分离易。君莫念家乡，乾坤一战场。

越调·天净沙

## 酒泉道中[1]

酒泉酒美泉香，雪山雪白山苍。多少名王名将，几番回想，白头醉卧沙场[2]。

注：

①酒泉：在甘肃河西走廊西部，今酒泉市。酒泉原名金泉，在酒泉市酒泉公园内。泉水清澈见底，澄碧如酒。旁立"西汉胜迹"石碑一座。《酒泉县志》载：古酒泉原有泉三眼，水流二十里，灌溉农田二十顷，相传汉骠骑将军霍去病出征匈奴获胜，驻军河西一带。汉武帝赏赐御酒一坛，霍倾酒于泉中，与部卒同饮。后人遂改金泉为酒泉。作者借酒泉的美丽传说，歌颂古代将士驰骋沙场、报效祖国的豪情。

②沙场：战场。

## 越调·天净沙

## 谒成陵[①]

兴隆山[②]畔高歌，曾瞻无敌金戈[③]。遗诏[④]焚香读过，大王问我：几时收复山河？

注：

①这是1941年作者在兰州游兴隆山，谒成陵，参观戈矛兵器后写的一首小令。成陵：成吉思汗陵。1945年毛泽东赴重庆与蒋介石谈判，作者设家宴欢迎毛泽东。两人谈论诗文，他认为毛泽东《沁园春·雪》中的"数风流人物，还看今朝"是"激励后进之佳句"。毛泽东笑着答道："何若'大王问我：几时收复山河'发人深省也！"两人哈哈大笑，毛泽东称赞的曲，就是这首曲的末句。

②兴隆山：在甘肃省榆中县城西南。

③戈：古代的兵器。无敌金戈：指元太祖的戈。

④遗诏：皇帝生前所留遗言或命令。

# 1942 年

## 窦篃山[1]纪游(二首)

同游者林少和、杨孝慈、严谷声、林君墨、
罗文谟、张采芹、冯翰飞诸先生与林纪芳、李祥麟、
杨大智诸君，时三十一年八月。

一

飞桥系得两峰平，桥上僧人自在行。
山月高高山鸟下，我来倚杖待云生。

二

李翰林来招酒星，窦山人去剩樵青。
名山自作新图案，排列髯翁入画屏。
（太白诗：“樵夫与耕者，出入画屏中。”）

**注：**

①窦篃山：在四川省江油县武都涪江东岸，传为唐代窦子明修道处。山头壁立，团圆如篃，故名。两山峰间架有铁索，称“铁索飞渡”。山上云岩寺，始建于唐代，明末焚于战火，清雍正三年重修。有“别洞天”、“铁枪杆”等胜迹。

# 1943 年

## 寿鹿瑞伯将军六十[1]（四首）

一

神武门[2]前月，居庸关[3]外霜。
一身兼智勇，犹记处非常。

二

诞寘花周甲[4]，弧悬老复丁[5]。
五原同誓众，一战解围城[6]。

三

白首将军健，中山门第高。
诗书消永日，种菜也人豪。

四

天开太平海，为君祝太平。
黄龙[7]何足道，鼓吹[8]入东京！

注：

①鹿瑞伯：即鹿钟麟，为冯玉祥旧部，曾任师长、军长、东路军总司令、集团军总司令及国民政府兵役部部长。新中国成立后任国防委员会委员、全国政协委员等职。1943 年鹿钟麟六十华诞，于右任、邵力子、周恩来、董必武、邓颖超等在重庆为鹿祝寿。诗即作于祝寿时。

②神武门：北京故宫北门，原称玄武门。1924 年 11 月 5 日，冯玉祥发动北京政变，鹿钟麟率军驱逐溥仪出宫。

③居庸关：在北京昌平区，是长城重要关口之一。

④寘(zhì)：满。花周甲：即周花甲。古代用干支交错纪年，六十年一周期，周而复始，年满六十称花甲。

⑤弧悬：即悬弧。弧，即弓。古代男子生，则悬弧于门。老复丁：老而复壮。《急就篇》："长乐无极老复丁。"

⑥解围城：指鹿参加五原誓师，率部解西安之围。

⑦黄龙：即金人黄龙府（今吉林农安古城）。岳飞曾激励部下："直捣黄龙府，与诸君痛饮耳。"

⑧鼓吹：此处指军乐。

## 青城①纪事诗（四首）

### 一

楠叶舒红春复夏，神灯照夜雨兼晴。
名山名卉闻名久，不见花开醉太平。

（醉太平为山上名花，余三至未见。）

### 二

翠浪东倾接混茫，眼前忧患讵能忘！
空山叫断梆梆鸟，一夜惊心似战场。

（梆梆鸟亦名报更鸟。）

三

百岁西来竟未还，高踪剩有药王山。
山前报赛痴儿女，忘却真人住此间。

（真人故乡耀县亦有药王山。）

四

大面山前云万重，西来无计觅仙踪。
今朝黄帝祠前拜，始识飞行有宁封。

**注：**

①青城：在四川灌县东南。

## 见延涛山洞小园诗十首①，喜而作答

也荷苍苍授一廛，与君同佃此山川。
论诗杜老招嘉客，作画韦侯正少年。
家世原因经术贵，圣贤多有草书传。
独怜园小无余韵，夜夜惊心响杜鹃。

**注：**

①延涛：即刘延涛。山洞小园是作者在重庆的住地。

## 题赵古泥[1]印存(二首)

(古泥为余旧友)

一

石作剥残神亦到,字求平正法仍严。
缶翁[2]门下提刀者,四顾何人似赵髯[3]?

二

尚父湖波荡夕阳,扁舟载酒[4]意难忘。
回思十七年来事,惆怅江南又陨霜。

**注:**

①赵古泥:江苏常熟人,著名书法家、金石家。“书法神似翁同龢,篆刻犹如吴昌硕。”

②缶翁:指吴昌硕。

③四顾句:赵古泥南人北相,长髯飘胸,跟作者的相貌十分相似。

④扁舟载酒:赵古泥不仅给作者刻制了“关中于氏”、“大风”等印章,还把自己的《拜缶庐印存》赠给他。事隔十七年作者追忆同游尚湖的往事,写下了两首七绝。

## 寄贾煜如[1]先生

年年修禊春如醉,此日严寒昔未经。
莫报南山朝积雪,满山松柏独青青。

注：

①贾煜如：即贾景德，山西沁水人，曾任"考试院"院长，1960年10月在台北病逝。著有《韬园文集》、《韬园诗集》。

## 寿丁鼎丞[1]先生七十

大老兴齐鲁[2]，谈经世所钦。
偶论天下事，如见圣人心。
开国金铭铉，齐眉映雪簪。
青山歌且乐，冲默作龙吟。

注：

①丁鼎丞：即丁惟汾，字鼎丞。山东日照人。曾任国民党中央委员、常委、监察院副院长等职。1954年在台北病逝。

②齐鲁：指山东。

# 1944年

## 夜读《豳风》诗[1]

陨萚[2]惊心未有期，烹[3]葵剥枣复何为？
艰难父子勤家室，栗烈[4]农夫祝岁时。
南亩于茅犹惴惴[5]，东山零雨自迟迟[6]。
无衣无褐[7]思终日，苦读周人救乱诗[8]。

注：

①《豳风》：是《诗经》十五国风之一，有《七月》、《鸱鸮》、《东山》、《破斧》、《伐

柯》、《狼跋》等七篇，内容包括农事、忧愤、征怨、非战、欢娱、讽刺等，文献和文学价值较高。作者对各《诗经》融会贯通，体念时艰，发为心声。

②陨萚(tuò)：草木落叶。

③烹：煮。

④栗烈：寒风凛冽，使人战栗。

⑤于茅：采取茅草。惴惴：忧惧不安。

⑥零雨：下雨。迟迟：徐缓。

⑦褐：麻织的短衣。

⑧救乱诗：当指《破斧》一诗。此诗描写周公东征，战士劳苦。结尾有“周公东征，四国是遒”之句，意为东征战士虽苦，但四方各国都得以稳定。

## 题大渡河翼王亭石室[1]

大渡河[2]流急且长，梯山万众亦仓皇；
遗民慷慨歌谣里，犹说军前失翼王[3]。

**注：**

①大渡河边建有纪念太平天国名将翼王石达开的石碑。此诗是作者参观翼王亭石室后所写。

②大渡河：古称沫水，为岷江最大支流，在四川省西部。

③失翼王：失，丧失、失掉。石达开于 1863 年由江西、湖南转战滇、黔，至大渡河为清军所败，被俘牺牲。

齐天乐

## 勉青年军人

中华民族齐心进，人人载歌载舞。急难鸰原[1]，报恩祖国，此责兴亡[2]在汝。精诚所聚，便投笔从戎[3]，经文纬武④,天下一家,何人今后敢予侮⑤! 时时纪念国父⑥,只生逢丧乱,难护陵树⑦。载道流亡,吁天耆老⑧,望断金天⑨金鼓,有怀欲吐。仗龙虎风云,百千儿女,万岁歌中,一声声破虏⑩。

**注:**

①急难鸰原:喻兄弟共处,如有急难,应互相帮助。《诗经·小雅·常棣》:"鹡鸰在原,兄弟急难。"

②此责兴亡:谓国家兴亡,匹夫有责。

③投笔从戎:弃文就武。《后汉书·班超传》:"(超)家贫,常为官佣书……尝辍业投笔叹曰:'……当效傅介子、张骞立功异域……安能久事笔砚间乎!'"

④经文纬武:能文能武,像织布一样,经线、纬线俱备。

⑤予侮:即侮予。欺侮我。系疑问句代词前置。

⑥国父:指孙中山。

⑦陵树:指南京中山陵树木。

⑧吁天:呼吁上天。耆老:泛指六七十岁以上的老人。

⑨金天:秋天,或称金秋。

⑩破虏:打败日寇。

## 暗　香

## 野人山下一战士

野人山下,有荷戈战士,歌声相亚。白骨夕阳,废垒幽花自开谢。于役而今至此,依依是,孤怀难写。但盼得,血洗关河,百战作强者。 歌罢,倚征马。见照耀丛林,星月如画。几番泪洒,想念流亡岁寒也。展望光明大路,愁万垒,皇天应讶。等怎时,才赐与,白云四野。

## 浣溪沙

### 小　园[1]

歌乐山头云半遮，老鹰崖上日将斜，清琴远远起谁家？　　依旧小园迷燕子，翻怜春雨泪桐花，王孙绿草又天涯。

**注：**

①1943年春作者因与蒋介石意见不合，曾有引退的表示，并突然离开重庆去成都“养病”，先后赋《浣溪沙》二首。

## 浣溪沙

### 往　事

自制新词苦未工，山川清响古无同，沉思往事更朦胧。　　江作青龙蟠左右，关连玉垒拱西东，归舟知趁几番风。

## 满江红(平韵)

### 新中国寿无疆

十二月九日夜四时不寐，用白石之调写武穆之心，遂成此词[1]。

无数英雄，应运起，争赴战场。惊心是，执戈无我[2]，祖国为殇。喜马[3]高峰飞过去，怒江[4]前线打回乡。看马前，开遍自由花，天散香。　　新时代，新国防。新中国，寿无疆。把百年深痛，付太平洋。世界和平原有责，中华建设更应当。待短时，告庙[5]紫金山，祈宪章。

**注：**

①1944年，抗日战争由战略防御转入战略反攻。发表后轰动陪都，连作者的爱女也要求从军报国。

“白石”指姜夔，《满江红》平韵体为其所创；“武穆”指岳飞，武穆为其谥号。

②执戈无我：拿起武器，抱定有我无敌、有敌无我的决心。

③喜马：即喜马拉雅山之省称。

④怒江：一称潞江，我国西南地区大河之一。源出唐古拉山南麓，斜贯西藏东部，入云南境折向南流，流入缅甸，称萨尔温江，至毛淡棉附近入印度洋。

⑤告庙：古代国有大事，奉告祖先之庙。这里的“庙”指南京中山陵。

百字令

## 题《标准草书》[1]

草书文学，是中华民族自强工具。甲骨而还增篆隶[2]，各有悬针垂露[3]。汉简[4]流沙，唐经石窟，演进尤无数。章今狂[5]在，沉埋久矣谁顾。试问世界人民，寸阴能惜，急急缘何故？同此时间同此手，效率谁臻高度？符号神奇，髯翁发见，秘诀思传付。敬招同志，来为学术开路。

**注：**

①作者是闻名中外的书法大师，经过长时间分析、研究，他与刘延涛、李祥麟、周伯敏、胡公石等1932年在上海成立“标准草书社”，提倡标准草书，改良文字，以求便捷。在“易识、易写、准确、美丽”的原则下，创立“标准草书”，为过去草书作一个总结，为未来文字开一条新路，为子孙优裕许多时间。作者为创建“标准草书”付出巨大心血。此令是为《标准草书》作的题词。

②甲骨:指甲骨文。篆:汉字最早的书体。隶:由篆书演化而成。始于秦,普于汉魏。

③悬针垂露:竖画下露出笔锋,锋如针之悬,叫悬针。不出锋,圆如露之垂,叫垂露。

④汉简:指在居延出土的西汉木简。

⑤章今狂:即章草、今草、狂草。

## 破阵子

## 祝《中华乐府》[1]

三峡星河影动,五更鼓角声悲。骚雅而还天道转,关马之兴地运移,作家当战时。　　雨浥文人笔砚,云生大将旌旗。漫说缁衣为讽刺,岂有甘棠不疗饥。太平先有诗。

**注:**

①《中华乐府》:1944年作者与卢前、张庚由等在重庆发起创办的刊物。该词是代发刊词。

## 鹧鸪天

## 题叶楚伧夫人吴孟芙女士《忆亲图》[1]

翠滴松阴宝篆残,望中何处是江南。阶前春草增惆怅,窗外孤云自往还。　　慈母线,报应难。书声灯影又年年。蜀山千叠吴山远,绿染春丝岁不寒。

## 乌夜啼

## 南岸观梅住康心如别墅,夜谈新闻事业

愿作依风记者,更为载雪词仙。放牛坪上游踪在,犹自忆前缘。　　吹笛随歌古调,看梅那计明年。〔明年〕春到人东下,置酒孝陵前。

## 黄钟·人月圆

## 梦王陆一①

书签渍满辛酸泪,亡命记当年。芦沟桥②外,瞿塘峡③口,五丈原前。(么)潮平潮涨,人歌人哭,此恨绵绵④。钟山云树,贝湖⑤冰雪,剩有名篇。

**注:**

①王陆一:1895年生,1943年卒。一名天士,陕西三原人,少年聪颖有志,九岁写诗作文,有"三原才子"之美誉。曾就读于西北大学法科。参加邓宝珊、张义安领导的"三原起义"。1925年赴莫斯科中山大学留学。1926年随于右任回国,曾任国民党中央党部秘书长,安徽大学文学院院长,国民党中央执行委员,晋、陕监察使。他为人正直,为官清廉,群众以"官清于水"称赞他。曾著《右任诗存笺》。此曲记梦抒怀,追忆往事,一往情深。此情此景,如在眼前。

②芦沟桥:今写作"卢沟桥"。在北京西南约十五公里之永定河上。1937年7月7日,日本发动侵略中国的"卢沟桥事变"。全面抗战爆发,现建有中国人民抗日战争纪念馆。

③瞿塘峡:长江三峡之一,西起奉节县白帝城,东迄巫山县大溪镇,以雄奇险峻著称。

④绵绵:连绵不绝。白居易《长恨歌》:“天长地久有时尽,此恨绵绵无绝期。”

⑤贝湖:指贝加尔湖。

## 1945 年

### 三十四年生日(二首)

一

耕牧[1]河山愿未酬,渡江亡命作春秋。
今年偶遇劳工节[2],做炮孤儿[3]已白头。
(余幼时为纸炮房小工。)

二

诞降之辰罹[4]百忧,中山世系削琉球[5]。
同盟[6]争起全人类,不独欢呼为亚洲。

**注:**

①耕牧:作者出身农家,童年曾作牧羊儿。

②今年句:作者诞生于 1879 年 4 月(阴历闰三月)11 日。1945 年生日,适为公历 5 月 1 日国际劳动节。故曰“偶遇”。

③做炮孤儿:作者两岁丧母,曾在三原县城东渠岸纸炮房做小工。

④罹:遭受。

⑤中山世系句:琉球约在 12 世纪建立王国,明朝册封其王为中山王,长期为我国属地,1879 年被日本吞并,于右任适于此年诞生。

⑥同盟:指孙中山建立的中国同盟会。

## 题张默君[①]白华草堂京闱诗稿（三首）

一

［越调·天净沙］风风雨雨京华，明明晦晦天涯。苦苦辛辛作者。至公堂下，犹余几卷簪花。

二

［前调］犹余几卷簪花，晦明风雨兴嗟。玉尺楼前泪洒。风流如乍，哀吟响遍中华。

三

［前调］哀吟响遍中华，草堂似有云遮。展卷凄凉赋马。国殇歌罢，合称忠孝名家。

**注：**

①张默君：邵元冲夫人。

### 中吕·醉高歌

## 旭初、尹默为心远、絜因写双燕堂曲册，因题

明年更胜今年，万里神州运转。凤城一角神仙眷，双燕堂前意远。

## 越调·天净沙
## **题雯卿女士《前线归来手册》**

战场落日飞沙，寒梅争放寒花。若个横戈跃马，自由吟罢，新诗走遍中华。

## 中吕·醉高歌
## **追忆陕西靖国军及围城之役诸事，凄然成咏**（十首）

一

关前春雨人歌，塞上惊沙浪锁[①]。劝君莫唱家山破[②]，太华莲开万朵。

二

禹王庙上风高，黄祖陵[③]前树老。长途驻马乡人笑，留得诗情画稿。

（七年由禹门渡河至延安转三原。）

三

当年仗义登坛，苍隼护巢竞返；云屯牧野繁星烂，西北天容照眼。

（成立总司令部，编义师为五路。[④]）

四

死伤谁覆戎衣？饥馑翻怜战垒。文人血与劳民泪，天下歌呼未已。

（吊于鹤九、李春堂、宋相臣、樊灵山、惠有光诸先生。）

五

几章民治残诗，几页人豪战史。名儒名将兼名士，时代光明创始。

（吊朱佛光、李子逸、胡笠僧、彭仲翔、柏厚甫、周定侯诸先生。余有民治园杂诗二十首。）

六

魂招东里心惊，路入南仁月冷。山河百战人民病，五丈原头自省。

（南仁村为井勿幕先生殉难处。十一年夏，岐凤败后，予由甘肃南下。）

七

贝加湖畔云开，乌拉山前冻解。誓师大漠风云待，金鼓东征未改。

（由苏俄至五原入陕。）

八

名城高挂残晖[5]，燕子犹寻故垒。兵民负土坟前泪[6]，争祭当年饿鬼。

（西安围解后，军民二坟皆负土所成，故曰负土坟。）

九

丰碑为慕文豪，凶岁难安父老[7]。秋风忽起咸阳道，多少高坟蔓草[8]。

（友人欲为王陆一立碑，予以年荒阻之。）

十

自由之战经年[9]，革命成功尚远。太平乐府人间遍，呼唤中华运转。

**注：**

①惊沙浪锁：风吹沙，如受惊。形容塞上气候变化无常。

②家山破：即《念家山破》。宋·马令《南唐书·后主书》："王妙于音律，旧曲有《念家山》，王亲演为《念家山破》，其声肃杀，而其名不祥，乃败征也。"这里是指八年抗战期间，日军疯狂侵略，"家山"破碎，生灵涂炭。

③黄祖陵：轩辕黄帝陵，在陕西黄陵县城北桥山。

④总司令部：指设在三原的陕西靖国军总司令部，作者任总司令，张钫为副司令，胡景翼任前敌总指挥。兵分5路：第一路（司令郭坚）、第二路（司令樊钟秀）、第三路（司令曹世英）、第四路（司令岳维峻）、第五路（司令高峻）。

⑤名城：指西安。

⑥兵民句：围城期间，西安城内饿死几万人，埋在今革命公园。

⑦凶岁句：指作者因年荒阻止为王陆一立碑。

⑧蔓草：贴地蔓生之草。

⑨经年：指西安被围八个多月，其中春季26天，夏、秋各90天，冬季24天，创造了北伐战争史上固守城池、以少胜多的奇迹。史称“八月围城”之役。

## 中吕·醉高歌

## 闻日本乞降，作中华乐府十首[①]

一

万家爆竹通宵，人类祥光乍晓。“百壶且试开怀抱”[②]，镜里髯翁渐老。

二

金刚山上云埋，鸭绿江心浪摆。芦沟月暗长城坏，胡马嘶风数载。

三

黄河水绕边墙，白帝云封绣壤。万灵效命全民向，大任开来继往。

四

当年兵火流离，口渴谁来送水[③]？渔人晒网樵夫睡[4],都是离宫废垒。

五

谁弹捷克哀歌?谁纵波兰战火?诸姬尽矣巴黎破,两面鏖兵曰可[5]。

六

区区海峡波惊,莽莽红场月冷。兴亡转瞬归天命,不作降王系颈。

七

欧洲守望何人,群众哀号隐隐。海洋巨霸从今尽,来日之歌笑引。

八

至诚不外无私,真理方知有始。受降城下逢天使,大道之行在此。

九

高原木落天宽,故国风和日暖。等慈寺[6]下歌声断,常使英雄泪满。

## 十

自由成长如何，大战方收战果。中华民族争相贺，王道干城是我[7]。

注：

①1945年8月10日，日本政府向中、美、英、苏四国发出乞降照会。15日，宣布无条件投降。中国人民的抗日战争终于取得了伟大胜利。重庆人民举行了盛大游行。成千上万的人们走上街头，重庆成了欢乐的海洋。家家张灯结彩，燃放鞭炮。在狂欢之夜，作者心潮澎湃，老泪纵横，以极其兴奋的心情写下乐府十首。

②引杜甫诗。

③④均见《旧约》。

⑤《史记·始皇本纪》："制曰：可。"

⑥等慈寺：唐太宗建，为阵亡将士荐福。

⑦王道干城：孙中山语。这里又一次申明孙中山的遗训——国与国之间应该和平共处。

# 七、新　疆　行

1946年夏,改组后的新疆省政府成立,西北军政长官兼新疆省政府主席张治中邀请于右任到新疆监誓。他偕著名诗人卢冀野、画家韩乐然、马文彦等到新疆,在乌鲁木齐、天山、庙儿沟、阿克苏、温宿、喀什、塔里木等地,亲眼看到各族人民心向祖国、友好团结的情景,“风雨忧愁成往事”,“暮云收尽见芳洲”。他激情满怀,写了许多绝妙的诗词。“大地现光明,睹天山洁白层层。何人创造新生命?和平万岁,和平万岁,万岁和平。”

## 1946年

### 减字木兰花
### 题沈联璧家传《御墨图》

七七事变后沈生联璧来京,以其远祖自乐公皮宣德《御墨图》属题。嗣因寇深日急,余将去京,沈先生不知所在,乃寄存其册于重庆汇丰银行库中。还京时沈先生以工作病逝海上,因觅其家人所在而归之,乃为此词。

云间二沈,兄弟书名天下审。珍重贻谟,四百年来《御墨图》。　　流离蜀道,兵火之中时在抱。八载还京,物在人亡哭几声。

## 浣溪沙
## 哈密西行机中作[①]

我与天山共白头[②]，白头相映亦风流，羡他雪水溉田畴。　风雨忧愁成往事，山川憔悴[③]几经秋。暮云收尽见芳洲。

**注：**

①1946 年 6 月，作者应张治中（新疆政府主席）的邀请，代表国民党中央政府到迪化（今乌鲁木齐）监誓。词作于西行机中。

②共白头：天山常年积雪，作者头发花白，因有与天山共白头之咏，以山拟人，寓意深长。

③山川憔悴：在新疆和平谈判未达成之前，民族争斗，“风雨忧愁”。和平达成，局面稳定，“暮云收尽”，民族团结。

## 大石调·青杏子
## 迪化和平大会后作[①]

大地现光明，睹天山洁白层层。何人创造新生命？和平万岁，和平万岁，万岁和平。

**注：**

①7 月 1 日新疆各族、各界在迪化（今乌鲁木齐）举行和平大会，庆祝政府改组。作者看到民族和睦，三呼万岁，写诗抒怀。

## 人月圆
## 迪化至阿克苏[1]机中

人生难得新机会，天上看天山。
人间天上，人间天上，天上人间。

卢生[2]作曲，韩生[3]作画，
我捋[4]银髯。昆仑在左，
白龙堆[5]上，孔雀河[6]前。

**注：**

①阿克苏：县名，在新疆维吾尔自治区塔里木盆地西北部。此词作于1946年，表现了作者超脱尘世、如入仙界的心境。

②卢生：指同行的著名文学家、中央大学教授卢冀野。

③韩生：指青年画家、共产党员韩乐然。与作者同行赴新。

④捋(lǚ)：用手指顺抚。

⑤白龙堆：在天山南麓，亦名龙堆、库穆塔格。流沙广漠，寸草不生，形如卧龙。

⑥孔雀河：在新疆塔里木盆地东北部。

## 望博克达山不能上也

幼作牧羊儿，老至天山[①]下；
天山不可登，还须习鞍马。

**注：**

①天山：亚洲中部的大山系，横贯我国新疆中部，西端伸入哈萨克斯坦和吉尔吉斯斯坦。

### 江城子

## 阿克苏至喀什机中作[①]

先生得意出阳关[②]，在空间，且流连。乌鲁木齐河上月儿弯。又乘长风[③]前进也，真不管，鬓毛斑。　多情好事亦因缘[④]，说高寒，有婵娟[⑤]。争向机中一孔看天山。闻道飞行戈壁[⑥]上，沙漠漠，路漫漫。

**注：**

①喀什：维吾尔语称喀什噶尔，在新疆西南部喀什噶尔河上游。作于1946年，此词为双调。

②阳关：西汉时置，故址在今甘肃敦煌西南古董滩附近，和玉门关同为当时西域交通之门户。王维《渭城曲》："劝君更进一杯酒，西出阳关无故人。"

③乘长风：此指飞机御风。

④因缘：机缘、机会。

⑤婵娟：比喻人或物颜色美好。孟郊《婵娟篇》："花婵娟，泛春泉；竹婵娟，笼晓烟；妓婵娟，不长妍；月婵娟，真可怜。"

⑥戈壁：即戈壁滩沙漠，蒙语意为"难生草木之地"。

## 浣溪沙
## 塔里木戈壁机中忆阿克苏温宿之游[1]

何代何王剩地牢？龟兹[2]霸业已萧条。西风吹雨过平桥。　　高柳阴中驰骏马，把衣园里选蒲桃[3]。别开舞派[4]女儿腰。

**注：**

①阿克苏：在塔里木盆地西北部，1919年改分其地为阿克苏县和温宿县。

②龟（qiū）兹：汉代西域国名。在今新疆库车县一带。

③把衣：维语意为财主。蒲桃：即葡萄。

④别开舞派：另创一种舞蹈流派，自成一家。

## 与张文白、马文彦、麦思武德、鲍尔汉、阿合卖提诸公庙儿沟野餐[1]（二首）

### 一

引得春风出塞难，还期万里报平安。
流传故事天山下，马奶如醇[2]进野餐。

### 二

树如宝塔无边翠，雪作河源[3]不断流。
四海一家歌且舞，夕阳红映庙儿沟[4]。

注：

①张文白：即张治中，字文白，安徽巢县人，1946年任西北军政长官兼新疆省政府主席。新中国成立后任西北军政委员会副主席、全国人大副委员长等职。马文彦：陕西三原人，曾跟随于右任赴苏。新中国成立后任西安市政协副主席。麦思武德：维族，曾任新疆监察使。鲍尔汉：曾任新疆省副主席、主席，新中国成立后任全国政协副主席。阿合买提：维族，曾任新疆省政府副主席，1949年9月因飞机失事遇难。

②醇：味道纯厚的酒。

③雪作河源：新疆境内的河流，多系高山上的雪融化后汇集而成。

④庙儿沟：在乌鲁木齐市东北郊外。

## 庙儿沟出游

游牧天山上，天山是我家。
东西数千里，采遍雪莲花[①]。

注：

①雪莲花：形似莲花，因生于高山积雪岩缝中，故名。

## 早晴新大楼上远望

一雨新晴万卉蕃[①]，凉生襟袖寂无喧。
天山南北都开朗，独倚高楼望故园。

注：

①蕃：滋长，繁盛。

## 天山杂诗(二首)

一

雪似山之衣,云似山之冠。
修洁复修洁,容君慢慢看。

二

横渡天山去,横渡天山归。
瑶池在何处?白云来去飞。

(焉耆[1]至迪化机中作。)

**注:**

①焉耆:在天山南麓。

## 与文白、敬斋、觉民、文彦诸公再至庙儿沟

山后白云起,山前白云迎。
云合作微雨,寒气相与生。
高峰悬万树,佛祖缀珠璎。
树树如宝塔,卓立向天争。
牧草正肥美,牧儿歌且行。
笑指天山说,吾之夏令营。
髯也频来此,为吾平不平。

## 夜宿天池上灵山道院[1]

三十五年八月十二日，夜宿天池灵山道院，不寐有作。

飞度天山往复还，今来真是识天颜。
云中瀑布冰期雪，月下瑶池雨后山。
行远方知骐骥[2]贵，登高那计鬓毛斑。
夜深惘惘情难已，万木啼号有病杉。

注：

①天池：位于天山主峰上，在新疆阜康县境内，传说是王母娘娘住地。旁边为灵山道院。

②骐骥：良马。《庄子·秋水》："骐骥骅骝，一日而驰千里。"

## 天　池　寺

天池旁有道士庙，余为题曰灵山寺，住寺中三日，作书甚多。

雨过高峰雾忽开，月明照影一徘徊。
醉余挥洒天山上，似向瑶池[1]洗砚来。

注：

①瑶池：传说中西王母在昆仑山上居住的地方。《史记·大宛列传》："昆仑其高二千五百余里，日月所相避隐为光明也。其上有醴泉、(瑶)池。"

## 来往哈密始成一诗[1]

哈密[2]城前日正中，行人来往亦匆匆。

云迷都护[3]筹边垒，雨过名王避暑宫。
沙枣花香人已远[4]，甜瓜味美誉无穷。
中原战后犹离乱，万里西来见难童[5]。

注：

①1946 年，作者去新疆迪化（今乌鲁木齐），来往经过哈密，有感而作。

②哈密：在新疆东部，邻近甘肃，盛产瓜果，尤以哈密瓜闻名。

③都护：官名。汉宣帝时置西域都护，为行政管理机构，治所历代屡有变更。都护的设置，对发展经济、文化交流、保护东西商路畅通，都有积极作用。

④沙枣花香人已远：相传清高宗所纳香妃，为新疆某部族首领之妃，喜食新疆所产沙枣。香妃思念故土，时怀复仇之念，常以白刃随身，太后恐高宗为其所害，乘高宗外出时缢杀之。

⑤难童句：原注为"中原大战时难童寄寓哈密、迪化、土鲁番三处"。

## 疏附县[1]谒香娘娘墓

喀什河前沙枣香，巍峨祖庙祔香娘。
最怜家国无穷感，生死重经旧战场。

注：

①疏附县：在新疆西南地区。

采桑子

## 九月一日迪化东归机中，时天山初降雪[1]

高空日丽凉初透，往事悠悠。西望云浮，等是[2]人间不自由。　　豪情依约歌还又，积雨才收。爽气凝眸[3]，笑看天山更白头。

注：

①作于迪化（今乌鲁木齐）至兰州机中。作者在空中一览天山雪景，抒发豪爽情怀。

②等是：同样是。

③凝眸：目不转睛地注视。

## 浪淘沙

## 哈密东归皋兰因乌沙岭大雨机转甘州[1]

相对亦悠然，始识天山，天教回首看祁连。同是洛妃乘雾至，冰雪争妍。　　乌岭雨沉绵，云起无端。龙吟霜匣剑飞还。转到甘州开口笑，错认江南。

注：

①皋兰：甘肃省皋兰县。乌沙岭：即乌鞘岭。甘州：今甘肃省张掖市。

## 浣溪沙

## 兰州东行机中作

不上昆仑独惘然，人生乐事古难全。匆匆今又过祁连。　　自古英雄矜出塞，如今种族是同天[1]。何人收泪听阳关[2]。

注：

①同天：喻平等。

②阳关：在甘肃省敦煌西南。《阳关三叠》，或称《阳关曲》，即王维《渭城曲》。

## 南乡子

## 兰州东行机中作[①]

上下白龙飞[②]，秦陇川原是也非[③]？万里平安天与[④]我，依依。迎我西来送我归。　　君莫问西陲[⑤]，兄弟之间隙[⑥]已微。塞上风云[⑦]成过去，区区。写就天山纪念碑。

**注：**

①新疆省政府成立，“塞上风云成过去”。作者自兰州东返，写词抒怀。

②白龙飞：形容雪花飞舞。

③是也非：是不是？

④与：帮助。

⑤陲：边疆。指新疆。

⑥隙：裂痕。

⑦塞上风云：指新疆民族磨擦事件。

## 减字木兰花

## 西安至南京机中作

机窗风峭，眼底关河似觉小。人乐人忧，容我天空看亚洲。　　归期不误，隐隐园陵[①]陵上树。秦岭云开，自有佳音雁带来。

**注：**

①园陵：指南京中山陵。

## 双调·水仙子

## 回京机中追忆数十年来故事，因修改前作[①]

一拳打碎黄鹤楼[②]，“二水中分白鹭洲”[③]。八年苦战今难受！望陵园，人白首。旧江山浑是[④]新愁。念不尽神明大咒[⑤]，说不清乾坤自由[⑥]，听不完楚汉春秋[⑦]。

**注：**

①1945 年 8 月抗战胜利后，内战又起，祖国天空，乌云笼罩。作者为时局担忧，曾一度想弃官回乡。此曲即是抒发当时的悲愤心情。

②一拳打碎黄鹤楼：激愤语。胸中愤愤不平，无处发泄，往往爆发而出。李白《江夏赠韦南陵冰》：“我且为君捶碎黄鹤楼，君亦为吾倒却鹦鹉洲。”

③白鹭洲：古代长江中的沙洲，在南京水西门外，分割秦淮河水为二，西入长江。由于泥沙沉积，江水西移，白鹭江已与陆地相连。李白《登金陵凤凰台》：“三山半落青天外，二水中分白鹭洲。”

④浑是：全是。刘过《唐多令》：“黄鹤断矶头，故人曾到不？旧江山浑似新悉。”似，通是。

⑤神明大咒：当为隐语，指骗人的鬼话。

⑥乾坤自由：当为隐语，指世界自由。

⑦楚汉春秋：当为隐语，意指对蒋介石独裁统治的不满。

## 黄钟·人月圆

## 回京机中写所视[①]

狂风吹得河山老，新现一重天。自由万里，无遮无碍，岁岁年年。（幺）词中白石，曲中白朴，诗里青莲。相亲相伴，复兴关上，博爱[②]坊前。

注：

①作者自重庆飞返南京。

②南京中山陵前建有“博爱”牌坊。

## 中吕·醉高歌
## 题《董寿平山水画册》[1]

寒梅雪里香浓，仙境人间自咏。犹余故国青山梦，画得神州一统。

注：

①董寿平：当代画家。“画得神州一统”，盼望统一的心愿，溢于言表。

## 清平乐
## 隐约燕京道

心远家中有余与内子仲林十年前在北京丁香树下摄影，适外孙北大与汶梅君女士结婚，写之以祝[1]。

连天芳草，隐约燕京道。几树丁香[2]开正好，花下谁家翁媪[3]？　　孙儿成长如何？女儿新作婆婆。我俩何时归里？同听社鼓秧歌[4]。

注：

①外孙北大：指屈北大，作者外孙，长期和于右任生活在一起，是现在大陆与于右任有血统关系的唯一健在者。曾任中国国际友谊促进会副会长。汶梅君：屈北大夫人。

②丁香：也叫紫金花、紫丁香。春季开花，紫色，亦有白色者，密集成圆锥形花

序，极香。

③翁媪：老汉、老婆。

④社鼓秧歌：指家乡三原的社火和秧歌。社火以狮舞、走马、旱船、龙灯、大头和尚、高跷等较为普遍，节目短小精彩，生龙活虎，边舞边唱，深为广大群众喜爱。原注："靖国军时有秧歌。"

# 1947 年

## 浪淘沙

### 三月十七日携想想、北大、梅君，孝陵前看梅花，至旧温室前小坐感赋①

斧赦孝陵柴②，乱后梅开。天风远远送香来。绿萼③而今存几树，有我亲栽。　艺圃变蒿莱④，行者增哀。国香⑤终不受尘埃。嘉卉成畦还播种，新立名牌。

**注：**

①想想：作者小女儿。北大：即屈北大，屈武公子、作者外孙。梅君：北大的妻子。孝陵：即明孝陵，为明太祖朱元璋的陵墓，在南京市东郊钟山南麓独龙阜玩珠峰下。

②斧赦孝陵柴：赦免樵父把梅树当柴砍掉。

③绿萼：即绿萼梅，萼绿花白，为梅花珍贵品种之一。

④蒿莱：含有臭味的杂草，比喻荒芜。

⑤国香：一国特有之香花。如兰、梅之类。苏轼《再和杨公济梅花十绝》："凭仗幽人收艾，国香和雨入青苔。"

浣溪沙

**辋溪翁消寒之约遇雨,到台湾后作**

兰桂同时各放香,杜鹃肥大不寻常,数株老树一山庄。　　重见幽香偏遇雨,争传消息说还乡,渔翁应醉辋溪旁。

点绛唇

**看天山之行摄影**

飞越祁连,雪峰万仞争雄长。有怀相向,似现光明相。　　老出阳关,那作功名想。君休唱,白云河上,一片孤城壮。

## 1948年

**题襄城胡善长[①]《一瓢诗稿》**

胡夫子,系一瓢,箕颍之间任逍遥。
许由洗耳于水边兮,视天下若敝屣。
彼尧跖之徒兮,日倥偬鸡鸣而起。
愿与胡夫子共翱翔兮,以天地为衽席。

**注:**

①胡善长,河南省襄城人。曾任河南大学教授,擅长诗词、书法。著有《襄城

县志》。

## 第二次大战回忆歌

世界烽火燃不息，生民祸患靡有已。我生为世平不平，放胆重勘大战史。大战史兮大战史，后之惨者宁止此。十年前事猛回头，有怀欲歌夜中起。

何人能建新时代，天地无私并覆载。不然战争复循环，又说人性无亲爱。

太平洋接大西洋，东战场连西战场。战神一排自天下，乾坤震荡万物荒。身经大战一而再，举世愁苦安能忘。为全人类吾欲诉，鉴往开来诗一章。

中山主义[1]中复中，以建民国进大同。明治遗策[2]遗祸耳，南进北进终无功。九一八[3]，吞炸弹；一二八[4]，来挑战。身为鹰犬不自知，首动兵戎为世患。芦沟桥上月如霜，七七偷袭宛平县[5]。全民拥护有元戎，最后关头与相见。不为瓦全宁玉碎，惟以不变应万变。春申江[6]上，戏马台前，雁门关外[7]，永定河边[8]，于是南北苦战，东西播迁。死伤者盈野，流亡者万千，凄凉国土蒙尘日，惨淡人民哭庙天。血池骨丘首都陷，虎踞龙蟠[9]一泫然。

鹦鹉洲前月色凉，珞珈山[10]上雁回翔。西开运道越乌岭[11]，东阻敌船塞马当。忽然四海欢呼起，我军大捷台儿庄[12]。胜不骄兮败不馁，虽退守耳庸何伤。

群山万壑拥夔门[13]，万众一心招国魂。避寇西行真有幸，禹之兴也故泽存。五三五四敌肆虐，回念陪都[14]恍如昨。疲劳轰炸劳者谁？千计百计都无著。山川效命百工忙,雷雨及时万族乐。天时地利吾俱有,我诗所写知非错。东厄黄河西白帝[15],南连缅甸[16]北沙漠。雄文击碎共荣圈[17],气挟江河撼山岳。几年开辟滇缅路,野人山下花开落。运输线即生命线,一开一闭邻之薄。自来国危思共济,抗建春秋烦笔削。苦战连年增内患,有似巨鱼纵大壑,在朝难协力,在野难守约。人民之利益不能动其念,国家之存亡不能易其略。噫吁嘻,休呼邻人解其缚。噫吁嘻,我之朋友,己所不欲,劝我合作。

太平洋上挂红球,美人美人百无忧。东方血战西方笑[18],友非我友仇非仇。希墨[19]之兴盗有道,霸业如蟹钳欧洲。捷克亡后波兰[20]破,大祸复临荷兰诸国头。临海而望英吉利[21],法兰西[22]败比亦休。伸手非洲当然耳,撒合拉沙漠[23]之沙眯眼球。巴库[24]巴统[25]漫海盗,近东有油有其由。天下之患患日迫,山姆大叔[26]熟视复何尤?霹雳忽惊珍珠港[27],患难方思风雨舟。恸哉轴心日滋蔓,彼制欧洲此亚洲。

自从退师入巴蜀[28],有人拟作秦庭哭[29]。大风吹动太平洋,神女姗姗望其躅。水之积也不厚负无力,致力全人类之和平安全自由难满足。创设民主兵工厂,厂之使命端在平为福。嗟彼痴儿不解事,两面作战逐其鹿。马首竟指莫斯科[30],世人初谓讹传讹,大陆均在铁蹄下,蹴踏小国数已多。何故远寻强者轻一试,先锋久滞斯摩棱斯克[31]之阿。几年冻结冰雪海,口渴难饮列宁河[32]。一鼓再鼓气已竭,油区仅想不能过。北非暂已去,西西里岛[33]不能守,第二战场[34]又倒拖。三次冬季反攻到,敲冰扫雪难回戈,东线西线俱失利，屯兵本土鬓已皤。人间盛衰如露电，虞兮虞兮奈若何！巷战柏林[35]绝望也，血里鸳鸯[36]醉里歌。人民捕获将士散，了却一魔又一魔。

大道之行在万年，口说王道非高贤。四大自由何人唱，君欲见之别有天。旋成旋毁为豪杰，作福作威乃神仙。此中真意谁能解？请问西方大自然。

富庶煤、铁、油，强大海、陆、空，配以智、仁、勇，仍须天下公。人间自有真青史，世上原无假白宫。

吾闻珊瑚海接中途岛[37]，向东反攻计先到。三年不飞定冲天，视太平洋作池沼。海燕穿梭舰与机，下绝鱼龙上飞鸟。一气直吞台湾与琉球[38]，真乃天与英雄表。爪岛[39]一战气已摧，菲岛[40]更觉天将晓。父岛母岛兄岛弟岛难呼援，孤儿只剩琉璜岛。琉璜岛仅一水隔，咫尺如何阻铁鸟。何况无情新武器，自天而下杀百草。渔人晒网毁一空，全国焦土如何了。素车白马东门东，上将楼船入港早。无恙降王轵道旁，受降者谁天知道，波茨坦之宣言[41]不能够，万世一系之神官不能告。诏书如蔴下九霄，举国臣民泣苍昊。

嗟嗟强者，好战而亡，美哉山河，变为沙场。举手染无辜之血，低头牵不饩之羊。

回忆莽莽神州，八年泪满，万众呼号，抵抗侵犯。惧祖国之为牺，期联军之奋勉。今则尔与我兮同烬，我比尔兮更惨。尔之败兮庶几自省，我之胜兮举国兵燹。尔之退出“窃自中国”之土地兮，我则啼饥号寒，颠沛流离，虽有千万亩良田，而无法生产。谓有物资救济兮，受其惠而难饱暖。天下之物各有主，非其所有莫能取。古之亡国亡者谁，至今游客伤离黍。仗义执言似有人，坛坫之中多密语。明略暗侵复何为，前有毒蛇后猛虎。

我为君歌，纪念开罗[42]，开罗之惠实已多。

我为君讶，纪念克里米亚[43]，克里米亚与会者之责任莫能谢。

我为君勉，纪念波茨坦，波茨坦之宣言天不管。

去日之歌绝希望，来日之歌待光明。世界宪章果何在？右传之一河之清。九日宣战十日降，赫濯声灵震万方，海德公园何足拟，赢得呜咽作国殇。路与将军较短长，何人血汗费商量，莫城高会莫回首，历史之痛为金疮。江流后浪催前浪，世变前人笑后人。战后多风又多雨，三年多病非无因。雨湿成功湖，云生爱琴海，血染长白山，公道均安在。东欧西欧之合作无期，南韩北韩之统一有待。惟中华前进之人民兮，谁启祖国之新元而拯世界之危殆。“凉风萧萧吹汝急，恐汝后时难独立。堂上书生空白头，临风三嗅馨香泣。”群众无声似有声，杜诗重读不胜情。太平老人[44]磨铁砚，垂老还期致太平。

（十月十五日夜三时不能成寐。倚枕作此。未及完篇而病。十二月四日京沪夜车中更续成之。三十六年十二月五日太平老人记，篇中字句与初发表时略有更易，字句略加修改，主张未动也。）

三十七年一月二十九日太平老人又志

**注：**

①中山主义：指孙中山提出的三民主义。

②明治遗策：指日本明治维新后就有侵略中国的计划。1927年6月27日，日

本内阁大臣田中义一召集有关官吏举行东方会议，制定了侵略中国的庞大计划。

③九一八：指1931年9月18日夜，日本军队突然袭击中国东北军驻地沈阳北大营，占领沈阳。几天之内就占领了东北20多个城市及广大地区。

④一二八：1932年1月28日，日军进攻上海。驻守上海的国民党军队第十九路军，在蔡廷锴、蒋光鼐指挥下，奋起抗击日本侵略军。日军死伤万余，三易主帅，是为一二八淞沪抗战。

⑤宛平县：位于北京城南。

⑥春申江：也名春申浦，即黄浦江。

⑦雁门关外：雁门关位于山西北部，1937年9月，日本军队向雁门关右翼发动进攻。国民党军卫立煌部在忻口地区组织会战。从10月13日至11月2日，双方激战20余日，给日军以沉重打击。

⑧永定河边：卢沟桥位于永定河上。1937年7月7日夜，日军炮击宛平县城及卢沟桥，国民党二十九军吉星文团奋起抵抗。卢沟桥事变，标志着中国人民的全面抗战开始。

⑨虎踞龙盘：形容地形险要。这里代指南京。

⑩珞珈山：位于武汉市东，东北临东湖。1937年12月南京失守后，国民党中枢西至武汉。

⑪乌岭：即乌鞘岭。在甘肃省天祝自治县，属祁连山脉。是陇东高原与河西走廊的天然分界。

⑫台儿庄：镇名，在山东省枣庄市东南。抗战初期的台儿庄战役就发生在这里。台儿庄战役是国民党军队在正面战场取得的一次重大胜利。

⑬夔门：夔峡，即长江瞿塘峡。

⑭陪都：抗战时国民政府迁都重庆市，以重庆为陪都。1941年5月4日，日本空军轰炸重庆，造成重大人员伤亡。

⑮白帝：城名，在奉节县城东瞿塘峡口。李白《早发白帝城》："朝辞白帝彩云间，千里江陵一日还。"

⑯缅甸：位于中南半岛，1942年日军侵占缅甸，1945年英军重新占领。1948年1月脱离英联邦，宣告独立。

⑰日本为实现独占亚洲，称霸世界的目的，1940年8月，日本外相松冈洋石提

出建立“大东亚共荣圈”,妄图建立一个以日、满、华为骨干,包括印度、缅甸、泰国、南洋及澳大利亚、新西兰在内的庞大殖民帝国。

⑱指中国抗日战争开始后,英、美采取观望态度。

⑲希墨:指德国法西斯头子希特勒、意大利法西斯头子墨索里尼。

⑳波兰:位于欧洲中部,北濒波罗的海。1939 年被德国侵占。

㉑英吉利海峡:位于英、法之间,西连大西洋,东北通北海。

㉒法兰西:指法国,“二战”中被德军占领。1944 年德军被逐出,恢复主权。

㉓撒合拉沙漠:北非干燥地区的总称。为世界上最大的沙漠。

㉔巴库:苏联阿塞拜疆的首府、外高加索第一大城市。19 世纪下半叶即开发石油。

㉕巴统:黑海南岸的港口城市。

㉖山姆大叔:指美国。

㉗珍珠港:美国在太平洋上最大的海军基地。1941 年 12 月 7 日,日本对珍珠港发动突然袭击,击毁军舰 20 余艘,飞机 260 多架,使美国海军受到重创。次日,美、英对日宣战。

㉘巴蜀:指四川。

㉙秦庭哭:春秋时吴国派兵攻打楚国,楚人申包胥到秦国求援,在秦庭痛哭七天七夜,终于感动秦王,发兵救赵。

㉚莫斯科:在俄罗斯平原中部,1918 年 3 月起为苏俄首都。

㉛斯摩棱斯克:俄罗斯古城,在第聂伯河上游。1941、1943 年,苏、德军队曾在此激战。

㉜列宁河:即伏尔加河——顿河列宁运河。

㉝西西里岛:地中海最大的岛屿,属意大利。

㉞第二战场:指 1944 年 6 月 6 日,英、美派兵在法国西北诺曼底登陆,开辟了反法西斯德国的第二战场。

㉟柏林:德国首都。

㊱血里鸳鸯:1945 年 5 月,苏军攻入柏林后,希特勒及其情妇爱娃双双自杀。

㊲中途岛:位于太平洋中北部的珊瑚岛。由东岛、沙岛组成,为美国属地。是 1941 年美国的海军、空军基地。“二战”时,美、日曾在此激战。

㊳琉球:指琉球群岛,在九州与台湾之间。清光绪五年,日本侵占琉球。

㊴爪岛:指爪哇岛,位于苏门答腊与巴厘岛之间。北靠爪哇海,南临太平洋,是印度尼西亚的重要岛屿。美军曾与日军在这里激战。

㊵菲岛:指菲律宾群岛。

㊶波斯坦宣言:指1945年7月26日,中、美、英三国在波斯坦会议上提出促令日本无条件投降的《波斯坦公告》。

㊷开罗:埃及首都。1943年12月1日,中、美、英三国首脑蒋介石、罗斯福、丘吉尔在开罗会晤,发表《开罗宣言》。三国表示:三国对日作战,制止和惩罚日本侵略,把日本侵占的中国东北、台湾、澎湖列岛等,归还中国。

㊸克里米亚:指克里米亚半岛。1945年2月4日至11日,苏、美、英三国首脑在克里米亚半岛的雅尔塔举行会议。三国在没有中国参加的情况下,签订了《雅尔塔协定》。美、苏以牺牲中国领土主权作交易划分势力范围。于右任指出:"克里米亚与会者之责任莫能谢。"

㊹太平老人:作者自称。

(这首长诗科学、系统、艺术地再现了第二次世界大战的全过程。于右任晚年为了将诗作的手稿留存故土,1962年他将本诗的手稿寄给居住在美国的小女儿绵绵,由她代为保存。1984年绵绵托人将手稿带回祖国。这篇驰誉诗坛的长诗手稿终于回归祖国大陆。)

## 大集成酒楼①

百战艰难败复兴,沿江守望老犹能。
还京名士知多少,置酒高楼望二陵②。

**注:**

①此年农历九月初九,作者与抗战时流亡后方的文人学士聚会于大集成酒楼。会后写了这首诗。题目是选注者加的。

②二陵:指明孝陵与中山陵。

# 八、怀乡思亲

1949年,年届古稀的于右任被迫去了台湾。他身居孤岛,心向大陆。思念故乡、怀念亲人之情,与日俱增,常常赋诗遣愁,抒发情怀,或托物言志,或借景抒情。“夜夜梦中原,白首泪频滴。”(《有梦》)“昨宵梦入中原路”,“梦绕神州泪两行”。“垂垂白发悲游子,隐隐青山见故乡。”“更来太武山头望,雨湿神州望故乡。”(《望雨》)“白头夫妇白头泪,留待金婚第一霄。”(《思念内子高仲林》)一位耄耋老人,到了垂暮之年,有家不能归,亲人不能见,此情此景,怎不让人痛碎肝肠?他写下了血泪交融、动人心魄的诗句:“葬我于高山之上兮,望我大陆。大陆不可见兮,只有痛哭……”在海内外广泛传诵。

## 1949年

### 闻文白来电有感①

——文白来电余暂勿来平

衡阳②雁去几时还,万叠燕云万叠山。
彩凤身无双羽翼,雕笼何日启重关?

**注:**

①文白:即张治中,字文白,1949年4月国共和谈时,为国民党首席和谈代表。

同年4月15日,国共双方代表团经过半个月的谈判,达成和平协议。代总统李宗仁拟派于右任为特使前往北平。张治中认为此时于右任不如留在南京,可以促成南京政府批准这个协定。等南京政府批准后,再请他来北平主持签字。张治中复电李宗仁,请于右任"暂缓"北来。这首诗是作者获悉张治中来电后写的。

②衡阳:湖南省衡阳市。

## 谒黄花岗①(二首)

一

黄花岗上有啼痕,白首于郎拜墓门。
三十余载真一梦,凭栏不忍看中原。

二

至此方知稼穑艰,每思开国一惭颜。
人豪②寂寂余荒冢,唤得英灵往复还。

注:

①1949年1月,人民解放战争取得决定性胜利,21日蒋介石宣布引退,李宗仁任代总统。2月,作者在广州再谒七十二烈士墓。

②人豪:指为革命牺牲的七十二烈士。

## 越调·天净沙
## 谒黄花岗

中原万里悲笳,南来泪洒黄花。开国人豪礼罢。采香盈把，高呼万岁中华。

注：

①1949年9月，作者每天下午必到黄花岗瞻仰七十二烈士墓，并将此曲刻石立于墓侧。

## 题李啸风《劫余剩稿》[①]

大器[②]方能开世运，至人始信出民间。
乾坤[③]振荡风和雨，太息关中两少年[④]。

注：

①此诗作于1949年6月。刘延涛注："李梦彪，陕西旬阳人，啸风其号，与先生同岁。此诗作于三十八年六月，时寓居广州东山寺见通津。室周皆高地，苦暑。挥扇为题此诗，指腕间汗湿绵纸数层，慨然曰：'两少年今俱老矣！'"李啸风曾任陕西省民政厅厅长、陕西省代省长、国民党监察委员等。

②大器：大材。

③乾坤：天地。

④两少年：指作者和李啸风。

## 重九台港机中[①]

云表作重阳，高吟老更狂。
诗真有神助，事亦破天荒。
沧海龙方起，中原雁几行。
草山诸作者，为我寄佳章。

注：

①作者原定九月九日（重九）与台湾诗人在草山（阳明山）聚会。是日因故飞港，在机中做诗寄台湾诗人。

## 渝台机中[1]

粤北万山苍，重经新战场。
白云飞片片，野水接茫茫。
天意抑人意，他乡似故乡。
高空莫回首，雷雨袭衡阳。

（十二月二十八日夜宿南宁，与健生（即白崇禧——选注者）晤。29日至台，同行者居觉生、李文范、马超俊诸先生。）

注：

①渝：指四川。台：指台北。1949年12月，作者离渝赴台，离开祖国大陆时心情沉重，深感前途渺茫，因有此作。

## 题日月潭[1]涵碧楼

利普台湾省，光生日月潭。
君应信真理，人事可回天。

注：

①日月潭：台湾著名风景区。

## 重阳[1]约台北诗人登高(二首)

重阳约台北诗人于阳明山柑橘示范场登高，耆老到者甚多，予诗独迟成二首。

一

阳明山[2]上作重阳，艺圃秋深万卉香。
记得去年曾载酒，高吟飞掠太平洋。

二

灾难峰连欢喜峰，当年曾撞自由钟。
君知世运关文运，白首空山唤好风。

**注：**

①重阳：农历九月初九。

②阳明山：原名草山，位于台北市。柑橘示范场在此。

## 邵翼如[1]六十冥寿

邵翼如六十冥寿默君夫人[2]索诗步旧题《闺中生日诗》韵。

逝矣钱塘水，巍然玉尺楼。
犹闻忠与爱，生死各千秋。

**注：**

①邵翼如：即邵元冲(1890～1936)，字翼如。浙江绍兴人。曾任孙中山秘

书,国民党中央委员、党史编纂委员。1936 年 12 月 12 日西安事变时被误伤致死。

②默君:即张默君。原名昭汉,字默君。同盟会员,邵元冲夫人。曾任《大汉报》主笔、国民党中央监察委员、立法委员。1965 年在台湾病逝。

## 与溥心畬[1]等访杨啸霞

一月与溥心畬、张默君、曾今可、郎静山、谷岐山、刘延涛、陈士香访𫄨溪杨啸霞,看所植兰。

种兰[2]五十载,香满𫄨溪滨。
真有耕耘乐,似君能几人。

注:

①溥心畬:即爱心觉罗·溥儒,字心畬,曾任北师大、北京艺专等校教授。郎静山:浙江兰溪人,摄影家。

②兰:指兰花。

# 1950 年

## 吴凤庙献花[1]

酬君当奉人心果[2],寿世应同阿里山[3],
仁者爱人无不爱,牺牲岂止为台湾。

注:

①吴凤庙:又称阿里山忠王祠,位于台湾嘉义县中埔乡。1950 年 4 月作者赴台湾南部巡视,至吴凤庙献花。

②君：指吴凤（1699～1769），原籍福建漳州，后移居台湾。他在阿里山区做了许多善事，当地人为他建庙立碑，以“人心果”供奉。

③寿世句：年迈时留下的美名应像阿里山一样长久。

## 上巳新兰亭禊集[1]

又是兰亭修禊时[2]，游观所向盛于斯。
自由觞咏人人乐，大宙清和岁岁期。
当世不殊诸子抱，其情或引万流知。
天随浪迹亭林老，俯仰之间一遇之。

**注：**

①刘延涛注：台北士林园艺所所长陈国荣，养兰数十种，皆名品。……上巳日，先生与贾煜如、黄纯青，发起修禊于此。与会者百余人。台湾诗人到者尤多。先生此作，乃集右军兰亭序字也。按：贾煜如，即贾景德。黄纯青：台北市人，曾任台湾省文献委员会主任。

②这年农历三月初三，是作者到台湾后的第一个修禊日。这一天古人要到水边嬉耍采兰，晋代书法家王羲之在绍兴兰亭与友人赋诗写字的修禊盛况，传为千古佳话。作者这一天约集在台诗人发起修禊于台北士林园艺所，并书“新兰亭”门额，感慨系之，集王羲之兰亭序字做诗。

## 鹅銮鼻海边与谷岐山、曾永生拾石子[1]

大浪淘顽石，千年复万年。
太平洋上望，今古几渔船。

注:

①谷岐山:1906 年生,名凤翔,号岐山,察哈尔(今内蒙古)龙关人。曾任监察委员、国民党中央常务委员、评议委员。1988 年在台北病逝。鹅銮鼻:在台湾南端,濒临太平洋。建有灯塔,塔基是炮台,是著名的风景点。作者远望太平洋上的点点渔船,拾几颗石子作镇纸用,并赋诗一首。

## 夜读《曼殊大师集》①

夜读《曼殊大师集》,并怀季平、少屏、楚伧、元冲诸故人②。

不见僧归见燕归,燕归应惘旧巢非。

江南师友俱零落,独自栖栖雨湿衣。

注:

①苏曼殊:1884 年生,1918 年卒。近代文学家。原名玄瑛,号曼殊。广东香山人,能诗善画,通英、法、梵诸文。

②少屏:姓朱,原名葆康。楚伧:即叶楚伧。元冲:即邵元冲。

# 1951年

## 吊吴白屋先生(二首)

一

泾阳吴老字仲祺①,其子知名号陀曼②。
父为大侠子学者,我亡命时蒙蔬饭③。
近读白屋《碧柳集》,知遇陀曼诗一变。
吴老逝矣我难忘,君报陀曼乃宿愿。

二

西安围解名贤萃,四诣军门莫相值。(予外出。)
生大文豪天亦难,遇大文豪世不易。
今读遗集诸大篇,大笔回环我欲泪。
祝此独立特有之雄才,再以文章为世瑞。

**注:**

①吴白屋:名芳吉,字碧柳,四川江津人,1911年考入"清华",与吴宓为同班同学。著有《白屋书生诗稿》、《碧柳集》。吴仲祺:陕西泾阳人,三原宏道书院学生,与作者有同乡之谊,曾任陕西靖国军秘书长。作者亡命上海时,曾寄居吴家。

②陀曼:即吴仲祺之子、著名学者吴宓(1894～1978)教授,字雨生,又作雨僧,号陀曼。是学贯中西的学者、诗人。吴宓12岁考入三原宏道书院,1911

年进入清华学堂。1917 年入美国哥伦比亚大学。1918 年转入哈佛大学比较文学系。与陈寅恪、汤用彤被誉为“哈佛三杰”。1921 年 6 月从哈佛大学研究生院毕业，获文学硕士学位。吴宓回国后先后在东南大学、清华大学、西南联大、武汉大学、西南师院任教。“文革”中被迫害致残。吴宓重情讲义，待人宽厚。1932 年吴芳吉英年早逝。吴宓长期接济其妻子儿女，直至 1966 年“文革”开始，才被迫终止。吴芳吉生前写过“江东二刘子，泾阳一长兄”的诗句。

③指作者 1904 年因“诗案”亡命上海，曾寄食吴家。

## 为张岳军题胡笠僧为岳西峰临岳武穆书长卷①

武穆精灵呼欲出，将军文采似相承。

当年霸业今安在，垂老才知负笠僧②。

注：

①张岳军：即张群，字岳军。四川人。胡笠僧：即胡景翼，陕西富平人。1910 年春参加中国同盟会。后任陕西靖国军前敌总指挥，1924 年 10 月与冯玉祥、孙岳等发动“北京政变”。同年 11 月，任河南督办，他拥护孙中山“联俄、联共、扶助农工”的三大政策。1925 年 4 月，因患疔疮病逝于开封。葬于华山之麓，于先生送挽联“盖世功名不为王翦，弥天风雨又哭中山”。岳西峰：名维峻，陕西蒲城人。曾任陕西靖国军第四路第三支队队长。1929 年秋，任陕西招抚使、豫西警备司令、陆军三十四师师长。在豫、鄂、皖一带围攻红军时，1931 年 3 月被红军俘虏，1932 年 8 月被处死。岳武穆：指岳飞。

②垂老才知负笠僧：指靖国军时期，胡笠僧任前敌总指挥。直军威胁利诱，胡为保存实力，假意接受“改编”。1924 年与冯玉祥发动北京政变，拥护孙中山的三大政策，并电作者北上，实践了他不辜负于先生的诺言。

## 又　题(二首)

一

风雪关山共几程，崤函归路昔曾经。
张侯[1]佳句吾能记，夜色微茫见大星。
(末句为张拜云诗句，笠僧喜唱之)

二

武穆遗书何处寻，重观跋尾一沉吟。
伤心二十余年事，白首题诗泪沾襟。

注：

①张侯：指张拜云，字瑞玑。

## 四题胡笠僧为岳西峰临岳武穆书长卷

遗恨难为告九原，茫茫华下两坟[1]园。
摩挲上将新诗卷，洗涤神州旧泪痕。
一代人才悲命短，几番雷雨更招魂。
夜深犹是汤阴道，老木风声叩庙门。

注：

①两坟：指胡笠僧、岳西峰两人的坟均在华山下。

## 生日游草山柑橘示范场[1]

嫩绿新芽次第栽，名园曳杖且徘徊。
人间佳种知多少，天上晴云自去来。
老屋翻新村径远，小畦惊艳好花开。
白头吟望中原路，待我归来寿一杯。

**注：**

①草山：在台北市郊，为台北旅游胜地。这年农历三月二十，是作者73岁生日。他扶杖登山，眺望大陆。古稀之年，有家不能归，老人更加伤感，“白头吟望中原路，待我归来寿一杯”。

## 三月三日默君、槐村约台北宾馆禊集拈得王字[1]

修禊心情异大王，兰亭觞咏亦寻常。
题诗昭告全人类，为汝今朝祓不祥。

**注：**

①默君：指张默君。槐村：指诗人钟槐村。

## 题张岳军藏丈雪和尚诗轴

破山大弟子，圣水一诗僧。
清绝如苍雪[1]，悠然得上乘。
头陀原不醉，心法自相承。
四十八盘路，人间有废兴。

注：

①苍雪：即苍雪和尚。姓赵，云南人。著有《南来堂诗集》。

## 题慈镇西《勒马图》

勒马雄姿不可挡，佳儿接武亦堂堂。
神州破碎悲元老，犹念山东旧战场。

（海滨先生司机慈正明，慈镇西之子也。镇西为居觉生先生在山东时旧部。有战功，早死。正明当时年少，镇西有勒马遗照，正明奉母命，慎守勿失，携以来台，居、邹二公皆无意中遇之，其事可述也。）

## 四十年[1]诗人节

文化平流接万方，真光远射几重阳。
亦兴人类安全感，航路时时对太阳。

注：

①四十年：即1951年。

## 题杨沧白[1]手书《寄内诗册》

万锄春影一蓑笠，春草方生日又西。
九死难忘为国意，月明如水杜鹃啼。

（万锄句用原诗）

沧白先生寄内诗墨迹，归刘泗英收藏。其成都道中赠内杂诗云："蜀国春明野鸟飞，芥花黄趁豆苗肥。无边陌上伤心色，珍重香车缓缓归。""春水方生春草齐，万锄春影一蓑犁。此心已息辽西梦，时有新莺树上啼。"（十首录二。寄内诗云："九死犹能为国谋，全家绝岛独归舟。已堪壮观赏宗悫，无复平生忆少游。海上月明孤枕梦，天南风急故园秋。高堂弱息同荒远，落日凭轩涕泗流。"读以上诗，则万锄春影一蓑笠，正像其诗品。）

注：

①杨沧白：四川巴县人。早年参加同盟会，领导辛亥重庆起义。曾任广东大元帅府秘书长、四川省长等职。

# 1952 年

## 魏清德先生招饮

清德门风信有因，巍然古貌一平民。
家庭博士躬劳役①，风月名园作主人。

救溺难忘天下任，题诗不负百年身。
万华如海藏名日②，遗墨汤谭礼一巡③。

注：

①魏清德的公长子火曜，医学博士，台大医院院长。次子炳曜，妇科主任，皆躬亲劳役。

②丁叔雅寄我旅京杂诗十五首，仅记"万华如海一身藏"首句。

③魏清德藏有作者友人汤觉顿书谭刘阳遗诗，并有丁叔雅遗墨。

## 谢江火家看菊

篱间尽是中原种，要我赏之赠我看。
我本关西莳菊者①，海天万里一凭栏②。

注：

①关西莳菊者：关西指潼关以西。作者在陕西创办斗口农场，园中多菊花。张文生先生告诉选注者："于先生爱好花木，尤爱菊花，仅民治学校校园内培植的菊花就有200多种。"莳：栽种。

②海天万里一凭栏：家乡万里，海天遥隔，惟倚栏远望。悲歌当泣，远望当归，关西游子，"思念家乡，郁郁累累"。

## 再游柑橘示范场水亭小坐

万绿招邀一再来，无穷生意是春回。
源头活水①艰难到，圃内新畦②迤逦栽。
三面青山添画稿，一行老树有花开。
同人③争向中原望，天放晴光亦快哉。

注：

①活水：流动着的水。

②畦：以土埂围起的田地。

③同人：亦作"同仁"。"同人争向中原望"抒发了同人怀念故土之情。

## 韬园冬至日约诸老小叙仿杜曲江三章①

一

韬园诗兴老复颠，诸老应邀冬至天。计岁七百七十年，冬天到了春不远。万花涌现诗人前。

二

谢君有酒能共酌，多君意气重山岳，新诗赋就再商榷。中兴事业必完成，一阳复始天下乐。

三

请看杜老朱门篇②，诗为生民理则研，老当益壮希前贤③。寒者得衣饥得食，老者之愿方欣然。

**注：**

①杜曲三章体：为杜甫创体，调古格严，如平韵者。平韵颇似三平，于先生连仿其体，颇有提倡之意。

②杜老：指杜甫。朱门：指杜甫的“朱门酒肉臭，路有冻死骨”诗句。

③作者把杜甫奉为“诗为生民”的“先贤”。《曲江三章》是杜甫游曲江时感于仕途失意于公元752年写的诗。他通过对曲江秋季萧条败落景物的描写，抒发内心的愤懑与忧伤。

## 看刘延涛学画

延涛学石涛[1],兴至挥其毫。二涛合流[2]自今古,作画意境为之高。零碎山川颠倒树,眼前隐约中原路。画中诗心杂乡心[3],倚天照海非无故。爱石涛者请移步。

（“零碎山川颠倒树,不成图画更伤心。”“眼前隐约中原路,画中诗心杂乡心。”怀乡思亲之情,历历在目）

**注:**

①延涛:指刘延涛。石涛:广西全州人,清初画家,擅画山水人物,对近代画派影响很大。

②二涛合流:指刘延涛作画学习石涛,又有所发展。

③诗心杂乡心:乡心指眷恋故乡,怀念乡亲之心。作者借刘延涛的画面表达出热爱故土、怀念乡亲的情感。

## 林文访张鲁询二公(三首)

林文访张鲁询二公次第为消寒之约仿杜老[1]

曲江三章迟答其意并呈诸老。

一

消寒消寒诗阵开,

诸公诗兴真豪哉!

握手春光摇酒杯。

毕竟诗人开世运,

一章吟罢薰风[2]来。

二

气象峥嵘岁时闹，
江山美丽春先到。
日暖风和纵谈笑。
战时自挟征战声，
非古非今不同调。

三

万众饥寒休怨天，
南望北望心悬悬，
太平洋上风云连。
鱼龙壮大波浪阔，
誓海欲动今三年。

**注：**

①杜老：指唐代诗人杜甫。

②薰风：东南风、和风。白居易《首夏南池独酌》："薰风自南至，吹我池上林。"

# 1953 年

## 题陈雪屏家藏旧拓《九成宫醴泉铭》[①]

天与清香似有私，如何四宝尽归之。
九成台下佳山水[②]，辉映名碑[③]待我时。

**注：**

①陈雪屏：江苏宜兴人。曾任北京大学、台湾大学教授、训导长，国民党中央青年部部长，台湾“总统府”“资政”，国民党中央常委、中央评议委员等职。《九成宫醴泉铭》碑由唐代政治家魏徵撰文，书法家欧阳询书。

②作者说：“友人告我九成宫前山水极佳。”

③名碑：指举世闻名的唐代《九成宫醴泉铭》碑，被誉为“天下第一铭”。碑文记载了公元 632 年李世民第一次到九成宫消夏避暑时，天旱缺水。李世民在宫内策杖散步，走到宫西“俯察厥土，微觉有润，因而以杖导之，有泉随而涌出……其清若镜，味甘如醴”。此碑为泉而立。

## 癸巳重九士林登高[①]

重阳今又到，怀旧复登临。
风雨一杯酒，江山万里心。

**注：**

①癸巳年：即 1953 年。士林：在台北市北郊，是著名的风景区。

## 晴园消寒之会[1]（二首）

一

芝兰之室[2]信芬芳，窗外寒梅更放香。
同向春风争自奋，满园生意[3]醉何妨。

二

金鼓河山悯乱离，白头蹀躞[4]几沉思。
太平洋上吟风客，可有中原射虎[5]时。

**注：**

①晴园：台北诗人黄纯青的别墅。消寒：即九九消寒，是中华传统节日。

②芝兰之室：有助于为善的环境。“与善人居，如入芝兰之室。久而不闻其香。”（《孔子家语·六本》）

③生意：生机、生命力。

④蹀躞：小步。

⑤射虎：指汉代李广善射的故事，后来诗文中常用射虎比喻射艺的高超。

## 黄纯青、贾煜如两先生士林立碑并约重阳高会

片石新题记，诗人旧酒乡。
不风又不雨，佳日作重阳。

**注：**

①黄纯青：台北人，曾任台湾省文献委员会主任委员。贾煜如：即贾景德。

## 寿赵友琴先生七十(三首)

一

漠北归来日,五原会议时。
誓师关大计,片语释群疑。①

二

铁马走关河,英雄一曲歌。
我真有美酒,问子意如何?

三

醒时作卫霍②,醉后学关马。
持节老将军,露宿雪山下③。

**注:**

①赵友琴,名守钰,原冯玉祥将军部将。1926年作者和冯从苏联回国参加北伐时,西北军经费十分困难,代理冯玉祥职务的张之江面对各部队要钱、要弹药的局面,曾在会上大声说:“今天要命有命,要钱没钱。”在场的赵友琴竭力排解。他说:“你们忘记是干什么的了?我们要革命,革命就是要克服困难!……总司令又打俄国回来了,我们克服了困难,前途立刻就是光明,何必这样懊丧。”赵的一席话激励了大家,也受到冯的赞扬。(见冯玉祥:《我的生活》)

②卫霍:卫青、霍去病。

③露宿雪山下:指20世纪30年代赵友琴曾护送班禅大师入藏事。

# 1954 年

## 基隆[1]道中

云兴沧海雨凄凄，港口阴晴更不齐。
百世流传三尺剑[2]，万家辛苦一张犁。
鸡鸣故国天将晓[3]，春到穷檐路不迷。
（谚云：福州鸡鸣，基隆可听。）
宿愿犹存寻好句，希夷[4]大笑石桥西。

注：

①基隆：位于台湾岛北部的海港。
②三尺剑：古代的剑约三尺，这里喻指“军事”、“用武”。
③天将晓：天将亮了。祖国统一的大业将要实现。
④希夷：即吴季玉，字家元，号希夷。时住香港，作者每年寿诞，他都专程赴台贺寿，传递大陆信息和亲人问候。1963 年在台湾被暗杀。

## 题《故山别母图》[1]（二首）

一

文章报国男儿志，天地无私慈母心。
珍重画图传一别，故山长望白云深。

二

龙雾山前云气深，云埋万丈到于今。

梦中游子无穷泪，二十年来陟屺心[②]。

**注：**

①《故山别母图》：是友人为纪念抗战离家别母而请人作的一幅画。1946 年 1 月，作者题诗。后遗失，画主又请作者补题，即第二首。

②屺：没有草土的山。《诗经·魏风·陟岵》："陟彼屺兮，瞻望母兮。"

## 和拜伦《希腊篇》[①]（三首）

任公、君武、曼殊、适之均有译本[②]，予以七律和之。和者，和其意也。仅三首为止。留待他日也。

一

希腊精神我所思，星罗群岛降祥时。
栖迟仙迹征人泪，惆怅沙浮圣女[③]诗。
明月多情还我恋，骄阳无限惹人悲。
难忘一曲忧伤意，歌咏人间任听之。

二

荷马名歌[④]天下欢，爱情鼓吹有何难。
争将儿女英雄气，注入兴亡运会[⑤]间。
异世高名犹想象，宗邦多难一辛酸。
夕阳无语凭栏立，渺渺遗音未许弹。

三

摩罗山上几徘徊，表里河山气象开。

游子行行不忍去，自由望望复归来。
梦中希腊应无敌，幕上波斯[6]尽可哀。
不信沉沉竟终古，人生从此作舆台。

**注：**

①拜伦：英国浪漫主义诗人。他的诗热情奔放，富有革命精神。梁启超、胡适、马君武、苏曼殊等，皆有译诗。梁启超以曲体译出，胡适以骚体译之。作者以律诗奉和，在目下看到的于诗中，这是唯一和外国人的诗作。和：依别人诗词题裁作诗词。

②任公：指梁启超。君武：指马君武。曼殊：指苏曼殊。适之：指胡适。

③圣女：贤德的女子。女神。

④荷马名歌：古希腊诗人荷马，生于小亚细亚，相传著名史诗《伊利亚特》、《奥德赛》为他所作。

⑤运会：指奥林匹克运动会。

⑥波斯：古国名，宋时称为西南海上波斯国。

## 赠　山　田[1]

白首相亲作远游，难兄难弟各千秋[2]。
樽前频下中山泪，犹是栖栖念亚洲。

**注：**

①山田：指日人山田纯一郎。

②山田纯一郎之兄，参加惠州起义时牺牲。1954 年，山田携孙中山当年所书“亚细亚复兴会”六字来台，作者写诗以赠。题目为选注者所加。

## 题张静江、李石曾两先生山水画册[1]（二首）

一

卧禅东行竟不还，石翁放笔写溪山。
开国多难悲元老，余事支撑天地间。

二

用笔不同用意同，传神各有古人风。
吴兴[2]博大沉雄气，尽在高阳[3]友谊中。

注：

①张静江：又名人杰，字静江，浙江吴兴人。曾任国民党中央执行委员、浙江省主席等职，1950年在美国去世。李石曾：河北高阳人。曾任北京大学教授、国民党政府监察委员、“总统府”顾问、故宫博物院院长等，1973年在台湾病逝。

②吴兴：指张静江。

③高阳：指李石曾。

## 寿许静仁[1]先生八十

不特人崇仰，宜为世准绳。
心常天下念，诗是老成能。
八十身弥健，艰危气益增。
举觞齐庆祝，延伫看中兴。

注：

①许静仁，即许世英，字静仁，安徽至德人。曾任段祺瑞内阁内务总长、交通总长、安徽省长、南京政府驻日大使、台湾“总统府”资政等。1964 年在台北病逝。

## 寿吴礼卿[1]先生七十

开国之功不可忘，于思尚及说其详。
金陵[2]未下资筹划，民立[3]难支赖主张。
活国由来危益见，论兵更是识弥强。
人生七十今犹壮，百岁还期祝万方。

注：

①吴礼卿，即吴忠信，字礼卿。安徽合肥人。曾任国民党安徽省、新疆省主席，国民政府委员、蒙藏委员会委员长等职。1959 年 12 月在台北病逝。

②金陵：指南京。

③民立：指《民立报》。

## 胡康民[1]先生八十晋四寿辰为作老人歌以祝

老人诗祝我，病魔莫敢乘。
愈后逢华诞，礼佛访高僧。
当年讨贼意，此日尚峻赠。
风雨思桃李，关山念友朋。
我今更为老人寿，老人家有原子能。
濡染大笔成中兴。

**注：**

①刘延涛注："胡康民先生为胡君秋原之尊翁，是年先生诞日，胡氏有诗致祝。"

# 1955 年

## 诗人节赴台南道中

海山苍翠色，助我以诗情。
远大先民迹，精勤万井耕。
采兰歌屈子[①]，有酒礼延平[②]。
道树熟芒果[③]，山禽少弄声。

**注：**

①采兰：采兰草。兰草：兰花的俗称。屈子：指爱国诗人屈原。1955 年诗人节，作者赴台南参加大会，在会上发表了对诗歌创作的意见，热情讴歌了爱国诗人屈原和民族英雄郑成功。

②延平：指民族英雄郑成功，曾被封为"延平郡王"。

③台南：在台湾本岛西南部，为台湾第三大城市，盛产芒果及其他热带水果。

## 沁水贾煜老[①]七十六寿辰

孕育千年洪谷子，画家而后有诗人。
开山著作前无例，悯乱吟哦老倍亲。
百中谁能争胜负，高歌近益见精神。
时光巧遇新佳节，照眼黄花处处新。

注：

①贾煜老：即贾景德，字煜如，山西沁水人。曾任国民党中央监察委员、行政院副院长、"总统府资政"等职，1960年在台北病逝。

## 题陇西祁少潭《漓云诗存》[1]（二首）

一

风雪山川阻半生，诗人竟失一苏卿。
百年博大缠绵句，"落日千羊唤母声"。（祁原句）

二

高呼汤武天人战，否认夷齐薇蕨香。
瞻彼西山犹有泪，清风明月不能忘。

（余民国纪元前杂诗有"伟哉说汤武，革命协天人。夷齐两饿鬼，名理认不真"。此作特申歉意耳。）

注：

①作者在读了《漓云诗存》后写道："往者关陇友人为余道：祁少潭先生文学造诣深。数十年来南北差池，终未一晤，又无从读其作品。顷监委曹启文以《漓云诗存》三卷见示，称得之台大陇西罗生锦堂，罗生受乡人之托，谓祁进士自清亡后，即归栖渭滨。所有著作，地方乱后，仅存此稿。拟付印以广流传，嘱余为之评阅云云。祁先生之诗，出之以雄强，约之以绮丽，体物寓兴，卓尔名家。吾生师友中，西北而失此人，大隐固不在名，而益彰余过也。兹择爱诵者数首录之，并介于世人，以志钦迟之意云尔。烈士吟云：'易水寒峥嵘，燕山郁崔嵬。再拜饮君酒，泣下肝肠摧。天地忽易色，壮士去不回。白日咸阳宫，回首惊风雷。武阳视秦帝，面青如死灰。'又首阳山云：'高风不可掇，万古尘茫茫。掉首忽无语，西山薇蕨香。'又宿长寿庙云：'两三门

屋层崖上，瓮大青天斗大城。酒病癫狂犹昨日，老怀惆怅入边程。西风独树惊霜色，落日千羊唤母声。戏马健儿头似雪，征南曾说射雕行。'又清圣祠云：'高风今不作，坏土见羲皇。废垒寒鸟下，春山老蕨香。热心全道义，冷眼看兴亡。我亦饥驱客，垂鞭过首阳。'观其诗，可知其人矣。"

## 高雄[①]远望

霸业东方何处寻，痴儿失算复南侵。
天留吾辈开新运，人说中原有好音。
拨乱非为一代计，哦诗争起万龙吟。
旗山当面庄严甚，无限光明照古今。

**注：**

①高雄：在台湾南部，濒临南海。

## 高雄至鹅銮鼻道中（三首）

### 一

日暖鸟鱼水底过，无鱼谁唱打鱼歌。
渔翁晒网沙场上，坐待风生万顷波。

### 二

大王椰子舞天风，甘蔗连郊映眼中。
闻说人间新灌溉，十年万井已成功[①]。

三

昔年濯足太平洋，拾得螺纹石一筐。
今我重来何所见，自由塔放自由光。

注：

①十年万井：鉴于西北经常干旱，1942 年作者曾致电在兰州召开的中国工程师年会，提出“十年万井意见”，以解决农田灌溉。这一计划终于变为现实。

## 题榆林王军余抗战时所作《国难漫画集》

致敬吾乡[1]图画王，曾挥彩笔救危亡。
热情漫画人人爱，通俗新诗字字香。
（君在西安执教时，学生称之曰“图画王”。）

注：

①作者与王军余（陕西榆林人）为陕西同乡。

## 题刘延涛《草书通论》[1]

草圣联辉事已奇，多君十载共艰危。
春风海上仇书日，夜雨渝中[2]避乱时。
理有相通期必至，史无前例费深思。
定知再造河山后，珍重光阴或赖之。

注：

①这是为刘延涛所著《草书通论》一书的题诗。

②渝中：指重庆市。抗日战争时，作者与刘延涛同在重庆。

## 题胡秋原[1]《世纪中文集》

欧阳公云：文章如精金美玉，市有定价，非人所能以口舌贵贱也。胡君秋原文名当代……呕心血之作，多散在京沪汉渝日报与杂志中。来台后所作益闳肆，而分散益甚，余劝其结为一集，以便读者。并允为其作序，及胡君整理成功，而余文则迟迟不成，乃改文为诗，则与会立至，虽短律似谓颇可以传君之精神也。胡君知之而诘以许人为诗者，何也？我寄语曰：君以如长江大河之文，使我以细流环绕之。何敢！何敢！诗则我如公之为文，操纵自如也。无已两全其说，存诗而并为之，序。

美玉精金市有价，文章在世与之同。
时当汤武天人战，各有河山创造功。
比旧名家多霸气，为新世纪作劳工。
白头才尽难成序，冀以诗歌引大风。

**注：**

①胡秋原：字石朋，湖北黄陂人。曾任国民参政员、《中央日报》主笔、台湾师范大学教授、“中国统一同盟”荣誉主席等，1988 年曾回大陆探亲、访问。后被国民党开除党籍。

# 1956 年

## 鸡　鸣　曲[1]

福州[2]鸡鸣，基隆[3]可听。伊人[4]隔岸，如何不应？沧海月明风雨过，子欲歌之我当和。遮莫[5]千重与万重，一叶渔艇冲烟[6]破。

（首两句为台湾民歌，末句为清人成句。）

注：

①诗以台湾民谚起兴，谓海峡两岸鸡鸣犹可相闻，而伊人隔岸，呼之不应。萦怀大陆，思念亲故，直欲驾一叶扁舟冲破烟波而过。

②福州：福建省省会，在福建东部闽江下游，与台湾隔海相望。

③基隆：旧名鸡笼，在台湾本岛北部，是台湾省重要的海港和渔港。

④伊人：那人，指所怀念之人。《诗经·秦风·蒹葭》："蒹葭苍苍，白露为霜。所谓伊人，在水一方。"

⑤遮莫：尽管。

⑥烟：海上水气似烟。

## 诗 变[1]

诗体岂有常，诗变数无方；
何以明其然？时代自堂堂。
风起台海峡，诗老太平洋；
可乎曰不可，哲人知其详。
饮不竭之源，骋无穷之路；
涵天下之变，尽万物之数。
人生即是诗，时吐惊人句；
不必薄唐宋[2]，人人有所遇。

注：

①诗变：这首五言诗，讲了诗的变化、诗的革命、诗的创新。作者是具有60多年创作实践的老诗人。他不仅以脍炙人口的诗词驰誉文坛，而且在诗歌创

作理论上有许多精辟的见解。他说:“我们的诗,三百篇后,由汉魏之六朝,一少变,至唐,而变生多体,变也。宋词,变也。元曲,变也。每一变的初期,皆为诗体的解放,内容的扩大。但是到了后期,却一反其势。”作者主张:作旧诗的,也宜有兼容并包的胸襟,择善而从的雅度,取新诗之长,补旧诗之短。融会贯通,取长补短。

②指唐诗、宋词。

## 中坜圆光寺访本际和尚

中坜市外圆光寺,寺里深藏一老龙[①]。
七十出家礼佛祖,三年无客知高踪。
临渊远挹清波阔,接叶时惊积翠重。
树荫法堂花满院,悬崖回响一声钟。

**注:**

①中坜:位于桃园与新竹县之间,建有圆光寺。寺内有一和尚姓“龙”。

## 题张岳军藏《黄克强先烈遗墨》[①]

开国之功未可忘,国人犹自说孙黄[②]。
黄花满眼天如醉,猛忆元戎[③]旧战场。

**注:**

①张岳军:名群,四川华阳人。曾任国民政府行政院院长、四川省主席、西南行政长官等职,1954 年任台湾“总统府”秘书长。黄克强:名兴,湖南长沙人。辛亥革命时资产阶级革命派的重要领袖。1912 年南京临时政府成立时任陆军总长。1916 年在上海病逝。

②孙黄：辛亥革命时，人们对孙中山、黄兴并称“孙黄”。

③元戎：元帅。辛亥武昌起义时，黄兴任总司令，率民军在汉阳前线与清军奋战20余日。

## 山中过夏[①]

天道驱人未肯休，老夫逃暑亦悠悠。
无情岁月迷归梦，有泪山川作卧游。
过雨如飞云再起，出山不息水争流。
而今已是忘机[②]地，何用题诗在上头。

**注：**

①孤居异乡，内心郁闷，山中过夏，作诗抒怀。

②忘机：与世无争。只是思念大陆，怀念亲人。

## 题张大千为黄君璧作《白云堂图》[①]

白云无尽，孤儿多伤。一幅图画，罔极心肠，画者谁？张八郎[②]。白云堂下云来往，白云堂上花生香。春满白云堂。

**注：**

①张大千：四川内江人，是当代负有国际盛名的画家。曾旅居国外，1983年4月2日在台北病逝。生前与作者交谊极笃。黄君璧：字君翁，广东南海人，曾任南京中央大学教授。擅长国画。

②张八郎：指张大千。张大千排行第八。

## 基隆道中

生日定走基隆，因风雨而止，
次日复去接季玉，道中成此[①]。

郊行避寿礼应该，锦绣川原面面开。
初拟寻诗游虎尾[②]，继思载酒走乌来[③]。
江山有待人难定，风雨无私世莫猜。
毕竟基隆路平坦，希夷[④]再遇亦奇哉。

注：

①1956年4月11日是作者78岁寿诞，老友吴季玉自港前来祝寿。这是作者次日赴基隆迎吴途中所作。

②虎尾：台湾中部云林县一游览区。

③乌来：台湾著名温泉，在台北市南25公里处。

④希夷：吴季玉，号希夷。

## 题宋希尚教授著《李仪祉传》[①]

余肄业泾阳书院时，与同学李仪祉、茹怀西，步行往三原。时，天旱连年，怀西曰："要人工造雨。"仪祉曰："学水利也可。"因述其语，距今五十余年矣。

青年学子各言志，独悯生民遭旱荒。
储学方能移命运，成功岂仅救家乡。
余生歌哭终何补？万众饥寒更可伤。
闻道秦人说八惠[②]，遗文理就几思量。

注:

①李仪祉:1882年生,1938年卒。原名协,字宜之,陕西蒲城人。我国著名的水利专家。为作者泾阳书院同学,后留学德国,专攻水利。回国后任黄河水利委员会委员长、陕西省水利局局长等职。关中灌溉系统由其亲自设计、督导施工。生前竣工的三大渠道,可灌地78万亩。由于长期奔波,积劳成疾。1938年身患重病,病中仍念念不忘水利工程,多次询问渭惠渠土坝打桩情况,临终前仍在手心书写“土坝”二字。1938年3月9日病逝,葬于泾惠渠的两仪闸畔。于右任题写“殊功早入河渠志,遗宅仍归水竹居”,以志悼念。1956年台湾大学宋希尚教授编著的《李仪祉传》出版。于右任为该书写了序言,并题了这首诗。

②八惠:指李仪祉亲自设计的关中八条灌溉渠道,即泾惠、渭惠、梅惠、涝惠、洛惠、黑惠、沣惠、泔惠。

## 题梁鼎铭画《拐子马图》

金兀术[①],南侵者。
有精骑,拐子马[②]。
万五千骑重铠兵,横行中原挡者寡。
阵前屹立岳爷爷[③],大破胡儿郾城下[④]。
前锋已到朱仙镇[⑤],痛饮黄龙期可把[⑥]。
歼灭敌人在眼前,国策一误如何写[⑦]。
破贼容易肃清难,岳武穆之遗恨如斯也。

注:

①金兀术:即金兵元帅完颜宗弼,金太祖阿骨打的第四子,曾率部南侵。

②拐子马:金兵将战马连在一起,向前冲锋。

③岳爷爷:指抗金英雄岳飞。

④郾城:指郾城县(今属河南省漯河市),岳飞曾在此大败金兵。

⑤朱仙镇：在开封市西南。岳家军打败金兀术后，一直追到朱仙镇。

⑥黄龙府：金国首府，在今吉林省农安县境内。

⑦国策一误：指正当岳飞乘胜追击时，宋高宗一天连发十二道金牌，令岳飞收兵，并诏回岳飞。后被奸臣害死在风波亭。这一误国政策使追击金兵之战，未获全胜。

## 寿陈含光先生七十晋八

我持一樽酒，祝公无量寿。
诗比散原清，字似兰甫秀。
不作又不述，人不知其富。
含英扬光辉，似新还似旧。
南来数年间，更有所成就。
一代人才兴，苦学为之奏。
思以寿而长，岂曰自天授。
同岁君为长，国难得相遘。
文运会弘开，天香扑衫袖。

## 由黑夜到光明

长夜漫漫，苍然莫辨。
鸡儿飞鸣，兔儿奔窜。
绵羊唤母，狼虎为患。
如日蚀之已既，而万物收敛。
孔子[1]执戈，耶稣[2]带剑。
平其不平，神圣所念。
何人当先，百胜百战。

争取自由，与天下见。
光明兮，快哉！
光明兮，快哉！
光明远播兮，太平开。

（原诗后四句删去——选注者）

**注：**

①孔子：前551年生，前479年卒。名丘，字仲尼，春秋末期的思想家、政治家、教育家。

②耶稣：基督教信奉的救世主，据《新约全书》记载，他是上帝（天主）的儿子。

## 题罗锦堂《中国散曲史》[①]（七首）

一

关马之兴地运移，北人一曲自雄奇。
琼筵客与朝阳凤，铁板铜琶两大师。

二

山河犹带英雄气，杨柳将垂袅娜枝。
自有风流高格调，知佗不是宋人词。

三

民族交融产异花，西来诸部几名家。
酸斋文思如天马，集里何来春燕斜。

四

康王乐府出吾家，绝代风流陌上花。
所惜词人失机会，零煎细炒凤随鸦。

五

白石清泉一曲箫，幽香入画酒旗招。
平民文学开新运，天下争传郑板桥。

六

我说长洲集大成，末流特起世人惊。
江山风雨师生泪，万卷飘零惜此声。

七

金鼓玉箫两者间，浩歌有待凯歌还。
中华学府宏扬遍，万选应知不等闲。

**注：**

①罗锦堂：甘肃省陇西人。台湾大学教授，著有《中国散曲史》。

### 浣溪沙

## 寿石井先生[1]

中日相成国运昌，一杯寿酒万家香。为君为我请思量。　　闻道生辰关大计，争传使节放奇光。佳音飞播太平洋。

注：

①1956年石井率日本代表团访台，8月14日是石井生日，作者作词一阕祝贺。题目为选注者所加。

# 1957年

## 题民元照片

民元，总理辞临时大总统后，宴客于上海爱俪园，摄影留念，参加者唐绍仪、陈其美、熊希龄、黄郛、胡汉民、马君武、程德全、谭人凤、蔡元培、张謇、汪精卫、曹亚伯、褚辅成、林长民等三十四人，现仅存余一人，其余皆凋谢。抚今追昔，赋此寄慨[1]。

不信青春唤不回，不容青史尽成灰。
低回海上成功宴，万里江山酒一杯。

注：

①总理：指孙中山。唐绍仪：字少川，广东香山人，曾任国民政府委员，1938年在上海被刺。陈其美：字英士，浙江吴兴人，1916年在上海被袁世凯派人暗杀。熊希龄：字秉三，湖南凤凰人，曾任北洋政府内阁总理。黄郛：字膺白，

浙江绍兴人，曾任北洋政府外交总长、教育总长、代国务总理，后任国民政府委员、上海市长。胡汉民：字展堂，广东番禺人，曾任国民党中常会主席。程德全：字纯如，四川云阳人，曾任江苏都督。谭人凤：字石屏，湖南新化人，曾参与护国、护法运动，1920年在上海病逝。蔡元培：字孑民，浙江绍兴人，曾任南京临时政府教育总长、北京大学校长，1940年在香港病逝。张謇：字季直，江苏南通人，光绪状元，1912年1月任南京临时政府实业总长，后任北洋政府农林总长、工商总长，1926年在上海病逝。汪精卫：名兆铭，号精卫，原籍浙江，生于广东三水，曾任广东国民政府主席、国民党副总裁，1938年12月叛国投敌，任日伪国民政府主席，1944年死于日本。褚辅成：浙江嘉兴人，字慧僧，曾任上海法学院院长。马君武：广西桂林人，在上海参加创办中国公学，任教务长，后任广西大学校长。

## 携诸孙基隆海滨浴场小坐[①]（二首）

丁酉新春与澄基、想想[②]携诸孙在基隆海滨浴场小坐

一

锦绣家山万里同，寻诗处处待髯翁。
今朝稳坐滩头石，且看云生大海中。

二

无祷告时无恐怖，白头无悔作劳人。
沉沙锦石淘难尽，闲伴儿孙戏海滨。

**注：**

①小坐海滨，触景生情，思念家乡的山山水水。

②澄基：即张澄基，作者女婿。想想：作者女儿。丁酉：1957年。

## 延涛[1]叙我创办神州报诸事酬之以诗

出亡戮力[2]几春秋，当日青年今白头。
一夜惊心眠不得，神州旧主[3]哭神州。

注：

①延涛：即刘延涛。河南巩县（今巩义市）人，北京大学中文系毕业。为作者的入门弟子，曾任国民党监察委员、中央评议委员。作者于1907年在上海创办《神州日报》，回忆办报的宗旨："以神州作为报名，就是以祖宗缔造之艰难和历史遗产之丰富，唤起中华民族之爱国思想。""激发潜伏的民族意识。"刘延涛曾编著《于右任先生年谱》、《于右任先生诗集》、《草书通论》等书。

②戮力：勉力、并力。

③神州旧主：作者曾任神州日报社社长，故有此称。

## 屈子2300年祭[1]

一卷《离骚》[2]爱不忘，一丛兰蕙发天香。
歌谣传世非神话，风雨怀人是国殇[3]。
为汝行吟迷远近，有谁端策决兴亡[4]？
二千三百年时迈，春草生兮酹桂浆。

注：

①屈子：即爱国诗人屈原（约前340～前277），名平，战国时楚国人。青壮年时期曾得到楚王信任，后因奸臣诬陷，被长期流放。最后自沉于汨罗江。主要作品有《离骚》、《九歌》、《天问》等。1957年是屈原逝世2300年，作者

在纪念大会上，高度评价屈原的爱国思想，“一卷离骚不能忘，一丛兰蕙发天香”。

②《离骚》：是我国古典文学作品中最长的叙事诗，是爱国诗人屈原的代表作。作者曾以“骚心”、“骚心氏”作笔名，表明了他对屈原的崇敬之情。

③作者特别喜欢屈原的作品，赞颂那些为国牺牲的人。在他的诗歌里多次使用“国殇”一词。如：“诗里国殇知友多”（《春感》）、“乡民祭国殇”（《闻乡人语》）、“黄土无情葬国殇”（《民主七哀诗》）等。

④这一设问，加重了语气，委婉曲折地反映出作者盼望国家统一、民族振兴的心情。

## 喜见居延汉简出版①

此生得见居延简，相待于今二十年②。
为谢殷勤护持③者，乱离兵火得安全。

故友书家王世镗④，心魂日日在敦煌。
及闻得宝居延海⑤，垂死犹呼木简香。

远征考古真不易，守缺抱残⑥亦至艰。
从此居延多少简，公开散布到人间。

**注：**

①居延汉简：为汉代木简，1930 年西北科学考察团在内蒙古额济纳河流域汉代烽燧遗址中发现，约 1 万余枚。后又陆续出土约 2 万余枚。这些木简都是张掖郡居延都尉和肩水都尉管辖区内的屯戍文书。时限在西汉晚期至东汉初年，是研究汉代历史的重要资料。编为《居延汉简甲乙编》出版。此诗作于 1957 年该书出版以后。

②二十年：居延汉简 1930 年发现至 1957 年出版，其间 27 年，言 20 年乃举其整数。

③护持:保存。

④王世镗:即王鲁生。此下四句指王鲁生以未见居延汉简为恨,临死曾做诗数韵而殁。作者另有《挽积铁子王鲁生先生(四首)》。

⑤居延海:在今内蒙古额济纳旗北境。汉称居延泽,魏晋名西海,唐以后通称居延海。本为一湖,位于汉居延城东北,狭长弯曲,形如初月。

⑥守缺抱残:或作抱残守缺,意为守住陈旧残缺的东西不放。一般用以形容守旧保守,作贬义词,此处用作褒义词。

## 北投道中遇监委陈志明牧羊①(二首)

一

牵羊一牧者,遇我北投道。
牧者爱其羊,沿山觅青草。
草肥羊自肥,羊肥奶自好。

二

力为己所出,奶非天所造。
自有生民来,惟善以为宝。
苏武持汉节,太息人将老。

注:

①陈志明:曾任国民党驻澳洲常务委员、中央监察委员、中央评议委员。北投:在台北市北。

## 咏　杖[1]

不尽生平民族泪，当年作誓亦徒然。
手持藤杖何人赠？助我辛勤二十年。
（杖为贵州苗民所赠，曾言盼为苗民谋利益）

**注：**

①题目是选注者加的。

## 咏　帽[1]

群众欢迎志不忘，赠髯[2]衣帽岂寻常。
携来万里同胞爱，留待平戎大战场。
（帽为欢迎大会所赠，余携至台，今犹存焉。）

**注：**

①作者说："我由大陆来台，什么东西都丢光了。就是舍不得丢去这顶小帽。因为这顶小帽是代表新疆。有新疆就有大陆了。"怀念大陆，怀念西北之情，可以想见。

②髯：作者自称。

## 题陈含光先生撰书
## 《陈勤士[1]先生八十寿文》

含老文章自足传，陈家世世出名贤。
微闻两代头如雪，开国回思一泫然。

注:

①陈勤士:浙江吴兴人,为陈其美(英士)兄长。

## 陈纪滢先生编《张季鸾文集》成嘱题[1]

痛心莫论大公报,民立[2]余馨更可思。
但愿终身作记者,春风吹动岁寒枝。

注:

①陈纪滢:河北安国人。曾任《大公报》记者驻苏特派员、国民参政员、国民党中央评议委员。张季鸾为《大公报》主笔,《大公报》1902 年在天津创刊。创办人为英敛之。1926 年由吴鼎昌、胡政之、张季鸾接办。曾增出上海、重庆、汉口等版。1956 年迁至北京,以报道财经为主。现有香港《大公报》。

②民立:《民立报》。作者主办《民立报》时,张季鸾参与笔政。

## 阴雨连月四十六年元旦天大放晴 喜而记所梦[1]

昨宵梦绕黄花岗[2],又入中原旧战场。
灾难随年恭送了,今朝雨后看朝阳。

注:

①苦雨连绵,梦魂萦驰大陆,思乡之情,寓于诗中。

②黄花岗:指广州黄花岗。

## 忆黄花岗碑

三十八年，余埋碑黄花岗，赋《天净沙》一曲，四十六年三月二十九日忽忆及之，悲成此咏。

一曲悲歌《天净沙》，黄花岗上泣黄花。
凄凉往岁埋碑日，亲见寒云噪暮鸦。

## 题林家绰写《牧羊儿自述》（二首）

一

少小乡村学牧羊，壮年出塞射天狼。
太平洋上风云急，白首来临新战场。

二

白首来临新战场，几曾火箭射天狼。
夜深重读牧儿记，梦绕神州泪两行。

## 四十六年生日诗[①]（二首）

四十六年生日诗作于彰化道中，同季玉、伯纯、沧波、世达、想想、孝实望之。

一

乾坤多难安云寿，日月如流赖有诗。

我与生民同病者，及身定见太平时[2]。

二

曾借黄牛学种田[3]，也曾学战过中年[4]。
曾膺帝命为人役，老学斋[5]中一泫然。
（老学为余书斋名。）

注：

①在生日（农历三月二十），作者回忆往事，有感而作。

②作者和广大人民一样，渴望祖国统一，国家富强，出现太平盛世。

③作者少年时曾在农村学过“种田”。

④中年时任陕西靖国军总司令，与北洋军队战斗数年。

⑤老学斋：是作者到台湾后的书斋名。

## 寿钱新之[1]

春暮游乐天，共饮沪西道。
醉后推小车，各矜手臂好。
转瞬三十年，时光催人老。
翠柏参天立，精神自浩浩。

注：

①钱新之：名永铭，字新之。曾任交通银行上海分行副经理、国民政府代理财政部部长、交通银行经理、国民参政员等职。1958年在台北病逝。

## 赠刘延涛(二首)

望其以《标准草书》之利益再告国人。[1]

一

《标准草书》行，文字自改造。
子与我合作，举世称美好。
文化之精神，草书顺其道。
我且大声呼，望子舒怀抱。

二

方法果若何？每课识一字。
中学倘毕业，不教可自致。
古籍既易通，民众亦易使。
一字可医国，医国有利器。

注：

①作者有《标准草书》问世。刘延涛曾编著《象声语文研究》、《草书通论》。

## 答井塘续作《于思歌》

井塘续作《于思歌》，绍棣持湖笔并诗见赠，因为此歌以答之[1]。

君莫袖手焚笔砚，一草一木祖国恋。我藏湖颖君不知，赠君来支神圣战。神圣战，神圣战，我得长锋较射程，有似前方得火箭。又如大队临中原，十年初接敌人面。感公意，读公诗，于思[2]于思有所思。井塘作歌真巨手。一歌再歌奇迹有。使我白头变颜色，持笔四顾并进一杯酒。

**注：**

①井塘：即余井塘（1896～1985），名愉，江苏兴化人。复旦大学商科毕业，后留学美国。曾任国民党中央组织部代理部长，第五、六届中央执行委员，台湾“总统府资政”，“中央评议委员会主席团”主席。1985年在台北逝世。绍棣：即许绍棣（1900～1980），浙江临海人。曾任上海大学讲师、国民党中央执行委员、“立法委员”，是台湾基督教长老会长老。1980年在台北病逝。湖笔：湖州出产的毛笔。

②思：多须貌。语出《左传·宣公二年》：“于思于思，弃甲复来。”作者银须飘胸，余井塘、许绍棣以《于思歌》赞之。

## 再题民元[1]照片

开国于今岁几更，艰难日月作长征。
元戎[2]元老骑龙去，我是攀髯一老兵。

**注：**

①民元：中华民国元年（公元1912年）。

②元戎：指孙中山先生。

## 1958 年

### 四十七年春节同乡会团拜演说归，编为诗三章[①]

一

欢欣辞岁谢天公[②]，障碍居然越一重。
争说先生年八十，牧羊孩子已成翁。

二

人生百岁不稀奇，生理家言已断之。
容易高龄百四五，万般进步待人为。

三

能养能生共几何？不教饭碗引干戈[③]。
将来麦子木瓜大，四季开花结实多。

**注：**

①此诗做于 1958 年春节。作者参加台湾陕西同乡会团拜时曾发表演说，归后根据演说内容，写成这三首诗。作者希望能活到 100 岁，回到故乡与亲人团聚。

②天公：老天。

③干戈：代指战争。

## 三月十二日赴阳明山[①]看杜鹃花（二首）

一

忠烈祠前再拜看，士林园里也参观。
春风丽日阳明道，万岁声中万族欢。

二

三年创造杜鹃城，百万名花献众生。
世界公园美丽岛，象征奋斗到和平。

注：

①阳明山：在台北市郊。

## 征　　服[①]（二首）

一

征服天空也有人，欢迎射手月球巡。
桂枝巨大真神木，万古飘香不受尘。

二

乾吾父也坤吾母，下则岳兮上则星[②]。

学说于今一大变，人间各有圣人经[3]。

**注：**

①征服：作者对卫星的发射，倍加赞叹。他想到古代神话中“月中丹桂”的故事与现代科技的发展，写诗抒怀。

②文天祥《正气歌》：“天地有正气，杂然赋流形。下则为河岳，上则为日星。”只有具有浩然正气，才能对人类作出更大贡献。

③圣人经：科学在发展，人类在进步，各领域都会出现新的“圣人”。人们也应随着时代的变化更新观念。

## 明　　月[1]（二首）

### 一

对吾饮者有明月，入吾室者有清风[2]。
老夫行乐无穷尽，明月清风天下公[3]。

### 二

八月梨枣香复香，九月菊花黄复黄。
痛心零落南来雁，不忍哀号过战场。

**注：**

①作者到台后，时时怀念家乡，思念亲人，“月是故乡明，人是家乡亲”，感慨而赋此诗。何香凝看到这首诗后，曾作《雁》一首，借诗抒怀。诗曰：“忧心零落南飞雁，风雨飘摇瞬息间。若不奋起图御侮，殖民主义噬台湾。”

②对吾饮者有明月，入吾室者有清风：意谓与清风明月为伴饮酒，清闲无事。《南史·谢谌传》：“不妄交接，门无杂宾。有时独醉，曰：‘入吾室者，但有清

风；对吾饮者，唯当明月。'”

③天下公：为天下人所共有。

## 四十七年赴台东[①]诗人大会（二首）

四十七年诗人节赴台东诗人大会，归而整理诗二首。

### 一

太武山头日丽，太平洋面云开。
我亦中兴鼓手，今年与会东台。

### 二

太武山中老树，太平洋里渔船。
伟大景色待写，他日再去花莲。

**注：**

①台东：县名，在台湾岛东南部，是高山族同胞居住人数最多的县。有铁路北通花莲。

## 补《岁寒三友图》遗字[①]（二首）

友人在摊上购《岁寒三友图》，乃经颐渊、陈树人、何香凝合作，而余题诗者，此十五年国民党四次会议时事也。诗曰："紫金山上中山墓，扫墓来时岁已寒。万物昭苏雷启蛰，画图留作后人看。""松奇梅古竹潇洒，经酒陈诗廖哭声。润色江山一枝笔，无聊来写此时情。"诗中写时遗一"时"字，小女想想携回，予为补书"时"字，并系之以诗。

一

三十余年补一字，完成题画岁寒诗。
于今回念寒之友，泉下经陈[②]知不知。

二

破碎河山容再造，凋零师友记同游。
中山陵树年年老，扫墓于郎[③]已白头。

**注：**

①作者为《岁寒三友图》题诗补一"时"字，增题上面两首诗，《人民日报》转载后，一时盛传海内外。林伯渠、何香凝、朱蕴山、王昆仑等纷纷步韵奉和。林伯渠诗曰："不怕扫墓人白头，中山陵树绿悠悠。当年黄埔分明在，风雨同舟忆同游。"

何香凝看到于诗后，以《遥望台湾》为题写了三首七绝：

一

青山能助亦能界，二十余年忆此诗。
岁寒松柏河山柱，零落台湾知未知？

二

锦绣河山无限好，碧云寺畔乐同游。

驱除美寇同敌忾，何事哀伤叹白头。

三

遥望台湾感慨忧，往还往事忆同游。

数十年来如一日，国运繁荣渡白头。

旧友但懋辛奉和林诗原韵赋诗，云：

一

风雨同舟忆旧游，渔矶失脚憾悠悠。

剧怜临事输庞德，空向中山怨白头。

二

人生何事苦相乘，杨柳千条手自栽。

好趁东风齐著力，拨开云雾赋归来。

朱蕴山步林伯渠《谒碧云寺中山纪念堂》韵赋诗，云：

三十年前忆壮游，碧云峨冢尚悠悠。

辉煌祖国花如锦，祭扫何须叹白头。

梅子黄时百草肥，故园花木锦成围。

台澎一水盈盈隔，为问王孙归不归？

王昆仑步林伯渠原韵赋诗，云：

遗迹巍然在岭山，归航祭扫路非悠。

尚期白发禁风雨，共来神州居上游。

作者老友、书法家沈尹默赋《感新怀旧》，云：

一

中山陵树日青葱，细雨和风故不同。

君倘来游应有兴，霜花黄对白头翁。

二

游侣当前大有人，可因感旧益怀新。

寻常一字犹劳补，无缺金瓯更足珍。

作者同窗汪东看到诗后，写下了《读右任学长生日感怀诗》：

太平洋上一头陀，此语凄凉意若何。

祖国江山无限好，不须重念读书窝。

②经：指经颐渊。陈：指陈树人。

③于郎:作者自称。

## 忆内子高仲林[①]

两戒河山一枝箫[②],凄风吹断咸阳桥。
白头夫妇白头泪,留待金婚[③]第一宵。

(明年结婚六十年。)

注:

①高仲林:作者夫人,1898年在三原与其结婚。高仲林性格开朗,乐于助人,素为作者所尊重。1949年作者去台湾,高仲林及女儿芝秀留住西安。作者经常怀念留在大陆的妻子、女儿,夜深人静时,思乡之情更加强烈。他常常夜不能寐,深夜披衣而起,漫步庭院,遥望北方,泪湿衣衫。1958年是他们结婚60周年,作者从柜子里取出高仲林从西安辗转送来的布鞋、布袜,抚视良久,老泪纵横,提笔写下了这首诗。

②一枝箫:古代竹制管乐。

③金婚:欧洲习俗,结婚后五周年行纪念礼曰木婚,每增加五年,依次谓锡婚、晶婚、磁婚、银婚……五十周年谓金婚,六十周年谓金刚石婚。这里的金婚系金刚石婚的简省。

## 四十七年生日诗[①](四首)

### 一

铭心金石[②]友兼师,满目琳琅[③]画与诗。
我是人间苦力者,艰难老树发新枝。

二

昔提一杖行天下，今对千秋发浩歌[4]。
云灿月明时出现，太平洋上一头陀[5]。

三

布衣[6]四海一家愿，瓦屋三间二陆[7]风。
一梦今生成过去，永怀弟妹在心中。
（妹仲华、弟伯靖习陆军，参加民元义师。）

四

泪洒香江汲水门，几回望望欲招魂。
当年轻负读书约，白首如何报旧恩？
（幼时二伯父汉卿公招我到香港读书，时二伯父寄寓汲水门。）

**注：**

①此年（农历三月二十），是作者八十寿诞。台湾、香港数百人前往祝寿，著名画家张大千从巴西寄赠巨幅古柏，并题诗曰："叱咤风云数十春，而今只署太平人。参天黛色吾能说，腕底蟠虬自写真。"道出了作者人品、书品，及"于草"的艺术特色。作者老友许世英赠诗："祥麟威风成众贤，白发长髯望若仙。早岁思潮倡革命，壮岁勋曰着先鞭。惊人翰墨龙蛇走，盖世文章金石坚。寿晋期颐推大志，来春燕市为开筵。"诗的最后两句是祝作者能活到100岁，祖国统一后，到北京为作者举行百岁寿筵。

②铭心金石：像铸金刻石一样牢记在心。

③琳琅：珠玉之类。

④浩歌：大声歌唱。

⑤头陀：梵文音译。佛教认为苦行能抖擞（驱除）贪欲、瞋恚、愚痴诸烦恼，称之为头陀。今称僧人之行脚乞食者为头陀。

⑥布衣：老百姓。《盐铁论·散不足》："古者庶人耋老而后衣丝，其余则麻枲而已，故命曰布衣。"

⑦二陆：指西晋文学家陆机、陆云兄弟。《晋书·陆云传》："（云）少与兄机齐名，虽文章不及机，而持论过之，号曰二陆。"

## 书钟槐村先生酬恩诗后

绮岁飞腾翰墨场[1]，人间温暖总难忘。
垂垂[2]白发悲游子，隐隐青山见故乡。
儒者精神三世大，诗人比兴[3]万花香。
酬恩泪与百年祭，离乱南来更可伤。

**注：**

①绮岁：即绮年，谓少年时代。翰墨：笔墨。

②垂垂：渐渐。杜甫《和裴迪登蜀州东亭送客逢早梅相忆见寄》："江边一树垂垂发，朝夕催人自白头。"

③比兴：诗歌写作中的两种手法。比为比喻，兴为寄托，托事于物。

## 南　山[1]

南山云接北山云，变化无端昔自今。
为待雨来频怅望，欲寻诗去一沉吟。
百年岁月羞看剑，一代风雷荡此心。
莫把彩毫轻掷去，飞花和泪满衣襟。

注：

①这首诗传到大陆后，周恩来总理高兴地对邓宝珊说：于先生又有诗传过来。并吟诵了这首诗。

## 四十七年重九北投侨园[1]

是日天晴

年年置酒迎重九，今日黄花映白头。
海上无风又无雨，高吟容易见神州。

注：

①每年农历九月初九，作者置酒登高，北望神州。作者用白描的手法，抒发了眷恋故乡的深情。思乡之切，催人泪下。

## 题梅乔林[1]先生画竹兰，时先生八十七矣

年少曾传佐命功，白头修史亦英雄。
竹兰谱里寒之友[2]，添个梅家九十翁。

注：

①梅乔林：同盟会员，曾任国史馆编辑。

②寒之友：指经颐渊、陈树人、何香凝合作《岁寒三友》，作者曾题诗。

## 黄钟·人月圆

为张大千题先人遗墨

天涯人老忘途远，君莫话前游。风云激荡，关河冷

落，贤者飘流。一枝名笔[1]，三年去国[2]。万里归舟。依依何事？先人遗墨，并此神州。

注：

①指名画家张大千先生。

②张大千曾侨居国外，1953年由海外来台，老友重逢，分外亲切、作曲以记。

### 浣溪沙

### 寿张大千先生六十[1]

上将[2]于今数老张，飞扬世界[3]不寻常。龙兴大海凤鸣冈。　作画真能为世重，题诗更是发天香。一池砚水太平洋！

注：

①张大千，四川内江人，是久负盛名的著名画家。他精鉴赏，富收藏，能诗文，善书法，是作者关系密切的老友。1958年是大千先生60华诞（时侨居巴西），作者豪情满怀，赋诗驰贺。

②上将：星宿名。借指张大千为美术界魁首。

③飞扬世界：蜚声国际。

## 1959年

### 怀念大陆[1]

巢空子母三春鸟[2]，石烂鸳鸯七志斋[3]。
谁引薰风[4]周大地？生民多难费安排。

金马于今惊一世[5]，河山何日得珠还[6]。
十年种得蓬莱[7]水，投入家山一泫然。

**注：**

①朱蕴山《纪事诗词选·寄语于右任八十三生日诗》注云："于右任流亡台湾……曾作诗一首怀念大陆。"即指此诗。

②巢空子母：谓雏鸟离母，鸟巢已空。三春：三年。此指作者三岁丧母，寄养伯母房氏外家。

③石烂鸳鸯七志斋：作者曾以10余万元陆续购得汉熹平石经一块及北魏、隋墓志300多方，其中有夫妇墓志七方，因名其书斋为"鸳鸯七志斋"。

④薰风：南风。《史记·乐书》："舜作五弦之琴，以歌南风。"其辞曰："南风之薰兮，可以解吾民之愠兮。"后遂以"南风"代指关心民瘼。

⑤金马：汉未央宫前有铜马，故名其宫门为金马门。武帝使学士待诏金马门，以备顾问。一世：古以30年为一世。先生留台，其处境类似待诏顾问，83岁生日时，留台已10余年，不禁为之一惊。

⑥《后汉书·孟尝传》载：孟尝为合浦太守时，合浦珠多徙于交阯。尝不事采求，不逾岁而珠之徙者，皆还故处。后谓物失而复得或人去而复归为珠还。先生在台有难言之苦，故此句应理解为台湾何日回归祖国，自己何日回到故乡。

⑦蓬莱：传说中的海上神山，作者自喻流落异乡。

## 题张志奎为我摄影（二首）

一

逆风而走复盘旋，卷起长髯飞过肩。
一怒能安天下否？风云会合待何年。

## 二

骨相惊人事有无,江湖侠子万人呼。
镜中忽现虬髯影,惹得儿曹笑老夫。

## 四十八年生日诗

手开景运起神龙,此日还期再一逢。
万劫虫沙人道论,十年风雨自由钟。
曾修战史思名将,每念生民有病容。
愿力无穷寿无量,班生含笑作书佣。

## 望　雨[①]

独立精神未有伤,天风吹动太平洋。
更来太武山[②]头望,雨湿神州望故乡。

**注:**

①作者登山远望,汪洋无际,山势巍峨,触景生情,联想到整个中国,最后想到故乡。怀乡之情,跃然纸上。据邓宝珊回忆,60年代初他到北京见到周恩来总理。周总理高兴地对他说:“于先生有诗传过来了。”并深情地吟诵了于先生的两首近作——《南山》和这首《望雨》。

②太武山:亦名太姥山,在金门县东,与厦门五姥峰隔海相望。山势雄伟磅礴,南麓峭壁林立。山巅有郑成功“观兵弈棋处”。凝目东望,汪洋无际;举头西望,遥见祖国山川。自宋以后,游人所留诗词石刻甚多。

## 雷　声

天地春多雨，山川夜起雷。
更寻花发处，采得杜鹃回。

## 石曾以张静江、吴稚晖二老手卷嘱题，内有钮惕老长跋[①]

张老开国有大功，文人艺事兼精通，飘泊西海穷而工。吴老骨灰东海东，神木卓立风雨中，上下古今讲大同。一代巨人两元老，于今天下思高风。钮翁九十航长空，卷中题字美而雄，用配二老称三公。初集老者高阳李，继题诗者于髯翁[②]。

**注：**

①石曾：即李石曾，河北高阳人。曾任北平大学校长、故宫博物院院长、国民党监察委员等职。吴稚晖：即吴敬恒，字稚晖，江苏吴进人。钮惕老：即钮永健，上海人。

②于髯翁：作者自称。

## 世　态

世态已更千变，心源不受一尘。
创造新生时代，发挥固有精神。

## 赠马健弟弟

弟弟两岁余，作画美如此。
此之谓天才，全其天为是。
古今先知者，大在学而已。

## 题张清淮临定武本兰亭序[1]

逸少书名百世新，兰亭君似得精神。
褚欧能事今难论，莫费工夫作艺人。

**注：**

①"兰亭序"是东晋书法家王羲之的代表作，被誉为"天下第一行书"。

## 思念内子高仲林[1]

梦绕关西旧战场[2]，迂回大队过咸阳。
白头夫妇白头泪，亲见阿婆[3]作艳装。

**注：**

①作者垂暮之年，更加怀念家乡，思念亲人，以致迷离恍惚，梦中神游。朋友请他给孩子起名，他毫不犹豫地说"西安"、"三原"，表现出对故乡的一往情深。提起留在西安的妻子、女儿，他说："我好想念她们呀！……"于夫人高仲林把亲手制作的布鞋，托人给他送去。1962 年春，于夫人十分凄凉地对选注者说："我八十多了！今生今世只有一个指望，就是啥年月才能和他再见面？……他走的时候说几天就回来，如今多少年不见了，给他捎去的布鞋也不知收到没有，还是按他的老鞋样做的。估摸着会合脚。我最担心他

会得病。吃饭合不合胃口？天气凉了，有没有人替他换合季节的衣服……”“每逢佳节倍思亲。”和所有旅居台湾的同胞一样，作者最怕过年过节。每逢年节，他更加孤独寂寞，更加思念亲人。使于夫人及女儿芝秀抱恨终生的是：由于人为的原因，他们始终未能再见一面。作者1964年病逝于台湾。1972年女儿于芝秀辞世。次年于夫人去世。

②梦绕：梦魂萦绕。关西：指潼关以西。代指陕西。

③阿婆：阿，发语词，无义。婆是对老年妇女的称谓，各地不同。有称祖母为婆者，有称母亲为婆者，有泛称年老妇女为阿婆者。这里指高仲林。

## 寿敬之上将①

浩浩复肫肫，时贤莫比伦。
昔经北山下，道左一平民。
寿见降人祝，交因弟子亲。
中兴元老壮，乐道不忧贫。

**注：**

①敬之：指何应钦（1890～1987），字敬之，贵州遵义人。陆军上将。曾任黄埔军校教育长、军政部部长、参谋总长、行政院院长、陆军总司令、中国战区受降最高指挥官。1987年10月21日在台北病逝。

## 题《杨笃生先生遗诗册》[①]（五首）

民前，予亡命上海，发起《神州日报》，因赴日本调查报业组织，遇湖南杨笃生于东京，知为吾党健者，特约归主笔政，为中国放一异彩。及失火，报社人事亦有变迁，先生又苦心支持数月，始去英求学。年余，痛心中国革命潮流低落，弃学归国，思再鼓风潮，至利物浦投水死。不数月，黄花岗之役即起，其激动之力大矣。此诗公在英时所作，初寄予者约多一倍，为登《民立报》。惜原稿已失。来台闻先生之侄克林君，藏有先生遗墨，因函索之。数十年欲为先生作传，而卒未完（一半登《民立报》）；得此册，可以略见生平矣。人言吴樾所用之炸弹，先生为制造之一人。《神州日报》出版，世人谓之炸弹，乃知先生所造有更大者矣。

一

诗稿飘零待补遗，延期一载意何为？
不知几写寒灰传，五十年来代以诗。

二

神州旧主[②]哭神州，君子东行何所求？
但望于思能革命，再来作弹震寰球。

三

神州霸业凭谁主？痛哭前途两不知。

犹记送君作豪语，君休惆怅赠君词。

四

思亲归路泣残阳，一水无情吊国殇。
万丈高潮不可抑，利物浦是黄花岗。

五

余金一部作军费，一寄长沙奉母亲。
更有诗篇先寄我，曾登民立告国人。

注：

①杨笃生：名守仁，湖南人，笔名寒灰。曾主《神州日报》笔政。自沉前将诗稿寄给于右任。

②神州旧主：作者笔名。

## 赠艾森豪总统[1]

同扶元气回阳九，各放光明照大千。
我引斯言频展望，乾坤再造看今天。

注：

①艾森豪：即美国总统艾森豪威尔。1942 年 6 月担任北非和地中海战区远征军总司令。1943 年出任欧洲盟军远征军最高统帅。晋升五星上将。1945 年 10 月任美军总参谋长。连任两届美国总统。是第二次世界大战中的名将。

## 1960年

### 题梁又铭绘《姜太公像》[①]

放下渔竿伐不仁，兵家闲话事犹新。
当年牧野天人战，何用阴谋诏世人。

**注：**

①姜太公：名尚，字子牙，辅助武王灭商有功，封于齐，有太公之称，俗称姜太公。

### 江　山

青青草色遍天涯，旷野白头有几家。
说到人情意如此，要知世贵种桑麻。

### 遗　憾

遗憾江山作战场，十年回首更难忘。
中兴桥上凭栏立，闲看飞轮碾太阳。

### 十一年夏感赋

喋血生还日，招魂野祭时。
败余羞后死，痛定念先知。

报国宁论晚，成功定有期。
余杭余老泪，切莫续哀词。

（十一年夏兵败武功，间道来海上，佩箴先生以祭癸丑以来死难诸烈士文稿嘱题，因感赋此。）

# 1961 年

## 春游阳明山[1]

又是杜鹃花放时，名山如醉复如痴。
园林春满各争艳，寄语游人莫折枝。

注：

①阳明山：原名草山，抗战胜利后改名为阳明山。

## 赠　岳　军[1]

人生七十方开始，时代精神一语传。
万岁中华今再造，期君同酌玉关前。

注：

①岳军：即张群。

## 有　梦

墨子无黔突，孔子无席暖①。
古之抱道者，天地为安宅②。
旅游六十年，行役复行役③。
诗写朔漠沙④，手磨天山石⑤。
西北与东南，足迹何所适。
怅望太平洋，穷老思奋翮⑥。
百世至今日，莫扫往者迹。
夜夜梦中原，白首泪频滴。

**注：**

①突：指烟囱。黔：黑色。席：指坐席。意指孔子、墨子为行道终年奔波，坐席都暖不热，烟囱都未烧黑。

②安宅：安适的住房。

③行役：因劳役或公务在外跋涉。

④朔漠沙：指蒙古的荒漠沙滩。作者自苏回国曾过此。

⑤天山石：作者1946年曾到新疆天山。

⑥翮：鸟羽茎。“奋翮”意指奋起高飞。

## 附：章士钊《怀于右任》《又怀于右任》

1961年3月，于右任通过香港的朋友吴季玉向章士钊透露了一桩心事："我的老妻今年八十寿辰。我不在大陆，她的生日一定很冷落。"周恩来总理得知后，特派屈武以女婿身份偕外孙屈北大等到西安为于夫人祝寿，并合影留念，事后将照片带给于先生。于右任深为感动。他托人向周总理转达诚挚的谢悃。章士钊以《怀于右任》为题，赋诗两首。

一

北投人物入庞凉，想见幽人鬓更苍。
过二向来推北海，重阳无计踵长房。
旧交相背谁归狱，往事难提剩坐忘。
为诗寄元（指吴季玉，字寄元）应不达，
吟成端付水茫茫。

（君长余两岁，时在丙申重阳前两日。）

二

一战红毛史迹神，子孙同是过来人。
鸣蝎藻井宁无意，蟹入螺房故不亲。
见说尧庭摧九日，兼知殷鉴重三仁。
于公纵乏门间感，定国高会肯枉身。

章士钊把诗作寄于右任，于复信后，章感慨万千，作《又怀于右任》，云：

书来只字不言诗，却显春泥斗兽姿。
自是南阳余谨慎，可怜东明枉支离。
数从如晦鸡鸣日，已过中原逐鹿时。
老矣去留蓬样转，天涯何处不相知。

（章士钊深知于右任在台处境艰难，仍希望他早回大陆共商国是。）

## 1962年

### 在张莼鸥先生书室<br>观东大陆主人《言志录》

开国多贤豪，救世乃革命。
唐公[①]起西南，治军世所敬。
袁氏[②]乱天下，一隅问国政。
蔡李[③]真天人，仗剑际其盛。
一旦举义旗，举国同欢庆。
我读《言志录》，堂堂复正正；
伟矣英雄人，天下仍歌咏。
伤哉老元戎，并世力难并。

注：

①唐公：指唐继尧，参加过1915年蔡锷领导的反袁斗争。

②袁氏：指袁世凯。

③蔡：指蔡锷（1882～1916），字松坡，湖南邵阳人。1915年袁世凯称帝，蔡与唐继尧等宣布云南独立，出兵讨袁。李：指李根源（1876～1965），祖籍山东，生于云南。曾任陕西省省长、云贵监察使等职。新中国成立后任西南军政委员会委员、全国政协委员。

## 太 华[①]

太华三峰[②]亦自奇，人间灵秀欲无遗。
髯翁出入三峰下，不赠三峰一首诗。

注：

①太华山：即华山，在陕西省华阴市城南，是我国著名的五岳之一，海拔2 160米，北瞰黄河，南连秦岭。“远而望之若花状”，因名华山；又以其西临少华山，故称太华。

②太华三峰：即华山的三个峰，落雁（南峰）、朝阳（东峰）、莲花（西峰）。

## 记冒鹤老[①]胜利后来京事

劫后神京又一时，老人风趣使人思。
炎洲仙果惊初见，特爱留连赠以诗。

注：

①冒鹤老：即冒广生，字鹤亭，江苏如皋人，以诗文名世。

## 党史展览中见神州、民呼、民吁、民立四报[①]

泪落神州四报前，闺中珍重忆当年。
艰难定有成功日，劳苦应知可格天[②]。
血泪文章元[③]有价，英雄事业岂无传？
栖栖[④]一代须发白，老矣于郎见旧编。
（内子黄纫艾[⑤]存有神州四报，死时遗言送党部）

**注：**

①作者辛亥革命前曾主办过《神州日报》、《民呼日报》、《民吁日报》、《民立报》四报，抨击时政，鼓吹革命。垂暮之年又见四报，追忆往事，感慨万千，发而为诗。

②格天：感动上天。

③元：通“原”，原来。

④栖栖：忙忙碌碌。

⑤黄纫艾：作者夫人。

## 梦中有作起而记之

老树青苍信有因，知君珍重岁寒身。
诗投沧海招亡命，泪落神州吊党人。
剪断云霾天欲曙，划开时代气方新。
昨宵梦入中原路，马首祥云照庶民。

## 不 寐

不寐兮盼天明，天明雨放晴。
江山须自造，指日见升平。

## 望大陆

（天明作此歌）
葬我于高山之上兮，望我故乡。
故乡不可见兮，永不能忘！
葬我于高山之上兮，望我大陆。
大陆不可见兮，只有痛哭！
天苍苍，野茫茫。
山之上，国有殇。

## 鹅銮鼻[①]晚眺（二首）

一

大浪淘顽石，千年复万年。
太平洋上客，醉倒在渔船。

二

大浪淘顽石，自西复自东。
太平洋上酒，醉倒几渔翁。

太平洋上酒，醉倒几渔翁。

**注：**

①鹅銮鼻：在台湾的最南端，1875 年所建的灯塔是著名景点。

## 寿柳忱[①]先生八十

天山云气接长春，冰雪光明照异人。
几载边关当乱世，一株新柳佩终身。

逍遥岁月心弥壮，匡复家乡梦有痕。
神木摩挲问年纪，共支时代领群伦[②]。

**注：**

①柳忱：即东北耆宿莫德惠（1883 ～ 1968）。莫德惠，字柳忱，原籍吉林双城，1883 年生于新疆。曾任国会议员、县长、道尹、厅长、省长，时任“考试院”院长。莫七十寿辰时，曾作自寿诗，云：“天山是我旧时家，长记爹娘唤小娃。红柳料应如昨日，劬劳未报恨无涯。”他和于右任一样流落台岛后，怀念大陆，思念亲人。莫德惠 80 寿诞时，于右任题赠了这两首诗。莫德惠十分珍爱，挂在案头，细细品味。题目是选注者加的。

②《于右任传》（许有成著）称：“1962 年 4 月 14 日（农历三月初十），为莫德惠 80 寿辰。于右任特前往为老友祝寿，他即席赋诗一首。”指的就是这首诗。该诗是作于 1953 年（刘延涛本），还是作于 1962 年，待考。

# 1963 年

## 五十二年口号

谭胡于李兔儿年①，风起云扬不共天。
君等先行余有待②，再挥血泪洗山川。

**注：**

①作者逝世的前一年，他更加怀念大陆的亲朋故旧，他想起了已经故去的三位同庚好友。谭胡于李：指谭延闿、胡汉民、于右任、李根源，四人同生于1879年，生肖属“兔”。

②作者写此诗时，台湾误传李根源已经谢世。李根源看到作者的这首诗后，心情久久不能平静，即以原韵奉和：

一

偕君革命正英年，誓倒清廷不共天。
辛亥功高终未竟，人民继起壮山川。

二

四人祝寿记当年，今剩麻髯迥隔天。
曷不翻然归祖国，共挥椽笔写山川。

四人祝寿句是指四人曾在上海“小有天饭馆”聚餐，共庆生日。麻髯：指当时健在的李根源、于右任。

## 闻王叔陶游鹅銮鼻赠以诗并述其故事①

太平洋里螺纹石，赤足寻诗一老髯。

今日逢君有所赠,鹅銮鼻下手亲拈。

**注:**

①作者曾于1955年至鹅銮鼻,并亲至海边捡螺纹石多枚,归以镇纸,间赠亲友。

## 寿公超六十[①]

叶公天下才,晚节知所守。

力能摧强敌,不能忘杯酒。

进则柴也愚,退亦寒之友[②]。

**注:**

①公超:指叶公超,原籍广东番禺,生于江西九江,先后任北京大学、暨南大学、北京师范大学教授。后弃教从政,出任台湾"外交部"部长等职。

②关于"寒之友",刘延涛注:"先生对叶公超知之甚深,闻公超得于先生诗后,曰'寒之友'。其对先生之追思,亦可知矣。"

## 无　题

开国[①]几人在?老存诗几首。

境役神不疲,万象为吾友。

溪山皂帽殊,社稷戎衣有。

读罢卜居篇,清风入户牖。

**注:**

①开国:指1912年中华民国临时政府在南京成立。

# 1964 年

## 诗赠延涛[①]

芝兰之室绿芸芸，画里芝兰有泪痕。
自古画人分地理，一枝大笔起中原[②]。

梦里天山旧战场，百年雪耻在边疆。
早知一战安天下，悔不决心有主张。

**注：**

①延涛：指刘延涛。

②中原：刘延涛原籍河南巩县（今巩义市），地处中原。刘说："此盖先生绝笔之作，并亲书轴为赠。辑诗至此，泪随墨下矣！先生对延涛关怀既殷，期望亦切。而暮年才尽，报恩无期。天道固如斯耶。噫！吾欲何言，吾欲无言。"

## 五十三年生日记幼时事[①]（四首）

一

莽苍大野险如斯，持斧牛儿救我[②]时。
七十余年万里外，破窑梦寐一题诗。

二

我与田农记不真，荒坟脱险事犹新[③]。
今生报德知何日？但祝苍苍佑善人。

三

偶忆当年工作友，老同事者有阿谁？
我生三遇劳工节[④]，做炮孤儿念母时。

四

明晦之交颇有词，无知小子复何知？
邻翁巧说循环理，终此乾坤放晓[⑤]时。

注：

①1964 年 5 月 1 日（农历三月二十）是作者最后一个生日。这一天恰值五一国际劳动节，他思绪万千，百感交集，回忆起幼年时遇狼脱险、私塾求学、作炮房小工、70 余年万里奔波……如今流落孤岛，表达出对故旧乡亲的无限眷恋之情。

②③作者两岁丧母，由伯母房太夫人抚养成人，他随伯母住在房氏娘家陕西泾阳杨梧村，前后长达 9 年。此间，关中农田荒废。作者自述："自回捻战后，农田半废，乡人多兼营畜牧。""某日冬牧，我私随诸牧儿往，忽有三个狼从荒草跃出，诸牧儿和羊群均惊散，我的两只跛羊，为两狼所攫，在坟角啮食。时我方在坟东，专力掘野红根（河南人谓之牵巴巴），一狼踞墓西，相距不过数尺。村人杨姓在田中望见，手执镰刀奔至，挟我归家。伯母闻警急出，匍匐道中，几不能前。"这就是作者关于牛儿救我"荒坟脱险"的回忆。

④三遇劳工节：每年农历三月二十过生日，有三次恰好是五一国际劳动节。

⑤放晓：黎明。作者深信：黎明即将到来，祖国统一的大业一定会实现。

## 园　陵[①]

一点无云浸月明，园陵隐隐伤神京。

骨灰东海填难满，价值如何换太平。

**注：**

①园陵：指南京中山陵。

# 九、白 话 诗

于右任在长期的创作实践中，对诗歌创作理论也有不少精辟的论断。他认为："诗是大众言志的工具，不是一部分人的怡情玩具。""今天不可无瑰丽的宾馆，但是更需要兴建平民的住宅。国如斯，诗亦如斯。""不根据大众的需要，而闭门为之，此诗便无真生命。"在对旧体诗赋予新内容的同时，他根据不同的对象，还写过许多通俗易懂、群众喜闻乐见的白话诗。这些通俗的白话诗，不仅朗朗上口，流传广泛，影响深远，有些至今仍有教育意义。

## 元 宝 歌[①]

一个锭，几个命。
民为轻，官为重。
要好同寅，压死百姓。
气得绅士，打电胡弄。
问是何人作俑[②]？
樊方伯发了旧病[③]。
请看这场官司，
到底官胜民胜？

注：

①这首诗原载1909年5月18日《民呼日报》，作者用通俗易懂的语言，刻画出清廷贪官污吏的丑恶嘴脸。

②作俑：指引导做不好的事。作俑：原指殉葬用的偶像。

③樊方伯：时任江苏巡抚。他建议收税时改铜钱为银两。江苏商人、民众表示抗议。

## 劝资政议员[①]歌

(1910年12月)

一

劝议员，看朱谕[②]，
设官句下忽添“制禄”两个字，
明明以饭桶待大臣，
又何必与饭桶饭碗为仇争闲气。

二

劝议员，再勿动院章，东引西引不中用。
早些取出烧了罢！
又何必歧路徘徊说是“参老庆”[③]。
山残水剩，糊里糊涂，凭他们赠。

三

劝议员，早回家。

回去与婆娘[4]抱娃娃！
日暮途穷，风雪交加。
看冻损蒲柳身材薄命花。
呜呼！莫轻说各国会议史上血如麻。

**注：**

①资政议员：清廷1910年（宣统二年）预备立宪时设立资政院，清廷指派百人、各省谘议局派出百人组成。其组成人员称为资政议员。

②朱谕：朱书上谕。

③参：参劾。老庆：指军机大臣庆亲王奕劻。

④陕西人把妻子称为“婆娘”。

## 劝军机大臣[1]歌

一

劝军机，勿引罪。
明圣天王，代为元老讳。
勿负责任只吃饭，饭吃饱了只去睡。
两眼朦胧，两手只受贿。
也莫管他人民痛，乾坤碎。

二

劝军机，切勿怕。
把这多事的冤家，绑在断头台上杀了罢。
不然拔了他们的舌，方免他们骂。

商定了他大不敬的罪名再请假。
霹雳一声从天下。

三

劝军机，手要巧，宁见义和团，勿教他们扰。
义和团中大师哥，志同道合感情好。
残年风烛挑红灯，半壁河山双玉姣。
噫嘻[2]！管保你把这个锦绣乾坤断送了。

**注：**

①军机大臣：在清廷军机处任职的亲王、大学士、尚书、侍郎，称军机大臣。
②噫嘻：叹美词。这里讥讽军机大臣。

## 元宵节十唱[1]（存一）

第一唱来官员听，你把百姓莫看轻。
民国官员是公仆，百姓雇你做长工。

**注：**

①于右任任陕西靖国军总司令期间，每年都在靖国军总司令部院内举行社火表演。他亲临观赏，与民同乐，并自编歌词十余首供群众演唱。这些小曲清新明快，朗朗上口，很受群众欢迎。

## 十二月小唱

正月里来正月正，吉利的话儿说几声，中华民国是民主,民权有了就太平。地方自治办得好,寻点儿快活玩花灯。

二月里来春雨多,家家学生上了学。男要学来女要学,爹娘的心儿莫偏过。手心手背都是肉,男女成材多快活,出不起学费挣着也要去上学。

三月里来百花香,处处民气都发扬。桃花儿红来梨花白,菜子花儿遍地黄。国家事,要担当。为民不问国家事,那你还纳的什么粮?

四月里来大麦黄,田里庄稼朝上长。那田地是我庄户人的刮金板[①],那田地是我庄户人的常平仓。刮金板,常平仓。血汗得来吃喝也香,血汗得来吃喝也香!

五月五日是端阳,家家过节祭国殇。屈平端午沉江死,爱国的心儿永不忘!我们地方经战事,锦绣河山变战场。张义安[②]董振五[③],他们真爱国来又爱乡。为国死,姓名香,百姓心里不能忘,百姓心里不能忘!

六月里来庄稼开,场畔里歇凉唱乱台[④]。桃儿杏儿吃过了,沙瓤西瓜又上来,粪多力勤种子好,今年多打是应该,今年多打是应该!

七月里来七月七,织女牛郎是传说的。天空星星多的很,人的眼窝[⑤]看不齐。人靠自己莫靠天,巧能学来不能乞。自古懒人肚子饥,自古懒人肚子饥!

八月十五月儿圆,武昌起义过去好几年,袁世凯要把皇帝坐,黎元洪[⑥]他把狗洞钻,段祺瑞[⑦]暗里通日本,冯国璋[⑧]死的不值半文钱,南北几次经大战,到底国会不能全。把宪法要等到哪一天?把宪法要等到哪一天?

九月里来柿子黄，摘棉花的人儿分外忙，今年种子挑的好，棉桃大来棉絮长。棉田务弄⑨实在好，收成竟比去年强。陕西棉花名气大，一年千万运外洋，大家努力务好棉，赚下钱来盖学堂。

十月里来天气冷，说几句淡话请你听：天上有了飞行机，海底游着潜水艇。孟夫子⑩是个穷家儿，鞋匠⑪当了美总统。为人首先要自强，自强才是真本领。你如不前进，谁个把你等，你如不前进，谁个把你等。

冬月里来雪花飘，王三姐⑫苦苦守寒窑，杨宗保招亲穆柯寨⑬，樊梨花坐帐斩黄袍，这些旧戏虽说好，都不如我唱的新歌谣。

腊月里来梅花放，家家商号都收账，乡里人儿趁冬闲，腊八会⑭上逛一逛。把好话奉献大家听，如今世事不一样，中华民国重民权，国民责任你莫忘，你莫忘！

**注：**

①刮金板：形容三原的耕地肥美。三原沃野千顷，水渠纵横，素有“关中白菜心”之美誉。只要努力耕作，粮仓可常满。

②张义安：1887 年生，1918 年卒。名养诚，字义安，陕西富平人。1918 年 1 月与董振五在三原起义，并与邓宝珊、董振五等组织陕西靖国军。同年 12 月在户县战死。

③董振五：1893 年生，1919 年卒。名威，陕西扶风人。与张义安一起发动三原起义。辛亥首义时，曾参加曹印侯敢死队，1919 年在武功牺牲。

④乱台：指秦腔。

⑤眼窝：三原方言，指人的眼睛。

⑥黎元洪：字宋卿，湖北黄陂人。武昌起义时，钻到床下躲避，被起义军拉出，被迫作了都督，后任副总统，袁世凯死后继任大总统。

⑦段祺瑞:1865年生,1936年卒。字芝贵,安徽合肥人。北洋军阀皖系首领。曾任陆军总长、国务总理。

⑧冯国璋:1859年生,1919年卒。字华甫,直隶(河北)河间人。北洋军阀直系首领。曾任北洋政府大总统,被称为“北洋之狗”。

⑨务弄:三原方言,意为细心耕作。

⑩孟夫子:指孟子(约公元前372～前289),哲学家、思想家,提出性善说,著有《孟子》一书。被奉为“亚圣”。

⑪鞋匠:似指美国第16届总统林肯。林肯生于农家,青年时做过商店店员。

⑫王三姐:秦腔《五家坡》的女主角王宝钏。

⑬“穆柯寨”:秦腔剧名。演的是宋代杨宗保与穆桂英成亲的故事。

⑭腊八会:在作者的故乡——陕西省三原县,每年农历腊月初八举行的物资交流大会。三原地处关中,是渭北商业的中心。这里东连晋、豫,西达甘(肃)、凉(州),北通延(安)、榆(林),南至四川。每年农历腊月初八至腊月二十三,各地商贾云集,进行贸易。时两台大戏,比赛演出。马术杂要,各显绝技。延续时间之长久,规模之宏大,为历代古会所未有。史称“千年古会”。近年来随着经济的发展,交通的便利,腊八会已逐渐失去了原有的地位。

## 白龙山人题《青云直上图》①

小朋友,小组织。  
将成功,要努力。  
一心一德,真了不得。

(十八年六月为楞女②题)

**注:**

①白龙山人是民初上海著名画家。这幅画画的是两个孩子把风筝放上了天,孩子兴高采烈,仰望翱翔于晴空的风筝,表现出儿童天真活泼的情趣和积极向上的精神。作者题诗画上,勉励后辈团结互助,力求上进。

②楞女：指作者长女于芝秀。

## 中华民族抗战歌[1]（歌词）

战！战！战！
中华民族，中华民族！
中华民族的战士！
战！战！战！
为生存而战，为自由而战。
为保卫祖国而战。
战！战！战！

注：

①这是作者写的一首歌词，原载《民族诗坛》第二辑，由唐学咏谱曲。

## 前进，怒号[1]

三民主义，三民主义！
我们的目标，我们抗战建国的光明大道！
四万万同胞齐起来，效忠祖国，
　　前进！怒号！
粉碎明治遗策[2]，胜利之路非遥。
那里弥漫着全人类的欢呼，响彻云霄。
那里放出了历史的光芒，永远在照耀。
在今年，这个充满希望的新年里，
我们要吐气扬眉，
伸一伸我们伟大民族的怀抱！

注：

①这是作者1939年元旦在《中央日报》发表的文章的后一段。题目是选注者加的。

②明治遗策：明治维新后，日本确立了具有侵略性质的“大陆政策”。1868年4月，明治天皇宣布：“开拓万里波涛，布国威于四方。”吞朝鲜，侵占中国，妄图称霸亚洲与世界。

## 万年歌

抗战，抗战！
胜利在目前。
元戎神武，
万众腾欢。
昆仑高，东海浅，
山川效命，血汗同捐。
祖国、自由，在大家双肩。
英勇的将士们：
自由之花美且鲜，三民主义的新中国要实现。
抗战，抗战，胜利在目前。
听，四万万五千万同胞欢呼：
中华英雄万岁！
中华民国万岁！

## 荣誉军人歌（二首）

### 一

男儿要当兵，以身换太平。

我是幸运儿，沙场万里行。
祖国危急诚万万，大风起兮神圣战。
寸寸河山寸寸血，国家至上生命贱。
何况胡儿胡马遍中原，百万遗黎哭前线。
荣誉乎，男儿汉！裹创为国平大难。

二

古之英雄，报国扬名。
喋血杀敌，无忝所生。
东战场连西战场，同胞百万作国殇。
前仆后继争效命，我断指耳庸何伤！
医官曾许百日好，梦中复入高平道。
桃花飞雨柳飞棉，甘以鲜血润青草。
君莫哭，我且笑！

## 祖 国 颂(二首)

一

我们是中华民族英勇的好儿女，
我们是新中国的主人。
我眷恋你，
我呼唤你，
我不能忘记你！
你的一撮土、一滴水、一草一木，

都是喷(去声)香的!
我不能忘记你,
我眷恋你。
我再再的呼喊你:
我愿为你牺牲一切。
祖国万岁!

二

我们是中华民族英勇的好儿女,
我们是新中国的主人。
我眷恋你,
我呼唤你,
我不能忘记你!
我回忆祖宗创造的艰难,
兄弟流离的痛苦,
家室遭贼毁灭的情形,
我不能忘记你,
我眷恋你。
我再再的呼喊你:
我愿为你而牺牲一切。
祖国万岁!

## 青年节歌

青年节,青年节,

黄花岗上青年血。
中华儿女，报国的意志坚为铁。
坚如铁，更团结，
小则为豪杰，
大则为圣哲，
学七十二烈士，
与革命者的伟大圣杰。

## 黄花岗歌

黄花岗，黄花岗，
黄花岗上黄花香。
好青年百折不回的
造成黄花岗。
黄花岗就是青年的好战场。
七十二烈士英魂自堂堂，
黄花黄，
礼国殇。

## 铁牛歌[①]

金铁牛，银铁牛，
都不如我家的黑铁牛。
这东西是现代农业的好朋友。
一个机抵得过牛几头！

黑牛黑，黄牛黄，
都不如我家的铁牛郎。
东家用了西家用，
大家的麦子肥、稻子香。

老黄牛，小黄牛。
都不如我家的黑铁牛。
力气大，时间省，
不吃草，只吃一些油。

**注：**

①1960 年台湾为实现农业机械化，恭请作者登高一呼，写了这首《铁牛歌》。谱曲传唱，影响深远。

# 附录：于右任年表

杨中州 编

**1879 年（清光绪五年） 1 岁**

4 月 11 日 （农历三月二十日）

出生于陕西省三原东关河道巷。原名伯循，字诱人，1905 年著文时用右任名。笔名神州旧主、骚心、大风、剥果、半哭半笑楼主、关西余子、太平老人等。祖籍泾阳县斗口村。父新三（宝文），母赵氏（原籍甘肃省静宁，逃荒东来）。

**1881 年（清光绪七年） 3 岁**

2 岁时生母病逝。父新三在川经商，由伯母房氏抚养。随伯母居房氏娘家泾阳杨府村 9 年。

**1885 年（清光绪十一年） 7 岁**

入杨府村马王庙私塾读书，教师为旬邑县老儒第五先生。

**1889 年（清光绪十五年） 11 岁**

随伯母到三原东关，依靠叔祖于重臣，入三原名儒毛班香私塾读书，学做诗并习草书。

是年 父新三自川归来，父子一灯，同背史书，不熟则夜深不眠。

**1890 年(清光绪十六年)　12 岁**

因家贫利用课余在纸炮房做短工,并开始习王羲之字帖,每学一字,练习百遍。

阅《文文山诗集》,"见其声调激越,意气高昂,满纸家国兴亡之感,忽然诗兴大发"。

**1891 年(清光绪十七年)　13 岁**

纸炮房失火,失去收入,家庭生活更加拮据。到三原学古书院考试,得奖银二钱。后多次参加考试,多次获奖。

**1893 年(清光绪十九年)　15 岁**

于右任自述:"同学多劝我应试,三叔祖及先父恐荒废学业,都不赞成。"

**1895 年(清光绪二十一年)　17 岁**

以第一名的优异成绩考入县学,成为秀才。

**1897 年(清光绪二十三年)　19 岁**

入三原宏道书院,后游学于泾阳味经书院、崇实书院及三原宏道学院、西安关中书院。此间,结识不少志同道合的学友。

**1898 年(清光绪二十四年)　20 岁**

以岁试第一名的成绩补廪膳生,陕西学使叶尔凯"观风全省",誉其为"西北奇才"。自此,声名渐起。

是年　戊戌变法失败。拜识具有进步思想的朱佛光、刘古愚、毛俊臣、贺瑞麟诸先生。

同年　与高仲林在三原结婚。

1899 年(清光绪二十五年)　21 岁

为赈济灾民,出任三原粥厂(舍饭厂)厂长,开始服务社会。

1900 年(清光绪二十六年)　22 岁

春,粥厂结束。陕西学使沈卫荐举入陕西中学堂。总教习丁信夫精讲经史,获益颇多。

8 月　八国联军攻占北京。慈禧太后携光绪帝逃至西安,陕西中学堂停课。当局令学堂师生跪迎圣驾,气愤之余,欲上书陕西巡抚岑春煊,请手刃西后,重行新政,被同学劝阻。

1902 年(清光绪二十八年)　24 岁

应兴平县令杨吟海之邀到兴平任教。兴平古迹很多,游历之余,作《兴平怀古》24 首,其中《杨妃墓》一诗,借古喻今,讥讽朝政,矛头直指清王朝顽固派头子——慈禧太后。

1903 年(清光绪二十九年)　25 岁

中举,应邀出任商州中学监督(校长)。

由三原同乡编选的诗集《半哭半笑楼诗草》铅印发行。书前印有作者散发照片。旁题:"换太平以颈血,爱自由如发妻。"三原县令得知,密报清廷。

1904 年(清光绪三十年)　26 岁

春,前往开封应试(清王朝最后一次会试在开封举行),因"诗案"发,乃逃亡上海,结识马相伯,改名刘学裕,入震旦公学。

1905 年(清光绪三十一年)　27 岁

筹组复旦公学,用"复旦"二字,表示不忘"震旦"之旧,更有复兴中华之意。被聘为国文教席兼马相伯私人秘书。

5月18日　在《新民丛报》发表文章,驳斥分裂民族的谬论,引起强烈反响。

8月　中国同盟会在东京成立。留日学生纷纷回国。在沪筹组中国公学兼任复旦、中公两校国文教习。

**1906年(清光绪三十二年)　28岁**

4月　为筹办《神州日报》与邵力子东渡日本。

在东京经康心孚介绍,会见孙中山。9月27日加入中国同盟会。孙中山授予长江大都督并当选为豫晋秦陇同乡会会长。

**1907年(清光绪三十三年)　29岁**

2月20日　《神州日报》在上海创刊,报纸不用清帝年号,以天干地支代之,表示与清廷誓不两立的决心。报纸以"神州"为名,"顾名可以思义",在于"唤起人们的爱国思想"。

**1908年(清光绪三十四年)　30岁**

3月　神州日报社毁于大火。

8月　创办《民呼日报》,启事云:"为民请命,大声疾呼为宗旨,故曰'民呼'。"

12月12日　父新三病逝于三原。

**1909年(清宣统元年)　31岁**

5月15日　《民呼日报》在上海正式刊行。时甘肃大旱,报纸大量报道甘肃旱情。

6月12日　陕甘总督升允电上海道,诬右任侵吞赈济甘肃捐款。

8月2日　被巡捕房拘押。

8月14日　《民呼日报》被迫停刊。

10月3日　在上海创办《民吁日报》。改"呼"为"吁",少了"两点”,寓意统治者把人民的两只眼睛挖掉了,“民不敢呼,唯有吁耳”。

11 月 19 日 《民吁日报》因报道朝鲜爱国志士安重根刺杀日本前驻沪总监伊藤博文事,日本驻沪领事威逼上海当局,判令《民吁日报》“永远停刊”。再度赴日,返沪后任复旦教席。

**1910 年(清宣统二年) 32 岁**

9 月 《民立报》创刊。在发刊词中疾呼:“内忧外患,相逼而来。东海愁云,侵及满洲原野,新亡国奴之臭名将不远矣!”

宋教仁、徐血儿、邵力子、马君武、张季鸾、陈其美、章行严等参与笔政。民立报社成了革命党人的活动中心。

**1911 年(清宣统三年) 33 岁**

4 月 广州起义。《民立报》用大量篇幅报道起义消息。毛泽东在湖南看到了这些报道,说:这些激动人心的报道,有民族气节,激动人心。

7 月 《民立报》报道四川保路运动。

10 月 10 日 武昌起义爆发,各省纷纷响应,《民立报》连续报道。

13 日 《民立报》发表《长江上游之血水》,22 日发表《武汉风云之闲话》。

11 月 3 日 陈英士在上海举义。参与其事,促成上海光复。

同月 孙中山自海外归来。亲赴码头迎接。孙中山访民立报社,赠送锦旗,中文题词为“戮力同心”,英文赠词为 Unity,以表彰《民立报》及于右任对革命的功绩。

**1912 年(民国元年) 34 岁**

1 月 1 日 南京临时政府成立,孙中山就任临时大总统。被任命为交通部次长。其间,首创铁路夜间行车。

8 月 中国同盟会改组为国民党,被选为参议。

是年　孙中山赠一大炮弹壳,以示寄予厚望。

1913 年(民国 2 年)　35 岁

3 月 20 日　袁世凯派人暗杀宋教仁于上海火车站。时与宋同行。一面大喊捉拿凶手,一面将宋教仁送医院抢救。因伤势过重,抢救无效,宋次日去世。

4 月 26 日　袁世凯向五国银行借款。《民立报》向社会公布,全国舆论哗然。

9 月 4 日　"二次革命"失败,《民立报》被迫停刊,再次东渡日本。后回上海。

1914 年(民国 3 年)　36 岁

孙中山在东京组织中华革命党,派于右任主持陕西讨袁军事。离沪赴北京,欲绕道回陕,未果。

1915 年(民国 4 年)　37 岁

筹办民立图书公司。自称此是一生中最难得的治学时期。

1916 年(民国 5 年)　38 岁

8 月 13 日　与孙中山、黄兴在上海参加追悼陈其美诸烈士大会。

1917 年(民国 6 年)　39 岁

5 月　自沪回陕,与井勿幕、张钫、茹欲立、胡景翼、李元鼎、樊钟秀、刘守中、于鹤九等密谋举义。

1918 年(民国 7 年)　40 岁

1 月 24 日　张义安、邓宝珊、董振五在三原起义,反对北洋军阀统治。

8月　乔扮传教士自沪返陕，在三原就任陕西靖国军总司令。

11月13日　靖国军总指挥井勿幕在兴平县西南仁村被害。闻讯后极为悲痛，在致林森电中云："噩耗传来，五内俱裂。凡我将士，无不痛心。"并写下《吊井勿幕》诗一首。

冬，筹建渭北中学。

**1919年(民国8年)　41岁**

1月5日　孙中山复函于右任，云："自兄创义以来，力荷艰难，毅力苦心，同深钦服。"

1月9日　致函孙中山："请令湘、闽、赣、蜀各军发兵援陕。"

10月10日　中华革命党改组为中国国民党。

**1920年(民国9年)　42岁**

陕西大旱，7月无雨，多方筹款赈灾。

9月30日　于鹤九遇难。

**1921年(民国10年)　43岁**

春节　在三原观看学校进步师生自编的话剧《列宁传》。

9月　拒就"陕西全省自治筹备会会长"一职。陕西旱灾严重，建立渭北水利委员会，请李仪祉主持。

10月　退居三原民治学校，作《民治校园纪事诗》20首。后移居三原城北东里堡唐园。

12月底　北上淳化方里镇。

**1922年(民国11年)　44岁**

1月　长女于芝秀与革命志士屈武在北京结婚。作《内子高仲林送楞女入京成亲，媵之以诗》赠之，对屈武的革命壮举，有极高的评价。

3月　杨虎城坚持举靖国军旗帜，迎于右任于武功，重建靖国军总司令部。

6月　靖国军失败后自陕至川,乘轮东下,8月抵沪,会见孙中山。

10月　与邵力子、叶楚伧等创办上海大学,任校长。共产党员邓中夏、瞿秋白、李达、陈望道等先后到校任教,为革命培养了不少人才。

11月　会见大科学家爱因斯坦。

**1923年(民国12年)　45岁**

1月1日　孙中山发表《中国国民党宣言》。

1月21日　孙中山任命各部部长。任参议。

1月26日　《孙文越飞宣言》发表。孙中山派于右任北上晤段祺瑞。

2月　与李大钊在上海会谈。

12月　自沪赴粤,参与国民党"一大"筹备工作。

是年　陈炯明叛乱,招樊钟秀赴粤,解广州之围。

**1924年(民国13年)　46岁**

1月10日　在《东方杂志》发表《国民党与社会党》一文,指出:国共两党"合则两益,离则两损",拥护孙中山"联俄、联共、扶助农工"的三大政策。

1月20日　中国国民党第一次全国代表大会在广州开幕,被选为中央执行委员。

1月31日　孙中山召开中央执监委员会议,决定在北京、上海、汉口等地建立执行部。被派往上海。上海执行部成立后,任工人农民部部长。

10月　冯玉祥、胡景翼、孙岳发动"北京政变",将所部改为国民军。胡电于右任北上。

12月30日　陕西旅京同乡会在北京中山公园召开欢迎会,在会上讲到井勿幕遇难时,泣不成声。

12 月 31 日　孙中山抵北京，亲至车站迎接。

1925 年(民国 14 年)　47 岁

1 月 1 日　旅京陕西学生会在北师大操场召开欢迎会。在会上讲话，指出：孙中山“反对帝国主义数十年，实华盛顿、列宁二人人格事业之合一”。

1 月 26 日　孙中山病危入院。国民党中央在京召开紧急会议。孙中山加派于右任、李大钊、吴敬恒等为政治委员。

2 月　奉孙中山命赴奉天(今沈阳)晤张作霖。

3 月 12 日　孙中山在北京逝世。返京办理丧事。

3 月 30 日　“五卅”运动发生，发表《反帝国主义，取消不平等条约》。

6 月 11 日　由郑抵汴，晤刘守中。

7 月　出任广州国民政府委员。

10 月　女儿于芝秀与蒋经国、冯洪国、张闻天、王稼祥、乌兰夫、傅学文等赴莫斯科中山大学留学。

同月　段祺瑞发表于右任为内务部部长，拒不就任，返回上海。致函许世英：“弟之病势缠绵，日益加剧。‘内务’一席……敬希另选贤能，俾免要职。”

1926 年(民国 15 年)　48 岁

1 月　在国民党“三大”上被选为中央执行委员。

3 月　刘镇华率镇嵩军围攻西安。与李大钊计议救援。12 日与李大钊、陈毅等参加孙中山逝世一周年大会。

3 月 18 日　北京“三·一八”惨案发生，亲书挽联：“烈士之血，主义之花”。

4 月　受李大钊之托赴苏，敦请冯玉祥回国“进军西北，解西安围，出兵潼关，策应北伐”。

7～8月　偕马文彦经西伯利亚抵莫斯科。拜会斯大林及苏联党、政、军政要,参观红场、克里姆林宫。在郊外会见冯玉祥,商议军事大计。在苏期间,诗作连篇,写了许多歌颂十月革命及社会主义的光辉诗篇。

9月15日　经蒙古沙漠抵五原。

9月17日　冯玉祥在五原誓师,率全军加入国民党。以国民党中央执委身份监誓并授旗。

9月20日　任国民联军驻陕总司令,乘车东行。

11月28日　解西安之围,刘镇华败退。

12月1日　进驻西安。

**1927年(民国16年)　49岁**

3月12日　在西安举行纪念孙中山逝世大会。同月,支持建立中山军事学校。中共党员史可轩任校长,邓希贤(小平)为政治部主任,刘志丹等任教官。

4月12日　蒋介石在上海发动政变。

5月1日　在西安举行纪念五一国际劳动节大会。于右任及共产党员魏野畴、刘伯坚、苏联顾问乌斯曼诺夫等发表讲话,痛斥蒋介石叛变革命。

6月1日　出席陕西省第一次农民代表大会,号召“铲除卖国军阀,打倒帝国主义”。

8月1日　中共举行南昌起义,成立“中国国民党革命委员会”,被推为委员。

是月　出席宁、汉、沪三方庐山会议。

9月　被国民党中央任命为国民政府委员、军事委员会委员。

10月　被国民党中央任命为陕西省政府主席(未到任,宋哲元代)。

**1928 年(民国 17 年)　50 岁**

2 月　被国民党中央任命为审计院院长。

9 月　向国民党中常会提出辞呈:"免本兼各职。"中常会议决"慰留"。

是年　女儿于芝秀被捕,后经李烈钧等出面营救获释。

**1929 年(民国 18 年)　51 岁**

2 月　《右任诗存》由上海世界书局出版,柳亚子题诗:"卅年家国兴亡恨,付与先生一卷诗。"肯定于诗的"史诗"价值。

同月　视察陕西灾情。

**1930 年(民国 19 年)　52 岁**

11 月　国民党三届四次会议上,被推为国民党政府委员、监察院院长。

12 月　返回陕西。创设斗口农场。

是年　复旦大学授予名誉法学博士学位。

**1931 年(民国 20 年)　53 岁**

1 月 18 日　自陕回宁。19 日在总理纪念周上报告陕西灾情,谓:"此次旱灾为近 300 年所未有,而地方军阀为害尤甚。"

8 月　再次呼吁"高级干部"到民间去"救灾救急"。

9 月 18 日　九一八事变发生,东北失陷。北平、上海、南京各校学生到南京向国民政府请愿,代蒋介石出见学生。

**1932 年(民国 21 年)　54 岁**

1 月 1 日　宣誓就任监察院院长。奉命赴粤。是月,在粤瞻仰香山县孙中山故居。

1 月 28 日　日军侵略上海,驻上海的十九路军奋起抵抗,"一·二八”淞沪抗战爆发。

2月29日　出席在洛阳举行的国民党中常会。

4月　出席在洛阳召开的国难会议。

秋　筹建西北农林专科学校(即今之西北农林科技大学)。

是年　在上海创立标准草书社,编印《标准草书》。《右任诗存》再版。

**1933年(民国22年)　55岁**

1月　监察院设监察使,分赴各地行使监察职能。

4月20日　国民党中央通过于右任提议,任命水利专家李仪祉为黄河水利委员会委员长。

6月　监察院弹劾铁道部部长顾孟余,招致汪精卫不满。

7月　邀王玉堂为西北农林专科学校筹备主任。

8月　与杨虎城、邵力子同游太白山,作《太白山纪游歌》。

**1934年(民国23年)　56岁**

1月20日　提议“免除杂税”。

3月　为斗口农场立碑,嘱去世后农场“奉还公家”。

**1935年(民国24年)　57岁**

1月　与张继返陕主持朱佛光葬礼,作《朱佛光墓志铭》。编辑《黄帝功德记》。

8月1日　中共发表《八一宣言》,号召:“停止内战,一致抗日,组织国防政府与抗日联军”。与何香凝、孙科等签名响应。

10月　中苏文化友好协会成立,与蔡元培任名誉主席。

是年　王陆一笺注的《右任诗存》由上海世界书局出版。

1936年(民国25年)　58岁

2月　《监察制度史考》编成,并作序。

7月　《标准草书·千字文》出版。

12月　"西安事变"爆发。奉命赴陕"宣慰",被杨虎城挡在潼关。

是年　将收藏的石碑300余件捐赠西安碑林。为西北农林专科学校校刊题写刊名"西北农林"。

1937年(民国26年)　59岁

1月　请张继在南京举行的总理纪念周上宣读中共为国共合作提出的"四项保证"和"五项要求"。

7月7日　卢沟桥事变爆发,平津危急,华北危急。

8月　参加最高国防会议。应周恩来、朱德之邀,为《新华日报》题写报头。

11月　国民政府西迁,在汉口与郭沫若等创办《民族诗坛》。

12月　乘轮入川。

1938年(民国27年)　60岁

5月　以《全世界人士应为正义人道而动员》为题,发表广播讲演,号召全世界人民联合起来,主持正义,反对侵略。

中秋节　屈武自苏回国。

1939年(民国28年)　61岁

1月　参加国民党中常会,议决开除汉奸汪精卫党籍。

4月　中华全国文艺界抗敌协会在武汉成立,被推为大会主席团成员。

11月　马相伯病逝,在追悼会上宣读祭文,对马的一生有高度评价。

1940 年(民国 29 年)　62 岁

4 月 1 日　在重庆中央电台发表广播讲话《以胜利击破汪倭毒谋》,对汪精卫的卖国行径严加痛斥。

4 月 14 日　在中央电台作《以民族正气扑灭汪逆》的广播讲话,号召:“拿出最大狠心将汪倭连根带蒂一齐砍倒。”

11 月 12 日　以《国父之伟大精神与时代》为题,在中央电台发表讲演。

是年　《标准草书》第四次修正本印行。

1941 年(民国 30 年)　63 岁

2 月 9 日　在《大公报》发表《中南半岛之范围与命名》,主张摒弃印度支那半岛之名。

5 月 4 日　日本飞机轰炸重庆,监察委员张景秋遇难,悲痛之余亲书挽幛“满门忠烈”。(张系于右任的三原同窗,其子死于“三一八”惨案,侄子张宝泉[中共党员]死于“四一二”政变。)

5 月 30 日　为纪念爱国诗人屈原,振奋民族精神,在重庆举行诗人节大会。被推为诗人节大会主席,作《诗人节》诗一首。

10 月　赴西北考察并参观敦煌千佛洞,遇张大千。返渝后建议设立“敦煌艺术学院”。谈及敦煌千佛洞时,称:“此乃东方各民族艺术之渊海,为我国之国宝。”

1942 年(民国 31 年)　64 岁

《标准草书·千字文》增订刊行。

是年　提出“西北十年万井计划”,以解决西北干旱。

1943 年(民国 32 年)　65 岁

3 月 15 日　在重庆各报发表《太平海》一文。

3 月 28 日　“八德四维之堂”举行成立大会,任主席。

10月20日　晋陕监察使王陆一在西安病逝。作《王君陆一墓志铭》。

是年　《标准草书》第五次修订、出版。

河南救灾会收到于右任翰墨赠款6万元。

**1944年(民国33年)　66岁**

1月6日　赴复旦大学讲演。

是年　监察院揭发一重大贪污案。案情涉及国民党权贵,当局包庇袒护。一怒之下,提出辞职,转赴成都。在成都时,著《泾原故旧记》。

**1945年(民国34年)　67岁**

8月　日本投降,喜赋《闻日本乞降,作中华乐府(十首)》。

9月6日　欢宴毛泽东、周恩来、王若飞一行。

11月　赴西安参加公祭井勿幕大会。会后返三原扫墓。

**1946年(民国35年)　68岁**

4月8日　闻王若飞、秦邦宪等飞机遇难,即派代表到中共代表团驻地吊唁。

5月　还都南京。

6月　新疆省政府成立,飞往迪化(今乌鲁木齐)监誓。在新疆期间,参观视察,诗作连篇。

**1947年(民国36年)　69岁**

作《第二次大战回忆歌》。

1948年(民国37年)　70岁

竞选副总统落选。

1949年　71岁

1月31日　北平和平解放。

2月28日　在南京与童冠贤联合宴请北上归来的上海人民和平代表团颜惠庆、章士钊、江庸、邵力子。

同月　在监察院主持通过《呼吁共同立即停战谋和》宣言。

4月16日　周恩来对屈武表示:中共愿与于先生继续合作。

4月20日　离开南京。

4月21日　致函沈钧儒,称:"北来已无能为力。"

10月29日　被迫去台。

1950年　72岁

7月　任中国国民党改造委员会评议委员。

1951年　73岁

患脑微血管阻塞,卧床月余。

《标准草书》第七次修订,在台北印行。

1952年　74岁

10月　出席国民党"七大",继续任评议委员。

1953年　75岁

6月　《标准草书》第八次修订,在台北印行。

1954年　76岁

作《和拜伦〈希腊篇〉》三首,抒发怀念祖国之情。

1955 年　77 岁

4 月　再次要求辞“监察院院长”,未获准。

1956 年　78 岁

作《鸡鸣曲》,有“福州鸡鸣,基隆可听”句。同年,获台湾“教育部”文艺奖。

1957 年　79 岁

春　得与孙中山等的合影。抚今追昔,感慨系之,发而为诗:“不信青春唤不回,不容青史尽成灰。”

12 月　“监察院”弹劾俞鸿钧,蒋介石出面干预,保俞过关。

1958 年　80 岁

春节　在台参加陕西同乡会团拜。怀念故乡、思念亲人,写下《忆内子高仲林》,《补〈岁寒三友图〉遗字》,盛传海内外。

4 月 11 日　八十寿诞,在台北市中山堂为其祝寿,蒋介石、宋美龄亲至于宅祝寿。

6 月　赴台东参加诗人节大会,提出“诗应化难为易,应接近大众”。“今天不可能无瑰丽的宾馆,但是更需多兴平民的住宅。国如斯,诗亦如斯。”

1959 年　81 岁

手临的《标准草书·千字文》在台北印行。

1960 年　82 岁

在纪念孙中山 95 周年大会上讲话。又一次修改《标准草书》。

1961 年　83 岁

4 月 28 日　参加台湾各界举行的纪念郑成功收复台湾 300 周年纪念活动。

春　周恩来派屈武赴西安为于夫人高仲林祝寿。

是年　以“计利当计天下利,求名应求万世名”,书赠蒋经国。《标准草书》第九次修订、印行。

1962 年　84 岁

1 月 20 日　日记载:“我百年后愿葬玉山或阿里山树木多的高处,可以时时望大陆。”“山要最高者,树要最大者。”

1 月 24 日　思绪万千,彻夜不眠,天明写道:“葬我于高山之上兮,望我大陆。大陆不可见兮,只有痛哭!葬我于高山之上兮,望我故乡。故乡不可见兮,永不能忘!天苍苍,野茫茫。山之上,国有殇。”怀念家乡,思念亲人,盼望统一之情,溢于言表。

是年　台湾发行“元老记者”纪念邮票。

1963 年　85 岁

1 月　患眼疾。

4 月　台湾“中国文化学院”命名新建大楼为“右任楼”。

6 月　患喉病入院检查。

9 月　老友吴季玉被暗杀,不顾劝阻,亲往殡仪馆吊唁,并强烈要求惩办凶手。

1964 年　86 岁

1 月 20 日　与在台的国民党“一大”代表聚会,谈到“一大”的盛况,不胜感慨。

5 月 1 日　为筹措小儿留学经费,印出《右任墨存》一大册。

9 月　牙疾日重,在医院拔牙,引起败血症,并发肺炎。18 日病情恶化,并发肝硬化、心肾衰竭,经多方抢救无效于11月10日下午8时逝世。享年86岁。

11月11日　蒋介石题“耆德元勋”挽匾一方,并派张群、严家淦、谷凤翔、王宗山等为之治丧。

11月17日　台湾各界3万多人前往吊唁。

1965年

7月17日　灵榇安葬于台北市淡水镇海拔700多米的大屯山“八拉卡”墓园。该地面临台湾海峡,背负群山,林峦青翠,地势雄伟。次年11月铜像揭幕,神采奕奕,长髯飘胸,望着魂牵梦萦的故国山河。

1995年11月,这座由台湾青年自筹资金建造的半身铜像,被“台独”分子偷偷砸毁,引起中外人士的无比义愤。

# 中国文库·文学类

## （已出书目）

贺敬之诗选　　贺敬之著 …………………………… 人民出版社
郭小川诗选　　郭小川著 …………………………… 人民出版社
余光中诗选　　余光中著 ………………………… 中国青年出版社
沈从文散文选　　沈从文著 ………………………… 人民出版社
白洋淀纪事　　孙犁著 ……………………………… 人民出版社
可爱的中国　　方志敏著 …………………………… 人民出版社
随想录　　巴金著 ……………………… 生活·读书·新知三联书店
文化苦旅　　余秋雨著 …………………………… 东方出版中心
欧洲文论简史　　伍蠡甫　翁义钦著 ……………… 人民出版社
欧洲文学史(上下册)　　杨周翰著 ……………… 人民出版社
中国文学史(共四册)　　游国恩等主编 …………… 人民出版社

**【第二辑】**

丁玲选集　　丁玲著 ……………………………… 人民出版社
戴望舒选集　　戴望舒著 …………………………… 人民出版社
沙汀选集　　沙汀著 ……………………………… 人民出版社
艾芜选集　　艾芜著 ……………………………… 人民出版社
林徽因选集　　林徽因著 …………………………… 人民出版社
骆驼祥子　　老舍著 ……………………………… 人民出版社
懒寻旧梦录(增补本)　　夏衍著……… 生活·读书·新知三联书店
胡风回忆录　　胡风著 ……………………………… 人民出版社
保卫延安　　杜鹏程著 ……………………………… 人民出版社
野火春风斗古城　　李英儒著 ……………………… 人民出版社
上海的早晨(共四部)　　周而复著 ………………… 人民出版社
烈火金刚　　刘流著 ……………………………… 中国青年出版社
一代风流(共四册)　　欧阳山著 …………………… 人民出版社
创业史　　柳青著 ……………………………… 中国青年出版社
李自成(第一卷:上下册)　　姚雪垠著 ………… 中国青年出版社
青春万岁　　王蒙著 ……………………………… 人民出版社
将军吟　　莫应丰著 ……………………………… 人民出版社
野葫芦引:南渡记　东藏记　　宗璞著 …………… 人民出版社
钟鼓楼　　刘心武著 ……………………………… 人民出版社
尘埃落定　　阿来著 ……………………………… 人民出版社
白门柳(全三册)　　刘斯奋著 …………………… 中国青年出版社
梁遇春散文选　　梁遇春著 ………………………… 人民出版社
孙犁散文选　　孙犁著 ……………………………… 人民出版社
季羡林散文选　　季羡林著 ………………………… 人民出版社

周涛散文选　周涛著 …………………………… 人民出版社
史铁生散文选　史铁生著 ………………………… 人民出版社
北京乎——现代作家笔下的北京(上下册)
　姜德明编 …………………… 生活·读书·新知三联书店
臧克家诗选　臧克家著 ………………………… 人民出版社
舒婷的诗　舒婷著 ……………………………… 人民出版社
海子的诗　海子著 ……………………………… 人民出版社
张天翼童话选　张天翼著 ………………………… 人民出版社
高士其童话选　高士其著 ………………………… 人民出版社
中国俗文学史　郑振铎著 ………………………… 商务印书馆
中国鲁迅学通史(共六册)　张梦阳著 ………… 广东教育出版社
论红楼梦思想　冯其庸著 ……………………… 黑龙江教育出版社
中国现代小说史(全三册)　杨义著 ……………… 人民出版社

**【第三辑】**

废名选集　废名著 ……………………………… 人民出版社
陈映真自选集　陈映真著 ……………… 生活·读书·新知三联书店
京华烟云(上下册)　林语堂著 ………………… 现代教育出版社
大波(共三部)　李劼人著 ………………………… 人民出版社
六十年的变迁(共三部)　李六如著 ……………… 人民出版社
小城春秋　高云览著 …………………………… 人民出版社
苦菜花　冯德英著 ……………………………… 人民出版社
黄河东流去　李準著 …………………………… 人民出版社
平凡的世界　路遥著 …………………………… 人民出版社
芙蓉镇　古华著 ………………………………… 人民出版社
浮躁　贾平凹著 ………………………………… 人民出版社
绿化树　张贤亮著 ……………………………… 人民出版社
曾国藩　唐浩明著 ……………………………… 人民出版社
古船　张炜著 …………………………………… 人民出版社
第二十幕(上中下册)　周大新著 ………………… 人民出版社
刘以鬯小说自选集　刘以鬯著 ………………… 百花文艺出版社
金牧场　张承志著 ……………………………… 人民出版社
红高粱家族　莫言著 …………………………… 人民出版社
梦家诗集　陈梦家著 ……………………………… 中华书局
穆旦诗文集(一、二)　穆旦著 …………………… 人民出版社
周作人散文　周作人著 ………………………… 人民出版社
何其芳散文选集　何其芳著 …………………… 百花文艺出版社

上海屋檐下法西斯细菌　夏衍著 …………………… 人民出版社
风雪夜归人闯江湖　吴祖光著 …………………… 人民出版社
王国维文学论著三种　王国维著 …………………… 商务印书馆
中国小说史略　鲁迅著 …………………… 人民出版社
咀华集咀华二集　李健吾著 …………………… 人民出版社
现代中国文学史　钱基博著 …………………… 中国人民大学出版社
中国文学批评　中国散文概论
方孝岳著 …………………… 生活·读书·新知三联书店
鲁迅和中国文化　林非著 …………………… 南开大学出版社
唐代科举与文学　傅璇琮著 …………………… 陕西人民出版社
中国诗学　叶维廉著 …………………… 人民出版社
迦陵论诗丛稿　叶嘉莹著 …………………… 中华书局
台湾文学史
刘登翰　庄明萱　黄重添　林承璜主编 ……… 现代教育出版社

【第四辑】

马烽小说选　马烽著 …………………… 作家出版社
周立波小说选　周立波著 …………………… 湖南文艺出版社
玛拉沁夫小说选　玛拉沁夫著 …………………… 作家出版社
王愿坚小说选　王愿坚著 …………………… 中国青年出版社
李準小说选　李準著 …………………… 人民文学出版社
王蒙小说选　王蒙著 …………………… 人民文学出版社
汪曾祺小说选　汪曾祺著 …………………… 人民文学出版社
林斤澜小说选　林斤澜著 …………………… 人民文学出版社
李国文小说选　李国文著 …………………… 人民文学出版社
邓友梅小说选　邓友梅著 …………………… 人民文学出版社
陆文夫小说选　陆文夫著 …………………… 江苏文艺出版社
高晓声小说选　高晓声著 …………………… 江苏文艺出版社
茹志鹃小说选　茹志鹃著 …………………… 江苏文艺出版社
王安忆小说选　王安忆著 …………………… 人民文学出版社
铁凝小说选　铁凝著 …………………… 人民文学出版社
史铁生小说选　史铁生著 …………………… 人民文学出版社
闻捷诗选　闻捷著 …………………… 人民文学出版社
昌耀诗选　昌耀著 …………………… 人民文学出版社
食指诗选　食指著 …………………… 人民文学出版社
天安门诗抄　童怀周编选 …………………… 人民文学出版社

朦胧诗选　　杨克　陈亮编选 …………………… 中国青年出版社
杨朔散文选　　杨朔著 ………………………… 人民文学出版社
秦牧散文选　　秦牧著 ………………………… 人民文学出版社
刘白羽散文选　　刘白羽著 …………………… 人民文学出版社
萧乾散文选　　萧乾著 ………………………… 人民文学出版社
柯灵散文选　　柯灵著 ………………………… 人民文学出版社
杨绛散文选　　杨绛著 ………………………… 人民文学出版社
贾平凹散文选　　贾平凹著 …………………… 人民文学出版社
邵燕祥散文选　　邵燕祥著 …………………… 人民文学出版社
1949～2009 剧作选　　老舍等著 ……………… 人民文学出版社
1949～2009 报告文学选　　刘白羽等著 ……… 人民文学出版社
1949～2009 儿童文学选　　冰心等著 ………… 中国青年出版社
周扬文论选　　周扬著 ………………………… 人民文学出版社
陈涌文论选　　陈涌著 ………………………… 人民文学出版社
张光年文论选　　张光年著 …………………… 人民文学出版社
唐弢文论选　　唐弢著　刘纳编选 …………… 人民文学出版社
王瑶文论选　　王瑶著　陈平原编选 ………… 人民文学出版社
钱谷融文论选　　钱谷融著 …………………… 上海文艺出版社
王元化文论选　　王元化著 …………………… 上海文艺出版社
蔡仪美学文选　　蔡仪著　杜书瀛编 ………… 河南文艺出版社
1949～2009 文论选
　　钱锺书等著　贺绍俊编选 ………………… 人民文学出版社